高红十 著

延安一片月

在一个好了伤疤忘了疼的年代，唤回和恢复记忆，是一种能力。没有记忆的民族，容易在现实的灯红酒绿中狂欢。

WUHAN UNIVERSITY PRESS
武汉大学出版社

图书在版编目(CIP)数据

延安一片月/高红十著.—武汉:武汉大学出版社,2012.1
黄土地之歌
ISBN 978-7-307-09237-2

Ⅰ.延…　Ⅱ.高…　Ⅲ.随笔—作品集—中国—当代　Ⅳ.I267.1

中国版本图书馆 CIP 数据核字(2011)第 202127 号

责任编辑:张福臣　　责任校对:刘　欣　　版式设计:马　佳

出版发行:武汉大学出版社　(430072　武昌　珞珈山)
(电子邮件:cbs22@whu.edu.cn 网址:www.wdp.com.cn)
印刷:武汉武铁印刷厂
开本:880×1230　1/32　印张:12　字数:273 千字
版次:2012 年 1 月第 1 版　　2012 年 1 月第 1 次印刷
ISBN 978-7-307-09237-2/I·458　　定价:25.00 元

总序

叶辛

40年前，中国的大地上发生了一场波澜壮阔的知识青年上山下乡运动。“波澜壮阔”四个字，不是我特意选用的形容词，而是当年的习惯说法，广播里这么说，报纸的通栏大标题里这么写。知识青年上山下乡，当年还是毛泽东主席的伟大战略部署，是培养和造就千百万无产阶级革命事业接班人的百年大计，千年大计，万年大计。

这一说法，也不是我今天的特意强调，而是天天在我们耳边一再重复宣传的话，以至于老知青们今天聚在一起，讲起当年的话语，忆起当年的情形，唱起当年的歌，仍然会气氛热烈，情绪激烈，有说不完的话。

说“波澜壮阔”，还因为就是在“知识青年到农村去，接受贫下中农的再教育，很有必要”的指示和召唤之下，1600多万大中城市毕业的知识青年，上山下乡，奔赴农村，奔赴边疆，奔赴草原、渔村、山乡、海岛，在大山深处，在戈壁荒原，在兵团、北大荒和西双版纳，开始了这一代人艰辛、平凡而又非凡的人生。

讲完这一段话，我还要作一番解释。首先，我们习惯上讲，中国上山下乡的知识青年，有1700万，我为什么用了1600万这个数字。其实，1700万这个数字，是国务院知青办的权威统计，应该没有错。但是这个统计，是从1955年有知青下乡这件事开始算起的。研究中国知青史的中外专家都知道，从1955年到1966年“文革”初始，十多年的时间里，全国有100多万知青下乡，全国人民所熟知的一些知青先行者，都在这个阶段涌现出来，宣传开去。而发展到“文革”期间，特别是1968年12月21日夜间，毛主席的最新最高指示发表，知识青年上山下乡，掀起了一个前所未有的高潮。那个年头，毛主席的话，一句顶一万句；毛主席的指示，理解的要执行，不理解的也要执行；且落实毛主席的最新指示，要“不过夜”。于是乎全国城乡迅疾地行动起来，在随后的10年时间里，有1600万知青上山下乡。而在此之前，知识青年下乡去，习惯的说法是下乡上山。我最初到贵州山乡插队落户时，发给我们每个知青点集体户的那本小小的刊物，刊名也是《下乡上山》。在大规模的知青下乡形成波澜壮阔之势时，才逐渐规范成“上山下乡”的统一说法。

我还要说明的是，1700万知青上山下乡的数字，是国务院知青办根据大中城市上山下乡的实际数字统计的，比较准确。但是这个数字仍然是有争议的。

为什么呢？

因为国务院知青办统计的是大中城市上山下乡知青的数字，没有统计千百万回乡知青的数字。回乡知青，也被叫作本乡本土的知青，他们在县城中学读书，或者在县城下面的区、城镇、公社的中学读书，如果没有文化大革命，他们读到初中毕业，照样可以考高中；他们读到高中毕业，照样可以报考全国各地所有的大学，就像今天的情形一样，不会因为他们毕业于区级中学、县级中学不允许他们报考北大、清华、复旦、交大、武大、南大。只要成绩好，名牌大学照样录取他们。但是在上山下乡“一片红”的大形势之下，大中城市的毕业生都要汇入上山下乡的洪流，本乡本土的毕业生理所当然地也要回到自己的乡村里去。他们的回归对政府和国家来说，比较简单，就是回到自己出生的村寨上去，回到父母身边去，那里本来就是他们的家。学校和政府不需要为他们支付安置费，也不需要为他们安排交通，只要对他们说，大学停办了，你们毕业以后回到乡村，也像你们的父母一样参加农业劳动，自食其力。千千万万本乡本土的知青就这样回到了他们生于斯、长于斯的乡村里。他们的名字叫“回乡知青”，也是名副其实的知青。

而大中城市的上山下乡知青，和他们就不一样了。他们要离开从小生活的城市，迁出城市户口，注销粮油关系，而学校、政府、国家还要负责把他们送到农村这一“广阔天地”中去。离开城市去往乡村，要坐火车，要坐长途公共汽车，要坐轮船，像北京、上海、天津、广州、武汉、长沙的知青，有的往北去到“反修前哨”的黑龙江、内蒙古、新疆，有的往南到海南、西双版纳，路途相当遥远，所有知青的交通费用，都由国家和政府负担。而每一个插队到村庄、寨子里去的知青，还要为他们拨付安置费，下乡第一年的粮食和生活补贴。所有这一切必须要核对准确，做出计划和安排，国务院知青办统计离开大中城市上山下乡知青的人数，还是有其依据的。

其实我郑重其事写下的这一切，每一个回乡知青当年都是十分明白的。在我插队落户的公社里，我就经常遇到县中、区中毕业的回乡知青，他们和远方来的贵阳知青、上海知青的关系也都很好。

但是现在他们有想法了，他们说：我们也是知青呀！回乡知青怎么就不能算知青呢？不少人觉得他们的想法有道理。于是乎，关于中国知青总人数的说法，又有了新的版本，有的说是2000万，有的说是2400万，也有说3000万的。

看看，对于我们这些过来人来说，一个十分简单的统计数字，就要结合当年的时代背景、具体政策，费好多笔墨才能讲明白。而知识青年上山下乡运动中，还有多多少少类似的情形啊，诸如兵团知青、国营农场知青、插队知青、病退、顶替、老三届、工农兵大学生，等等等等，对于这些显而易见的字眼，今天的年轻一代，已经看不甚明白了。我就经常会碰到今天的中学生向我提出的种种问题：凭啥你们上山下乡一代人要称“老三届”？比你们早读书的人还多着呢，他们不是比你们更老吗？嗳，你们怎么那样笨，让你们下乡，你们完全可以不去啊，还非要争着去，那是你们活该……

有的问题我还能解答，有的问题我除了苦笑，一时间都无从答起。

从这个意义上来说，武汉大学出版社推出反映知青生活的“黄土地”、“红土地”和“黑土地”系列作品这一大型项目，实在是一件大好事。既利于经历过那一时代的知青们回顾以往，理清脉络；又利于今天的年轻一代，懂得和理解他们的上一代人经历了一段什么样的岁月；还给历史留下了一份真切的记忆。

对于知青来说，无论你当年下放在哪个地方，无论你在乡间待过多长时间，无论你如今是取得了很大业绩还是默默无闻，从那一时期起，我们就有了一个共同的称呼：知青。这是时代给我们留下的抹不去的印记。

历史的巨轮带着我们来到了2012年，转眼间，距离那段已逝的岁月已40多年了。40年啊，遗憾也好，感慨也罢，青春无悔也好，不堪回首也罢，我们已经无能为力了。

我们所拥有的只是我们人生的过程，40年里的某年、某月、某一天，或将永久地铭记在我们的心中。

风雨如磐见真情，

岁月蹉跎志犹存。

正如出版者所言：1700万知青平凡而又非凡的人生，虽谈不上“感天动地”，但也是共和国同时代人的成长史。事是史之体，人是史之魂。1700万知青的成长史也是新中国历史的一部分，不可遗忘，不可断裂，亟求正确定位，给生者或者死者以安慰，给昨天、今天和明天一个交待。

是为序。

目　录

三十年灯灭鸡啼 / 1

李家湾和三台庄

李家湾 / 9
宣传队 / 44
大队会计 / 63
西川河 / 100
最迟来到最先走 / 146
在延安感受三中全会 / 159

陕北人

哭刘老 / 179
问老曹 / 185
扇儿扇儿落一落 / 190
小三的月亮 / 195

四季回想

春天的苦菜 / 205
从来的黄土地 / 208
我不后悔，生活 / 211
那一年端午 / 217

看电影 / 220
七里村 / 226
往事如歌 / 230
相信自己 / 233
米脂的婆姨绥德的汉 / 236
黄土如诗 / 238
四季回想 / 248

信天游和诗

黄陵山翠洛河川美 / 257
信天游 / 261

知青后

关于《理想之歌》 / 271
老三届的危机 / 288
白纸黑字的往事 / 291
应该 / 295
曾经 / 299
回延安 / 302
知青后 / 311
最后的女校生 / 343
脖子 / 359
传说 / 363
延安一片月 / 366

三十年灯灭鸡啼

2011年春天摄于延安革命纪念馆

我站在房间里，手捏一张纸片。纸片巴掌大，上边的字迹曾经炉火纯青颜色，炉子灭火三十年，被沧桑砂洗的字迹入纸三分，令我不能不看不敢细看又不忍久看……

嗖嗖的，北风横扫，落光叶子的老槐树树枝乱摇。

还是那不大的院落，还是北风摇树的季节。前方不远处电报大楼钟声依旧东方红一片，新不显新，旧也不见旧。这片房子却明显见老见颓不好意思地破败了。

嗖嗖的，尘沙肆虐，伸手去抹，收获满指缝颗粒，拂去再来擦了又有的颗粒，像悲欣难辨的来路，像不绝如缕的前程。回忆，总爱在北风扑面尘沙硌牙的季节麇集么？

三十年前我来这间派出所转户口，从北京转到陕西延长一个叫黑家堡公社的地方。我从简约的地图上远眺过那个地方，曲曲弯弯的线是延河——当年比黄河还要有名，黑点是黑家堡公社，从公社出发，逆延河而上十里——地图上大约往回挪两指头，就是我要插队的李家湾大队李家湾生产队了。

我那时刚过 17 岁生日，以全部的人生阅历人生经验去想象，也难揪扯住黄土地的半片衣襟。想不明白索性不想，只顾笑嘻嘻地转户口。我记得程序是这样的。解开户口本紫红色硬壳上的黑色绳结——那绳子像是一根鞋带，取下封皮，取下做为户主奶奶的那页，取下父亲母亲之后，又取下我的。随后把除了我的那张再原样穿进鞋带里系紧。我的那页被留在派出所，从此我像一片孤零零的叶子从家的树上掉下来了。

交一分钱手续费。办户口的民警对我说。三十年后拼命回忆，仿佛一张五官模糊的脸。年轻是肯定的，穿蓝色警服是肯定的，态度平淡是肯定的，其余便隐在三十年白花花的浓荫大雾中。交一分钱手续费。“一分钱”，因为钱数太少令我记住。因为付了这么少的钱完成人生这么大的转折让我终生难忘。

到现在我也想不明白，一分钱在当时能做什么？转 50 万个户口也才收50万分，合5万毛5千块，这散落在北京各个派出所的5千元转户口收费能干什么？实际又干了什么？

我像一片叶子从家的树上孤零零地掉了下来——这是我三十年后的今天往回倒着找的富有诗意又带点矫情的想象。当时我可没觉得孤零零，孤独这个词在那个时代毫无疑问属于资产阶级，该打翻在地踏上一只脚。我没有孤独感，因为不是我一人走，同校上百人，同班十几个人，分在一个队的还有班上其余三个女生。倒是留在北京的家里人有“孤零零”的危险。

之后陆续这样做的，还有我陆续长大的三个妹妹。说长大也很勉强，大妹妹解绳取页时比我还小，才15岁。她争着抢着去了内蒙古生产建设兵团，真是“年轻人，火热的心”，不长也得长不大也得大了！

“少年不知愁滋味”是当年的我们，如今的少年恐怕是“为赋新诗强说愁”了。要不怎么有那么多歌星捂着胸口唱“愁”，“想说爱你不容易”，“伤心是一种说不出的痛”……唱了半天也没叫人听明白，“愁”的是什么，“愁”打哪儿来。或许如上岁数智者所说“撑的”。

到底是单号还是双号？年轻的女民警直戳戳地问我。

三十年了，谁能保持三十年不变的清醒记忆。我反问她：长安街北边是单号还是双号？

这其实是一个户籍警的基本功，街道门牌的排序方式，东西走向的街道北面是单，南面是双；南北走向的街道西面是单，东面是双。至少北京的街道眼下是这样排序。三十年前的排列方式应该是身为户籍警的她所知晓的。

我不知道。她如是回答，回答得理直气壮，回答得坦然，倒像是我故意刁难，出一个比她年纪还小的问题考她。不知道。她还加上了摇头，以示真的不知道。

那天我去插队迁户口的派出所，是想调出属于我的户口底卡究竟在三十年前的哪一天像孤零零的叶子从家的树上脱落的，哪一天？单位正在分房，人人皆知最后一次福利分房，工龄是计算分数的重要参照，直接影响分房的平米数。而我们这批人插队是算工龄的。我想查查究竟哪一天办理的离京手续，可否多抠出一年工龄——比如头一年12 月转的户口呢？

但我一时无法说清当年的门牌号数，现在是 5 号，当年是否就是 5 号？依稀记得排过 2 号，但是记不清了。显然眼下 2 号或者 5 号要从两个不同的堆儿里——感觉是摞在地上，厚厚的尘土覆盖——翻捡找寻，找到找不到不敢肯定，能让这位年轻洁净的女民警蓬头垢面是可以肯定的。

京城这么大这么出名的暴土扬沙，一天不揩抹，桌面窗台瑟瑟一层，何况百万千天百万千层尘沙？

那我就在 5 号和 2 号都找找吧。女民警说。

三十年前离京的气氛，无论如何谈不上高昂。自己走定了，父母下干校大势所趋，15 岁的大妹妹惦记着走，家里很快只剩下一个 13 岁，一个 11 岁的妹妹和 80 多岁的奶奶三口人。文革走过激烈走过逍遥走在小家庭拆散大集体迁徙道路上，前程未卜前程真的茫茫。我住的那个记不得是 5 号还是 2 号的大院子，因为地理位置和中南海红墙仅一条窄马路之隔，说是为了保卫党中央保卫毛主席的需要，闲散居民搬走，8341 部队的干部战士一夜之间搬了进来，也就是说，这个院子一下子被军管了。大门紧闭，进出大门要报家长的名字，哨兵对照名单认可，才能放人进去。客人不来了不说，连出门上街买瓶酱油买瓶醋都要不停报家长姓名。到了晚上 9 点，院里巡逻的哨兵会爬上一楼住家的窗台，半张脸从窗帘上端露出，敲着玻璃让你熄灯，怪吓人的。

不走不行了。

办了离校手续迁了户口，凭介绍信在西单商场买了一只价值 27 元的帆布箱子，还买了一床线绨被面，我没拿线绨被面留给了奶奶，我拿的一床蓝花被面的被子，还凭介绍信给爸爸的大衣换了个栽绒领子……其余就是家里自己穿的四季衣服了。

1969 年 1 月 24 日离京是肯定的，因为我还留着那张小小的车票。穿得鼓鼓囊囊的我离家后先去学校，从学校集体去火车站。送行的家长凭送行的站台票进站，每个知青发两张站台票，但是送我的家里人决不止两个，好像大点的妹妹都来了，爸妈肯定来了。怎么来的不清楚。我们上车找到自己票面上的座位，推开车窗，头朝外看。车窗口挤满了年轻的脑袋，站台上攒动着成千上万的送行人。

有人哭了。特别是列车启动，送行音乐响起的时候，许多人哭了。坐在椅子上哭，挤在车窗上哭，几个人抱着头哭……愿那泪水永远圣洁温热，愿那泪水永恒。

我没哭，很镇定满脸绽笑地冲窗外送行的父母摇着红宝书。愿那笑容永远新鲜，愿那笑容永恒。

父母也没哭，规规矩矩站在白色安全线后边，摇着手里的红宝书，送自己第一个孩子远行。他们以为不哭比哭好，对自己好，对孩子也好。愿那脸上的表情永恒，愿那手中的摇动永恒——其实摇动什么并不重要，经历过三十年来来去去，经见了数不清的送行与被送，人们最后的动作就是摇手，送亲友的车子走，送车上的亲友走，摇手、挥手、招手，愿那蕴含了万语千言的手势永恒！

往后的记忆混响在一片鸡鸣狗吠车轮铿锵汽笛呜咽中，编织进绿的风黄的雨鸭蛋青色石板上零落着李花瓣桃花瓣雪地上高飞着红色头巾的长长锦缎中……

在我走神的当儿，那位女民警已经出来，我第一个感觉是“没找到”，甚至为这结局做好了心理准备，三十年的事，哪有那么容易？第二个感觉是她还得多问我点信息，再回头去尘土堆中扒拉。谁知她抬起沾土的衣袖——对不起不好意思三十年的尘土还是把她弄脏了其实弄脏的应该是我——举着一张纸片，三十年前从我家树枝上孤零零掉下来的叶子，我的那张户口底卡，对我轻描淡写地说，还是2号，5号没有，我从2号找到的。

我拿着那张纸片，心慌意乱，不是因为底卡上的日子不如我的记忆，而是我还没有准备好。

我的鼻子贴到透明的玻璃幕墙上，抽去三十年历史的真空。胸口发紧，不动声色的激动。我还没有准备好，它就四蹄踢雪嗖嗖地迎面撞来……

三十年蓦然回首，仿佛“扑”地吹灭一盏灯，灯捻曳着淡蓝色烟缕，四野里鸡啼蒸腾。

李家湾和三台庄

李 家 湾

一、李 家 湾

我17岁那年插队的村子叫李家湾。

李家湾是赫赫有名黄土高原延河旁边一个默默无闻的小山村。面河背山。山无名，比照着像人脑瓜顶，就叫了个脑畔山。大凡这种背山而居的村庄都有个脑畔山。庄户人心有灵犀，呐喊着——上脑畔山揭地（耕地），上脑畔山拿粪，上脑畔山发送某人即给某人送葬……便起身朝那地块走了。不会错的。来往践踏于庄户人自己的脑顶，还是土地爷的脑顶，不去想。

延河在此处拐了个弯。可能李姓人最先在河边平滩地跑马占荒安营扎寨，村名便唤做李家湾。

无论按“赵钱孙李”的百家姓序列，还是按“张王李赵遍地刘”国情，李，都是大姓。

中国历史最红火发达的唐代，就是老李家当皇帝。

让明朝崇祯皇帝在京城景山歪脖树上吊死，让响箭在故宫大匾上生根的起义首领，也是陕北米脂的李姓农民，叫李自成。

天高皇帝远。李家湾的百姓不懂这些，也根本没想搞懂。1935年就红了的这方土地上的子民同共产党的政治贴心。北京人民大会堂开共产党九大，李家湾麦场高吊的喇叭里广播中央委员的名单。那些土眉土眼的庄户人除了念叨“毛主席大救星”，“陈永贵是咱受苦人的代表”，再就是数姓李的有多少。播音员读罢了，吃烟人也数清了：14个。比姓王的少一个，比姓张的多出两个——极大满足了李姓人的优越和自尊。

往下，李会计报出十天半月的工分，李队长派出第二天的农活。月乏星稀，天都困歪了。回窑睡觉去。李队长说。于是，李姓的多数和非李姓的少数拖拉着鞋，抄着手，向自家龙门走去。虽然中央有那么多李姓的委员做大官，可地里的土疙瘩，碗里的面疙瘩，还要靠没进中央这些人自己扒拉。

人比人，活不成。多亏他们不比。

李姓人中有几户是后改的。李姓婆姨（婆姨指结了婚的妇女，往下多用）死了男人，要寻一个顶那男人位置的人。有愿打的有愿挨的有愿上门顶替的。上门的这个汉子便要改姓李。李家湾有两户李存余、李存高，原来姓余，姓高。顶门的汉子比原来男户主地位低，干活不少，待遇上总有些理不直气不壮的亏欠，如同退休、离休之差别。儿女对后爸爸的态度总是不够恭敬，仿佛那人白用了他们娘。想想他们也难。顶起一户不相干的旁姓，甘心灭了一脉相承的祖姓，想必为了比保留姓氏更重要的生存。

李家湾两户顶门汉子死受而木讷，从不闻他们委屈和忧伤。知青年轻，混沌如蛋不开窍，当时没有沟通无从体会淡泊记忆。多年后回想起来，真觉得难为他们了——老余和老高。沉重神秘的人生大门曾半掩半闭，过了这个村，没这个店。

李家湾的外姓还有两户姓黑，黑保董，黑白明，也是董家白家的男人顶了黑家的门。还有一户姓孙的老红军，榆林下来的移民。

奇怪！这几户外姓都不同李姓通婚，他们之间也不通婚。暗地里恋情是一回事，通婚绝对没有。是少数姓氏闹独立性？是大姓女子不愿下嫁小姓后生（后生指青年男性）？小姓女子不愿高攀大姓后生？还是一个庄通婚犯忌？知青糊涂，糊涂如枣林大雾般懵懂。那会儿没问，这会儿不知，可能永远地不知。打开的书页早被风吹阖上了。

百多里长的延河九曲十八弯。李家湾大队所在黑家堡公社地界还有杨家湾、白家角。叫湾的村子对面大多有个坪，河水旋出来一块好地。种洋麦好，种花生、棉花、西小瓜都好。还有无人种植自己生长黑鸦鸦的枣林。

李家湾斜对桃李坪；

杨家湾斜对盖头坪；

都是些诗词曲赋一样的美名，像是从山清水秀的江南偷来。

得亏那条延河。有河就有河水，有水就有水灵，灵秀，秀美和美妙。

二、李家湾来知青了

李家湾来知青了！

何止李家湾，黑家堡公社 24 个生产队：康家沟、泥河口、糜草洼、高花河……全延长县，全延安地区除了子长、吴起两个极端贫困县，其余 12 个县都来了北京知青。三万人，赶上红军长征到陕北了。

这是黄土高原、陕北、延安地区的一件大事，发生于 1969 年 1 月。

从来没人问过陕北乡亲们是什么感觉，只有毛主席他老人家一句话：各地农村的同志应当欢迎他们去。当时，我和我的同伴以为他们是欢迎的。接知青的当地人这样说，北京站的东方红乐曲这样说，西安站的锣鼓点这样说，铜川开始的松枝彩门这样说……我们接受了这人造的童话。延安要通火车了，接知青的人说，你们第一年探家就能坐上。

23 年过去了，中央电视台才播出铁轨铺到延安的消息，23 年，一代人长成的年纪，包含多少期望、失意、怀疑、沉沦……看到荧屏红红绿绿的通车镜头，我的感觉像童话一样不真实不可信。23 年，青年早已步入中年。

拉知青的卡车到黑家堡公社的那天，天正下雪。开头不急不徐，给寒伧的黄土地搽一点粉。枯黄的玉米杆变得洁白，乌黑的枣树变肿，破败的窑洞也变得憨态可掬。雪下大了，路边垂吊的冰溜子使人越走越心寒。到了公社，半斤一个白馍、一大碗猪肉炖粉条的欢迎饭不想吃，看也不看。半个月后想起，没把肠子悔青。

“李家湾知青来这里认领行李。”

我和三名女校同学看到拉行李的运输工具——两头瘦小的毛驴，还看到往后过日子的伙伴，另一所男校五名男生。

实在话，第一眼连毛驴带男生都没看进眼里——名牌女校生的傲骨傲傲地立着。乡亲们把我们的大小行李全装上车，两辆车成了两架山。“得咴”一声毛驴车开路。对不起，心眼活泛的女生挡一辆卡车先走一步。男生事后承认，他们对我们意见大了，直酿成麦收后一个锅里抢饺子吃分灶另过。

李家湾到了。阔大无依的黄昏压在眉毛上，静静的雪花飘零，是那地方的远景。一面斜坡，一座无神小庙，一棵无姿色老槐树，一面院墙开一道门，其余窑洞默默隐退大山厚雪深处——便是地方的近景了。

我愣了会子神，一个女子迎上来，扯我的书包。女子高挑个儿，水蛇腰，俊模样，花棉袄外不罩罩衣，脸蛋两饼胭脂红。手呀，伸过来的手一层黑色皴皮。“咋回窑去，窑里暖。”拥上来三五个娃娃，男娃青布袄裤，女娃身上有花。七嘴八舌说着听不懂的话。

光顾着新鲜劲盛开了，光顾着全方位接收前所未有的信息，肚里编排出第一封家信的词：

“领导我们事业的核心力量是中国共产党，指导我们思想的理论基础是马克思列宁主义。（老三段其余两段略。新三段略。三个万寿无疆三个身体健康略）窑里生着火，火光映着一个不辨年纪的人。后来才知道，他是李家湾的会计。他让我们上炕，我们就上炕。不会盘腿，直直地把腿伸向炕外。窑里挺暖和，应该说是屁股底下的炕挺暖和。炕前有一张桌子，桌上有毛选四卷、暖壶两把。暖壶上边是毛主席和李铁梅像。桌子旁边的脸盆花得挺怯。两口大缸。再里边支起一溜木板，板上摆放一排瓦瓮，里边盛着各种粮食：小米、玉米面、白面等。灶火边堆着引火豆秸和硬木柴，灶上有风箱。窑洞外窗下有一张大石板，叫石床。石床上倒扣着一口大黑铁锅。里面扣着给我们吃的羊肉。贫下中农为我们准备得挺周到。炕上是新席，窗上是新糊的窗纸。案板、擀面杖、水桶、笸箩、簸箕都是新的。

“李家湾没有地主，只有一户富农，几户中农。李姓人多，亲戚套亲戚。要警惕阶级斗争熄灭论和人性论做怪。我们刚来不摸情况，既要接受再教育，又要绷紧阶级斗争的弦。我身体挺好，请爸妈放心。我会在广阔天地练红心的。下封信请妈给我寄几张邮票来。我们队离公社十里地。比东单到西单还要远。据说知青一多，邮局的邮票都卖完了。”

先于男生到队，使我们占领了灶房。委屈男生去了上涧的边窑。窑小，炕窄，五个小伙子挤一块，想必没少骂我们。

男生当中有一个回民。吃第一顿饭，他结结巴巴问房东大娘：“您这面条是荤油，还是素油?”大娘惶惶，“俄解不下（意思为我听不懂）。”“您别害怕呀，我问您，刚才、放锅里的油、是荤油、还是素油?”那句断的，活像皇军讲汉语。“俄一漫解不下。”一点听不懂的大娘越发惶惶。

一边的我不乐意了，“什么油不一样吃，又不是在家，挑什么挑!”

若不是被同伴扯住，回民差点冲过来揍我。

仇，从此又积厚一层。

第一次政治夜校学习自报家门。轮到女生介绍，男生冷冷。“早知道了，从箱子上的布条子上就知道了。”轮到男生报名。“马小力。”我看小力身体很棒。罗圈腿，内八字脚，足球队员特征。李会计问他为何叫此名?他故做谦虚：“就是没有力气的意思。”回民叫王佩永。一个叫郭建农，大个叫徐长荣。年纪最小叫刘裕博。问他有多小?他讲，“十六岁半。”社员便笑。一个女生叫夏大工。队长听罢大喜，“好名，好名。建农，大工，一定对咱农业社有好处。欢迎欢迎。”

请孙姓老红军为我们讲传统。红军人老没牙，哩哩乱乱，撒气漏风，讲的什么，真是一点听不懂。我们就鼓掌。他一停顿就鼓，一停就鼓。直拍得他脸涨通红，不再讲。长时间掌声。

来时逢农闲，地净场光，没有活干。偏我们积极性比天高。找队长要活。队长说：“受苦的日子在后边。”我们纠正，“不叫受苦叫劳动。”队长说，“劳动受苦一个意思。”我们说，“咋会是一个意思？受苦是旧社会，给地主老财干活；劳动是新社会，咋会一样？根本不同。”队长闭嘴。

约摸一封家信往返时间，窑里顺眼些的东西纷纷来人认领。

“那个电壶是俄舍的（暖壶是我家的）。”

？

“那个洗脸架架子是俄家的。”

？

“那个洗眉眼花盆盆也是俄家的。”

！！

最后会计来搬桌子，说那是队里给他放账本用的。还一一清点了瓦瓮、水缸、炕席……说都是队里的。

！！！

那什么是我们的？

会计指指炕上堆着的毛选四卷，墙上的毛主席像和举红灯的李铁梅。

三、鸡叫三遍真的天明

一月到的李家湾，打头碰脸就是二月过年。

那时我们的心思被乡下所见分得散散的，碎碎的，全然没有聚焦到过年这件对农村对农民绝顶重大的事情上来。有村人说，得去集上采购些年货。甚年货？羊肉队里给预备下了，你们去买两只鸡，买几把葱，买上些胡萝卜、白萝卜……重要的是买两只鸡回来。

我们认为男知青也觉得此活应该他们干。至于他们怎样赶的集，怎样挑选的鸡，怎样捆绑着带回村里，甚至关进他们住的窑洞怎样喂养，我们连想也没想过。

辞退了做饭大娘——嫌她用脏抹布擦碗太不卫生，嫌她的工分要从我们的工分里出——小组的炊事重担改由男女知青平均分担。冬季基本不出工干活，一日两餐，早上那顿女知青做，晚上那顿男知青做。倒也相安无事了几日。

那日男知青把晚饭做晚了。也不是故意做晚，而是不会烧陕北农村的灶火，越看不见旺火越往里入柴。越入柴便越不起火。原因在没有了缝隙，空气不流通。道理是我们后来才明白的，为此老乡还有一句了得的俗语：人要实，火要虚。男知青当晚只会做一件事情，往灶里拼命入柴。

等着饭熟工夫，一男知青说，把鸡放你们窑吧，喂点食，省得没到过年就饿死了，死鸡肉多难吃。

女知青不干，说怕它们四处拉屎，乱飞到炕上怎么得了？

它们乖，不会乱飞。

得把它们绑在什么地方。

男知青吃吃地笑。不用绑，真的它们飞不了。见我们再无反对意见，便从上窑提溜着下来，放到灶房后窑障。那鸡果真乖，半晌无声。

等在那里只觉得饿，没有点灯黑幕垂落的窑洞里突然出现小小红亮。细看去竟是哪个男生在抽烟，不是纸烟，是老乡抽的那种旱烟锅，而且不止一个红点。看那副不咳不呛的派头，显然已是老油子。真正是可忍孰不可忍！那时候的我们可是把抽烟等同于小流氓。烟会抽了，饭却久久不熟，我们恼怒于色，可惜窑里黑看不出来，恼你恼去。

好容易吃罢饭，洗罢碗，收拾停当，直觉已是半夜。丝毫没有娱乐活动的乡村晚上，只能干也只想干一件事情：睡觉。

等我们把白日卷成卷的铺盖平铺开来准备放平身子休息时，才发觉铺盖最外边的塑料布因高温而柔软。晾了会子炕，终因瞌睡得不行，放下铺盖后又放下身子。

炕像个饼铛，根本就不能躺喽！

侧着身子胳膊烫，放平身子后背烫，踢开被子又四肢冰凉，我们没法入睡，索性晾炕。晾了这半边，又晾那半边；晾晾躺下还烫，烫得受不了起来还晾……

此时一直安静的后窑障有了响动，鸡们！它们抖翅膀，啄羽毛，嗽开喉咙，咯咯咯——咯咯咯——一番热嗓后，引吭高歌。两只鸡，一只唱一只和，一声高一声低，配合默契，嗓音嘛——也还优美，只是苦了一夜未合眼的我们。

我气不过，下炕拿了根柴棍，照着后窑障没头没脑一顿臭揍，边揍边数落：让你们叫！让你们叫！让——它们闭嘴噤声。

我得胜回炕，刚迷瞪过去，鸡们又开始它们的功课——叫第二遍了！

我下炕挥棍又打，打得它们闭嘴，一转身照样它们的二重唱。我只好等它们把整首歌唱完。

此时，我们破译出提溜着鸡下来的男知青脸上坏坏的笑容。

鸡们又按时按点叫了第三回，再看窗户纸，可不是灰中泛白，天要亮了么？

那晚——应该说第二天凌晨的结果是，我们忍无可忍，开开门，把两只该死的鸡放跑。清点受损程度，两个女知青的褥子被烤焦。那个早上，我们坚持不起床不做饭。饿急了的男知青在窑门外张望，见没希望，悻悻地走了。

四、劳动是该叫受苦

女知青第一次哭，是下乡半月后的事。

一天黑夜，晃晃悠悠油灯火苗旁，四双眼睛凑到水英手中的毛衣上。她讲身上痒，怕长虱子可千万别长虱子。一件毛衣翻来覆去，没发现敌情。不放心，没长东西干嘛痒？再找。眼尖的大工看见毛衣袖口缝线处有一粒光亮些的小点。水英的两个拇指指甲凑过去，一挤，有人听见有声，有人说没听见。有声是有，无声是无。仨人俩意见，六神无主的水英“哇”地一声哭了。“怎么办呀？”水英边哭边说：“都有虮子了，再也消灭不了了，怎么办呀？写信告诉我妈去……”

一个并不吉利的兆头！最先大哭的女知青，一年半后得了瘿病，最先病退回城。

一年后的我，在延安东关大桥旅馆大通铺房间昏暗的灯光下，能够从从容容捉出 39 个虱子。

都是接受再教育的成果！

没过多久，知青就体会到，劳动实在是应该叫“受苦”。

最先干的力气活儿是担粪。

上山担粪去喽——清早队长呐喊声刚断，我一扑趔爬起，穿衣踏鞋寻筐找担，晃荡着来到粪场。铲粪社员见是知青，每筐给两锨搅土牛粪，便罢。“再来点。”我还逞强。不知天高地远粪沉的知青都逞强：“再加点。”

“路长哩。”铲粪者又掂进去半锨粪渣。

“上肩，走！”

一路缓坡担到山脚，感觉还行。撞鼻子一道山，脑瓜顶山脑畔山，才开始真正意义的爬山。气粗了，腿肚酸了，肩膀疼了，筐担在地面逶迤。各种不良感觉轮番来或一齐上。走出十步左右我放担歇息，后来者不紧不慢，换肩闪担擦身而过。有人撂下一句，“不能歇，越歇越熬（累），走。”我想跟上走，走不多远，又喘又酸又疼又放担又歇。掉在队伍最后者全是知青。我抬头看，呲——山高得眼晕，回头瞅，一个个知青呲牙咧嘴，九个风箱比赛着拉。

终于把那担粪担到粪场，倒出来才看出是微不足道的一小撮。旭日正东升，同风景名胜处，同天安门广场升起一般庄严、博大、也辉煌。脑门上汗珠觉出阳光暖，背后依旧如水凉寒。那一瞬间涌来心头的感觉五行五毒五笔字型生末净旦丑狮子老虎狗难以言传却铭刻整个人生记忆。

往后担驴粪（最轻）、羊粪（最沉），担麦子、豆子、玉米棒子，担五谷杂粮，担水担得最多是水……担所有该担和能担的。流水样的扁担把肩膀压红、压肿、拧烂、出血、结痂、成茧。终于，终于可以毫不气短地任重物从肩膀担子上流过，甚至反弹出一缕缕疼痛的快感。“痛快”一词大约由此而来。一条经验：担担子上山，不能抬头看山，高远的目标会先折断自信，只能眼盯脚底一步一个脚印向上攀登，应了《西游记》里一句歌：敢问路在何方？路在脚下。的确，脚下。

可诅咒的黄土地上的劳作，农具一样比一样轻：镢、锄、镰、绳……日头却一天比一天红热。割麦时气温最高，却不能穿短袖。太阳会晒曝皮的，麦芒也扎。正晌午担麦从高高山上往下走，脑顶像顶着火锅，脚底像踩着饼铛。肩上两担熟透的麦捆像是两个微微吹拂的热风机。好容易咬着牙走到麦场，眼冒金星，魂魄出窍，膝盖像曲尺样打折，险些栽倒。要喘上许久许久歇上许久许久，眼珠才有了活人气，才从那热天热地处找回自我来。

知青心悦诚服接受了“受苦”的说法，对外场合多使用强化剂量：死受！重苦！驴似地！熬得一漫撑不定了……吱吱哇哇流淌自嘴边，仿佛万恶的旧社会在知青年代全面复辟。此乃接受再教育又一显赫成果。

受这么重的苦，居然吃不饱！每月从国家粮库领回 39 斤定量，只够吃两稀一干。别说担粪，担雪那阵就饿得上顿等不得下顿。

只能中午吃一顿干。由最会捏窝头的郭建农制作。早起喝罢米汤，就用开水把玉米面烫好。稍凉后，郭大师傅的手抟着捏着塑眼掏洞，一个黄金塔捏弄出来，九个黄金塔捏弄出来。难为他九个窝头一样样个大，一样样眼小。蒸熟后立在盖帘上，只等受苦人回来享用。

晌午，饿急眼的知青抱起窝头就啃。我每每夸奖那上边的指纹优美无比，又每每把那优美无比的指纹咬碎咽下去。那时辰，我敢向毛主席保证，天上丢原子弹，我们当中任何一个人也不会撒手的。

知青插队月余，赶上村里李姓长辈病殁。定好那晚要学习的。大队长通知“不学了”，第二天要抬埋死人，当晚死者家属要请三亲四戚和帮工抬埋的村人吃饭。

“不成!”我们的态度十分坚决：“学习重要，还是抬埋死人重要?”

李姓大队长转不过弯来，“人已经殁下了，学习可以换个日子。”

还是那句不开窍不转弯的问话：“学习重要，还是办丧事重要?”

李大队长无处躲藏，答应当晚学习。

当晚来学者皆缺精少神，敷衍塞责。全不似平日里讨烟对火撇儿话生猛火爆。纸上的精神实不抵大海碗里猪肉粉条烩菜诱人。匆匆学罢，赶着去赴上院死人的宴席。

好奇又生气的知青去现场看，死者家属及李姓队干陡然紧张。他们见识过红卫兵的厉害。破败的村前小庙就是他们砸的。身上佩着亲疏远近孝道标志的各级队干们谦恭而又审慎地注视着我们一言一行一举一动。雇来的吹手赶忙换去旧曲子，吹起“真是乐死人”。真是——没把我们乐死。死者的长子全身白孝向我们走来。我想起之前的三天晨昏，他都是这样白衣飘拂逢人必拜。一次，我从茅厕里出来撞上是他以为见鬼又忙退身回去。

到底吃了李家湾几顿五谷，喝了李家湾几缸清凌凌井水，我们未敢造次转身走了。众人大松心大喘气，用“真是乐死人”送行。

多年后，我离村又归。中年以上李姓人还会学舌“学习重要，还是办丧事重要”，令人感慨昨日无知无识的可笑。如果重新活过，重新插队，会稍许成熟些么？

五、分　灶

下乡才知道灶的重要。

民以食为天，灶是食的保障，领导天的核心力量。金木水火土，一个灶字，五行俱全。

陕北人管干活叫“搂灶”，分家叫“分灶”，坍台叫“倒灶”。

过大年前的农历腊月二十三，先过小年祭灶。就是讨好灶王爷灶王奶奶，给值勤一年烟熏火燎一年灰眉土眼一年的二老嘴巴上抹点糖稀，让他俩上天言好事，回宫报吉祥。年除夕再把抖搂了一身灶灰汇报完毕的灶王爷灶王奶奶请回来。

我从古老的祭灶风俗联想到禁而不绝花枝招展的虚报瞒产浮夸谎祸你有政策我有对策——农民的狡黠。

我总认为最早的主意是男人们出的，女人们跟着执行。

知青入乡随俗，来了客人往灶房让，管知青小组叫灶上。从吃不到一锅走向过不到一起，做出使亲痛仇快的事：分灶。那阵子知青分灶成风。李家湾知青小组不过是千分之一吧。

分灶的近因是吃。

一天，两个女知青来例假，不出工不记工分只好在家做碾磨，把一斗（农村曾经用的盛粮食的容器，一斗大约 30 斤）麦子推成白面。队里给了头一瘦二奸的老驴。听话听声，锣鼓听音，毛驴听出赶它的是生人，便不打不走，还时不时偷嘴吃。给它带上笼眼，扎紧笼嘴，偷吃不成了。

谁知——是可忍孰不可忍——第二天男知青就接待了五六个串队

同学，一顿烙饼一顿面条慷慨待客也犒劳自己，笸箩里的白面三份去了二。女知青大气复大喊，叫男生向客人收粮票。哥们义气重如山的男生哪能跌那个份儿？最后一点白面又包了饺子。饺子煮熟时，男女知青各持一把笊篱抢捞。只见黑锅白水，笊篱翻飞，皮馅散乱，战势紧张。女知青终究不敌男知青，越发怒火中烧。心想平素里他们不懂体贴不会照顾不顾大局的所做所为，心想他们抽烟讲荤话同小流氓无二的举止，心想与他们一起光吃亏不受益的黯淡前景，压抑许久的决定喊了出来："分灶！"

男知青稍感意外，气头上话赶话，他们也不服输地应战："分就分！"

分灶的原因——那原因很多，纷纷杂杂浑浑沌沌裹裹缠缠。

一种失望失意失落失态的总和吧。

延安老区并非像电影上书上那般红火。三五年就入党的我的师傅，人称"撇儿话大王"意即讲荤话下流话专家。姓孙的老红军骂我们是"刘少奇派来的"。十六岁半的刘裕博不服，同他据理力争："我们是毛主席派来的！谁说是刘少奇？""毛主席？可有毛主席的介绍信？"当然是没有。不仅没毛主席的，连北京市、西城区、西长安街派出所的介绍信也没有。所见农民都糊涂，同富农、豪绅子弟的关系比同我们还好；皆自私，一评分就争，把我们女知青的工分压得比婆姨还低，明明知道开荒犯法，还要让我们进沟开够二亩三分一行地，否则"没你们的口粮"。办丧事全按四旧来，十二三岁小女子早早定了婚……

毛主席说"严重的问题在教育农民"，可没说接受再教育的知识青年能否实施此教育？

一封家信，在三新三旧三万三身后边，我向父母提出了问题。

父亲回信了。同样的三新三旧三万三身格式——好生奇怪，又没有人拆信检查，咋人人都这么老实听话自觉。中了什么样的魔法有如此大威力——之后，他向我提出几个问题：

如何看待贫下中农的本质和主流？

如何处理农业学大寨和接受再教育的关系？

如何严于律己宽于待人？

三问等于三答，三问等于什么也没有回答。父母阅历得出的经验已覆盖不了子女的地盘。

乡亲们一致认为分灶不是好事，方方面面全来做工作。

“都是北京来的，咋价过不到一起？不会做饭，请个人帮忙么。”

“不成！请人还得过我们的工分。房东大娘用脏抹布擦干净碗。说什么也不成。”

队长从前炕蹦到后炕，劝男知青，男知青不听，说，“同女子们说去。”故意把女子发音成“驴子”。

队长蹦到前炕，找“驴子”磋商，“找小子们说去！”只恨没有更解气的词。

蹦了几匝的队长生气了，“合是合不成了，合是合不成了。”听音像是“活不成了”。只好主持分灶。

男女知青像说对口词样抢报各自索要实物。

“我们要笸箩！”“我们要簸箕！”“我们要饭勺！”“我们要炒菜铲子！”“案板！”“擀杖！”“蒸箅！”“盖帘！”……两把菜刀两口缸，农具两下里分停当。只有两样分不开：风箱和水桶。队长讲，风箱留灶房，水桶伙着用。

灶，就这么分开了。

分家后，两家过得都不好，都要误工留人做饭，又都懒得做饭。吃不好也就干不好。瞎凑合也真能凑合。有时去瓜园摘两颗瓜，有时炒一锅葵花子当饭。水土不服蚊虫叮咬身上长出一片片烂疮。各种身病心病都来了。凑合到那年冬天，知青统统回家探亲打包滚蛋。

那年我们十八岁。

分灶，是我们成人前最后一次孩子气十足的举动，以此永远告别少年。

那年春天探家回来，李家湾知青小组又合灶了。

首先是因为大气候。

当年，在枣园当知青的周总理侄子回家汇报，总理对延安地区贫穷落后状况以及知青生活十分震惊，还有痛心。他把十二个县的革委会主任请到北京开会，制定了26号文件，派遣了1200名北京干部，拨了一大批包括救护车、架子车、16毫米电影放映机在内的支延物资。延安知青的形势大为改观。也许就在那时，周总理萌生了要回延安看一看的念头。直至三年后的春天，带病之身才得以成行。

周恩来，延安人最心仪的中央首长。他去世一年后我还在农村插队。某日晚，一位来报粪账的刘老汉对我说：周总理那年来延安，问地畔种瓜了没？玉米地里带红豆角了没？总理说，瓜瓜菜菜半年粮……刘老汉报罢粪账起身走了，窑里留下新鲜的烟臭与粪臭。我被刘老汉的话打动了。做官做到这份上就算做好了。总理去世没有立碑，那碑立在像刘老汉一样的万千农民心里，长在畔畔上种瓜，玉米杆杆缠绕红豆角角的地里，像春雨秋风样永恒。

小气候是家长做了工作。

没有哪个家长乐意自己的儿女千里之外分灶另过。

女知青辩嘴："男生坏!""怎么个坏法?""抽烟像小流氓。""你爸还抽烟怎么不说你爸像小流氓?回去把灶合上。别那么伶牙俐齿不饶人。北京人天高地远走到一块多不容易。合上!"

黑家堡公社范围知青小组不分灶情况大致有二:要么男生高中女生初中,要么女大男小。年龄相近者都打架分了。一个冬季探家回来,同样的大小气候,悄悄价又都合上了。

谈合灶事男女知青皆面有赧色,各自找着不歪脚的台阶。

郭建农:想想咱们头年分灶,怎么跟小孩打架似的?

我说,也不小了,都 18 岁了。

大哥徐长荣:18 岁是大人了,该懂事了。商量商量合灶后怎么弄吧。

夏大工说:是啊,再不能像去年那样,得有人管,还得有规矩。

郭建农当组长,管灶,管账;我当副组长,管学习。

刚开始那学习还能坚持。晚上读报,出时事考题互相提问。记得那年柬埔寨乱了,温文尔雅的西哈努克亲王开始流亡生活。我问:"游击队攻占了哪个省?"王佩永回答:"磅湛省。"21 年过后,白发苍苍的西哈努克才回到金边,往事如烟如雾,如放电影如车窗外快速掠过的风景,让人恍兮惚兮,来不及感叹。

葛家圪台的男生合灶有高招,从老乡家买来 11 个鸡蛋,用红笔写上 11 个字:团结起来,争取更大的胜利——送给女生,也足见那时无所不在的政治。

六、婆姨队长

天晴气朗，男泰女安。1970年，李家湾知青小组红盛的一年青春勃发顺心遂意的一年。知青小组出勤出得多，饭菜做得好，水土不服的疙瘩统统平复。知青灶上的泔水稠，知青圈里猪长得快，知青的鸡肯下蛋，知青自留地里的洋柿子也就是西红柿个头大。那年生产队的麦子收了，枣收了，可以隔三岔五吃包枣馅的馍馍。知青的工分水涨船高，渐渐担当起重要职务。譬如：拖拉机手、赤脚医生、教师……我当上管半边天的官——继少先队大队长后管人最多的官——妇女队长，人称婆姨队长。

为什么选我？

乡亲们看人两条标准：苦受得咋个也就是劳动怎么样？对人也就是对他们怎么样？看来我这两条政审合格。

第一次铡草，我先声夺人。

倒不是为了当官，而是逞强。年轻时不逞强，还能显示出生猛活力么？一口铡刀三个人，铡匠，苦最重；入草匠，有技术；还有一个扒拉草的，一般是娃娃。我没技术，抢着当铡匠。我个子矮，铡刀长大，需跳起来才能按下去。刚开始不会用劲，光溜溜的糜草净往铡口里塞。入草的斜我一眼，抽出几根；依旧塞，又抽出去几根，剩下不好意思的一小撮。入草老汉看我孺子可教，便说，要用闪劲。我试试，灵哩！草节欢快地迸溅开去，像抖开金色的扇面。刷刷刷，我的动作渐渐上路，有节奏也有成效。入草老汉斜我一眼，添里两根糜草；刷，又添里一把；刷刷，很快脑门汗津津的，青春热血欢涌，痛快之极！锋利切割的痛快，整桩破碎的痛快……世界上为什么灭绝不了刀剑和杀戮，除了人性残忍一面，确有一份无法替代的快感。

铡热了，我甩掉棉衣。社员要换我，我不松手，直觉得手心拱起泡，仍旧不松。铡草真好，可以逞强痛快，可以细微分辨出刃口被铡物的软硬脆韧。入草老汉拂去窝囊棉裤裆上的草节，唠叨着：糜草软，麦草滑，干草好入没人铡……

谷子秆叫干草，硬，费铡刀，牲口吃了上膘。后来我才知道干草还有一项重要用场。死人棺材入墓穴后，要用干草封闭洞口，只能用也只许可用干草齐齐封住，像一道密不透风的墙，隔开生与死，阳世与阴间。干草、谷香，香喷喷小米的胳膊腿与脊梁。

乡亲们还夸我会锄地，给头茬山地糜谷间苗。糜谷是漫山撒种，出来的苗无垅无行一面坡如一领自由自在大席，需一棵棵留苗。手腕提着劲，锄尖左拔右闪，该去的去，该留的根部还培上土，锄出来的地花花的可好看了。

男知青马小力，同他的名字相反，身壮力大。搬磨盘、扛麻包，很快用大力镇服一村好汉。锄地是巧活，他可吃了高度近视眼的亏。手抓锄把下端，大猫腰辨认，有时还需用手摸：扎手是刺蓟，不扎手是棉花苗。红日团团坠落时，他干脆一边歇了。分不清敌我友，无法下手。

还是这个马小力，某日给知青灶串麦子，用簸箕簸土，连麦粒一起掀出去。喜坏了脚边啄食的鸡。李老婆看不下去，接过簸箕边簸边数落：好你个马力，囫囵囵粮食都簸出去了，可惜的……

“好你个马力”不爱听，半天憋出一句：老婆，你会踢足球么？

你说甚？我解也解不下。

马小力顿时心理平衡。

我的劳动关过了。

婆姨说我是“喜拉人”，我体会就是爱说爱笑爱唱大大咧咧大大方方不小心眼不发火生气的意思，好意思。我的陕北话水平也很快有了文凭。方言，走进某一地域人心的路径。听不懂，不会说，你就被拒之门外，十里八里山外，千里万里的国门外。

由于上述事迹，我当上妇女队长即婆姨队长。此消息通过老三新三三万三身的家信送达父母。

羊走圪梁驴走磨道，山丹丹开花一枝独秀。我不再漫滩价流信天价游侃插队了。七年了，该有多少事多少回味，只讲婆姨队长这一出，这难忘的一出。

三个婆姨一台戏。我管的婆姨三十大几，该有多少戏？

先说呐喊上工。

男队长的喊法——村中有一口接口石窑，窑顶是平的，除了七长八短烟囱，还栽着一根木椽，椽上吊一根满身红锈的铁管子。男人队长是个干活一般的中年汉子，他老婆生了十三个娃，还跃跃欲生，家里可想而知有多邋遢。李树清当队长的原因是他从没当过队长，其余能干的都当过头疼得不想再当。

当队长就得早起。李树清每天天不亮走上窑顶，敲响锈铁管子，随后一声“哎——男人家上列子川送粪去喽——”一般喊两至三声。出早工的男人就听见听明白了，想挣工分你就起身动弹。女知青也算在男人之列。那声音时常在我黑甜的梦梢上浮动，粗暴地把我推醒，耳边还响着后半截拖腔。偶尔我早醒了，听那呐喊的全过程。起先有点闷哑，后来逐渐浑浑厚厚，苍苍凉凉，飘向尽可能远的远方。那声音有一种受压抑的力量，要把黑夜抬起，将白日放生。那声音拍打着山脚的树杈和水井，让它们醒醒。那声音是人对天地的祈祷，祈求天地保佑新的日子平平安安，顺顺当当。那声音将人的欲望和情感宣泄尽了，便无奈地沉落，沉入新生的鸡啼狗咬之中。

那声音能把人听痴。

我自惭形秽不配那样呐喊，也怯场得不敢，只有凭藉年轻的腿脚颠颠地满村乱跑，喊三挂婆姨，喊粪斗二妈，喊康凤娘，喊艾儿……没出工先出力，往往还有没听见落下的人。

麦收后的一天，婆姨们该去场上簸麦子，麦场就在村里，歇歇时不耽误奶娃娃放火烧锅煮玉米馇馇，出工婆姨女子一定很多。

我突然不想沟里下洼里上满村乱喊当三孙子，我突然想像男人队长那样放开嗓子。我相信我的嗓子不会丢丑。边往窑顶走我边给自己打气：啥了不起，大不了多喊两声，大不了下次不喊……我把哨子吹响。箭在弦上弹在膛里，一切变得不可逆，许多只灵敏的耳轮扇面样张开——等着呢！

“哎——婆姨家场上簸麦子去喽——”

棒极了！我为自己喝彩。东边一嗓，西边一嗓，“婆姨家场上簸麦子去喽——”家家龙门闻声洞开，婆姨女子挟簸箕，拢手巾，扭扭搭搭起身了。

场上的各色人等惊喜地夸我好美嗓子，亮个哇哇。

李树清婆姨说：比我那死鬼老汉强多了。

从此，李家湾的声音世界阴阳谐顺。

这是两股互不干涉互不侵犯互助互补的声音。

李树清是钟，我是铃。

他像胡琴、板胡，我像唢呐、小镲。

他是长长的箫，我是短短的笛。

七、陕北婆姨

至少在北京知青插队、我当妇女队长的时候，陕北婆姨还是典型的三从四德。自小从父。大人生了娃，若是女子，便连个像样的名字也不给起。大女子叫毛女子、毛妹；往后叫鸡换糠换狗脸粪斗；要么随节令起名——春分秋分雨水冬至。显见艾儿是端午生的。

出嫁后从夫。自打爹娘收了婆家的聘礼，自打骑着铺红鞍的小毛驴去了天边地角的婆家，那女子就不再有自己的名字。嫁了谁就成了谁婆姨。此称呼要一直顺延至子女出生。于是那女子被递进到狗脸娘或是卖臭娘的地位。再往后，到不了四十岁，就可以当奶奶做外婆了。名字也随之变做毛女奶奶或粪斗外婆。

我当妇女队长必须记住两套名字：一个是本名，记分、分红用；一个是表示尊卑长幼的家政职称。

第一天给她们派活儿，是去场上簸簸箕。婆姨女子们扭扭地都来了。“麦黄糜黄，秀女下床”，讲收麦收秋这两个日子口，只要能动弹有口气的男女老少都要出工。糟踏到口的粮食，是农民的本能良心感情觉悟所不容。虽说给生产队干活不比三中全会之后给自己干积极性高涨，可是生产队的大黑铁锅里有着别处没有的自家一份。所以，还等于从锅里往碗里舀呢。喀（去）!

簸簸箕是婆姨家的绝活儿，凭这手绝活儿，刚插队时女知青出早工挣的工分还不抵她们多，眼见她们“表演”了几回，女知青心服了，口里却说，一年四季簸簸箕才几天呀，其余的苦就不算苦哇？没人理睬。婆姨是自家的，知青呢？谁家也不是是国家的。公众保护妇女儿童权益，没人保护知青。

平日里串麦子串玉米碾谷子，需要把尘灰糠皮簸出去。玉米粒子大，串下来的皮好簸。谷糠细腻，属簸物中的高难。只见婆姨用右手中指顶针间或敲击簸箕帮，咔咔两下，又簸又扇，扬起的米金黄扇面，高扬低落；煽起的风把轻的糠灰送出去，边簸还边在簸箕底斜斜顺顺地旋，屁股胯也跟着扭。这一连串动作——敲顶针、簸、煽、斜旋、扭，连贯又和谐。一排婆姨站在那里簸着什么，真就像是跳舞。北京大兴县有个毛泽东思想文艺宣传队，编了个舞蹈叫《姐妹们喜晒战备粮》，就是拿着个簸箕在台上比划来比划去，那阵子还得过满堂彩呢！

场上活儿主要是扬。有风，男人扬；无风，女人簸。女人大显身手时，口里还嘘儿嘘儿地寻找呼唤风来。男女一块干活的地方，女人是角儿。男人是票友。嘻嘻哈哈，打情骂俏；黄黄绿绿讲荤话。有时男人和女人抱在一起摔跤，周围众男女疯了样叫好助威。要么几个婆姨抬起一个男人要剥他的裤子。一准刚才这男人胡吣了什么，得罪下了。干这事都是些手脚利落的婆姨。女子们则在一边捂嘴吃吃笑。女知青呢？我呢？生怕男人裤子被剥下来，头扭半面，不看。“不要脸，”心里用北京话大骂，“臭德性！”

歇下，有奶娃娃婆姨回家了。其余人拿出针线活做。纳鞋底子袜底子，纳鞋面子，纳鞋垫，整麻捻，把裤腿子撩起来在白生生的腿上搓麻绳。针线活就像婆姨手上的长流水四季不断。女知青眼热也跟着学，整麻捻麻刺扎手，纳底子光折针，搓麻绳搓得汗毛疼，终究成不了事。女知青自嘲说笨，婆姨在发上蹭一蹭针，说：城里娃还是有靠哩——一矢中的。

我见过婆姨家背麦子，从高高山上往山下背。一年难得爬几次山的婆姨人手一绳上来了。有得柳拐病的，有脑门子扑着紫红火罐印；上得山来红头涨脸大喘不已，眼里却闪烁着兴奋与热诚。每人捆起一大背，互相还较劲比试，随后摇摇摆摆背下山。

我还见过婆姨家担麦粪，从山脚往山坡一个个刮好的粪场担。那是我大学毕业后第二次务农到南泥湾。三台大队是学大寨先进队，讲究男女同工同酬，婆姨女子受的苦比李家湾多。搅土羊粪比麦子沉何况从下往上挑，几个能干婆姨依旧嘻嘻哈哈盛满就走，比试着谁先到粪场。先去后到者皆笑瘫在粪场上，抹着眼泪捶捶打打，仿佛她们从来不知愁滋味，日子过得喝了蜜一般。

哦，这些陕北婆姨。

队长婆姨真能生，三十多岁生了11个娃，转眼珠工夫，又生了一对双胞胎。

生那日子给殁下的长辈过三周年，她正忙着做饭，一对儿子就落生在灶灰里。没有任何消毒和接生的手段。娃娃用旧布裹上，抱在怀里，睡在炕上。我去看了，精瘦，像剥了皮的鸟。根本看不出像还是不像，像爹还是像娘。

队长婆姨极疼那两只鸟——两个儿子——嘴里哼着无师自通的摇篮曲，还掏出干瘪的奶来喂，奶不够，娃哭哩，又搭上稀稀的米汤。

队长大女子的娃都满地跑了。大女子回娘家，指着灶上睡着的娃对满地跑的娃说：“炕上睡着你舅舅，叫舅舅。”“舅舅。”外甥叫罢又跑。年龄这样古怪的一家人，却个个神情坦然，大惊大诧的只有知青。

未满月，一个鸟颈子就断了。生和死的距离之短，一步就迈了过去。生到死之容易，仿佛从窑外捡了根柴，咔吧一声又撅断了。

面无表情的队长双手捧一个布包走出院子走出龙门。正午的阳光下走向村边的棉花地。棉花地有几棵沙果树，花开谢了，结几颗青果。队长在树边挖土，把娃埋了。往后的晨昏，队长婆姨会坐在树下哭。有词有曲听不清说什么哭等于唱。再往后，这个娃渐长，那个娃不幸的记忆被冲淡。我锄棉花地总是绕着沙果树走。生怕一锄头锄出个布角来。

生养是陕北婆姨应尽的义务，由此义务获得名正言顺当婆姨的权利。这个婆姨能生，生很多儿子，哪怕她满年四季不干活，哪怕做的鞋左右脚不分，哪怕袖子嘎吧的能擦着火柴，也是个合格婆姨。反之，如果光生女子，那婆姨就有了缺点。如果连个肉芽也生不出来，哪怕她擀的面再长，纺的线再细，也犯下了不可饶恕的罪行。

李家湾有个年轻婆姨叫花儿，结婚时还不到 15 岁，可胸是胸，屁股是屁股，白白净净，俊俊俏俏模样有如其名。结婚一年，不见动静；二年，肚子平平。家里气氛有了些紧张和不安。公婆皆是善人，口里不说心里着急。莫非这媳妇同我一样不能生？婆婆想。儿子来娃是抱来的。也许还小？再等等，再等等……花儿拖着带罪之身捱日月。见年轻婆姨抱着娃不敢上前，见婆婆脸色不好自己的脸色想好也不能。某次，知青窑堆满玉米，知青各自找住处，我找到来娃娘家，让来娃娘、花儿同我睡几晚，来娃父亲、来娃过那边窑睡。来娃娘不干，不愿让小两口有一夜落空。结果把老汉打发去了场房。

直到我离开李家湾上大学，花儿那窑里没听见娃娃哭。

我大学毕业又去了南泥湾，三台队一个婆姨不会生养，她老汉急得满世界找大夫寻方子抓药，直把那婆姨治死。婆姨死了老汉伤心，伤心不久又娶婆姨。后进门的婆姨脚跟脚带着三个娃，显见是个能生养的。后婆姨跟了他一年半载不开怀，旁人才明白，毛病出在男人身上，却没有人为先前死了的婆姨喊一声冤。

女知青早到了做婆姨的年龄，男知青也该当娃他父亲。乡亲们只当我们和他们不一样，我们也觉得是和他们不一样，连谈恋爱都偷着摸着像地下党；问上了摇头摆手不承认，咋又像喝了酒，眉眼齐刷刷价红？

八、康凤三妈

康凤三妈直愣愣地看着我，看得我心里发毛。我来问她上工了不？不上就不上，别这么看我。

康凤三妈看着我，不知咋的，眉眼间渗出赧色，又有一种决断的表情。她撩起大襟袄，解腰上的红裤带。

“做什么，康凤三妈？”我有点怕。

她把棉裤褪下来，又剥内裤……

“快穿上，快穿上。我看见了。”我心一阵揪痛，眼眶立时盛满了。垂吊在两腿间是子宫。按我那本蓝皮的《农村医生手册》上说，此症状叫子宫脱垂。原因“子宫韧带松弛，阴道和会阴等软组织在分娩时裂伤后未加缝合；生产后过早参加重体力劳动”等等。治疗“内服中药，外塞药，针灸和用子宫托，如果都无效，可以考虑手术……无论怎样治疗，都要有适当的休息和营养补充”。让康凤三妈做到书上这些，无异于让我三十年前走一趟纽约，几乎是不可能的。

她对我哭诉，我只听了个大概：月子里……婆婆……但那红赤赤的一坨长在我眼里剜也剜不去了。

康凤三妈，一个精明能干的中年婆姨。修长身材，半大脚。衣服收拾的襟是襟，袖是袖。两个女子也挺可爱。她家的酸菜是全村最好吃的。拉起话来不疾不徐，唧唧复唧唧，像那有味道的酸菜。李存高就是上她家顶门。谁想到平平静静一家人家的女主人竟夹着那玩艺捱过一个又一个晨昏，该多难受啊，那难受又不便与人言。她哭着对我说：看过医生，吃药针灸都试过，不顶用。做手术吧，一来没钱，二来怕顶不过去。康凤和随凤还小，咋价呀么，撂不下呀么……

我呆呆地听着，满心想帮助她，又无半点法子。我真想“噌”一下蹦到空中，变成一个“杀人于无形，救人于无踪”的大侠。可是，我不能，我依旧脚不离地站在她家窑里炕边，听康凤三妈倒苦水，倒很多苦水。

以后派上工，婆姨老婆对我撩袄解裤子，我已不再慌怕了。

陕北婆姨大多有病。无节制生养，妇科不卫生，做不完的家务活，无任何营养补助，使她们得妇女病轻易得如同脸上长了个疔。时常见她们正干着活，就蹲地边，说是肚疼。蹲一阵也就好了。不好，就是疼厉害了，擦擦蹭蹭自己回窑歇了。也时常见婆姨家脑门扑一个紫红色印记，那便是治脑病的通用方法——拔火罐，陕北话叫扑钵子。伤风感冒用铜钱刮，或用缝被子针在腰身、胸部挑羊毛疔，据说能挑出像羊毛纤维一样的东西，有人病情也真的因此减轻。

女知青下乡，看到女子婆姨妇科的不文明不卫生，用城里人的文明卫生潜移默化地演变她们，演变她们中间的意志薄弱者——年轻女子，尽管收效甚微。

悄悄价，来月经不用灶灰和旧棉花套，也会把一些旧布洗净；

悄悄价，比照女知青晾晒出来的背心裤衩做自己的内衣内裤；

悄悄价，大襟棉袄的领子不做成方形，做成柔和的弧形半圆；

悄悄价，向知青讨点洗衣粉洗虱子虮子滚成蛋的头发，去合作医疗站大瓶子里讨点凡士林搽抹皴裂的手脸；

悄悄价，悄悄价……

等我两年后上学，三年后毕业又回到这块土地时，妇女的文明程度提高多了。某次公社开妇联主任会，专门教做简易折叠的月经带子。一边看是一块花布，折折叠叠再一翻，就是一个月经带子。那是怕女人不好意思拿出来晾晒特别设计的样子。

妇联主任人手一个拿回自己的村子时，阳光下高举起一面文明卫生的旗子。

陕北婆姨不是哭就是笑，哭与笑中间层次极少。她们既浅又显，不会深沉。深沉是有钱有闲人的脸谱。婆姨们身无三两银，两眼一睁忙到熄灯，既无钱更无闲。男人打疼了，赶快哭嚎，把街坊四邻嚎来拉架，好少挨打少疼。有了开心事赶快笑，笑出眼泪，笑得栽倒爬起。有时笑的原因很不值得，不过借机宣泄；有时哭的原因离伤心也远——譬如给去世的公公过三周年，一种角色的需要，借彼哭己吧。

如果大致做一个划分：笑在窑外，哭在家里。若听见某孔窑洞传出嘤嘤的抽泣，并有诉说夹带其间，不用劝也不听劝，那便是真伤心了。

我后来插队村里有一个很能干婆姨，担粪上山，背麦子下山，比男人不差啥。时常见她笑得抹擦眼泪跌坐地上。我见过她两次伤心的哭。一次是十二岁的大女儿得脑炎死了，哭得她几天没吃饭。还一次娘家哥哥来借糠麸，拿回去掺在粮食里吃。她心疼娘家人，悄悄在糠麸里兑了一些谷米，被自己男人发现。男人打了她，还让她一颗一颗簸出来。后晌，风不吹，树不摇，她跪在院里石床边，一扇一扇簸那糠，簸那米，边簸边哭。娘家哥哥在窑里听。

女支委吕兰英不爱笑，也很少哭。只有一次，公公嫌她干公家事太积极，不是个贤惠媳妇，赌气一根绳上吊自杀身亡。吕兰英那顿哭，哭得波涛滚滚，当媳妇的难为、委屈，做女党员女干部的艰难不易在哭声中张张扬扬。

身为婆姨队长，我希望她们哭少笑多，可我又没能力增加笑的因素，减少哭的缘由。面对她们的哭，多数时候我默默听着，片刻，默默调转身离去。

喜欢同婆姨女子打搅，除了觉得她们比男人诚实，干净，可少设防外，还喜听她们讲话。陕北男人不会讲话，打夯样粗粗笨笨，除了“逑”字，没有别的定语和状语。婆姨则不然，口张词来，浑然天成，行云流水，大珠小珠落玉盘。听她们拉话，我体味到陕北话的古老、斯文和生动传神。

管喊叫叫呐喊，捧水叫掬水，敲门叫捣门，月饼叫玄黄，香菜叫芫荽，虹发音 jiang，还有牺惶、骚情……找不到别的词可替代。

喜用叠字：蓝个英英、红个丹丹、黄滋拉拉、齐不刷刷、亮个哇哇、明个仓仓、黑个啾啾……

大量对仗句：一点三马勺，三点一大锅；实打实的受苦，鬼捣鬼的买卖；母猪肉不敬神，女子娃不顶门；往来走吊死鬼拧神，往回走闯王进门（形容上工下工）。

竟胜过宋代女大词人李清照的声声慢，寻寻觅觅冷冷清清凄凄惨惨戚戚，总以为李清照未愁到那份上。她把语言打乱重新组织铺排，自己从中获得相近不相同词语摩擦唇齿的快感。

永远做不完的家务活，使婆姨变成磨道驴。

一天最早的火是她们放的。早起男人没起她们就起了。抱柴、放火、烧锅、蒸窝窝、熬米汤；打发大人起身，子女上学，送饭的拦羊老汉又在窑顶高声呐喊了。用笼布包上刚揭锅的窝窝，用饭盒盛上酸菜丝子，有讲究的拌上红辣子和绿韭菜，忙忙给要饭的送去。

饭是各家拿各家的。一只桶的开水可是挨家轮流烧。那便是一种无声的比赛。有的婆姨在水里放上几颗豆子，有的放上几粒米，那水便有了粮食的滋味。也有懒人，把蒸锅水舀了来，一山的受苦人便当着她男人面骂那婆姨“懒松”。

打发完大人饭，喂饱娃娃肚子，才洗眉眼梳脑。破木梳梳齐，唾沫抹得黑亮光鲜。做猪食喂猪，拌鸡食喂鸡，约摸山上人早饭后搂灶（干活），婆姨家正宗活路开始。采桑、养蚕、纺线、织布、裁剪、缝纫、濯洗……一家大小从头到脚的穿戴都从那忙碌的十指间汩汩流出。十天半月还要做一场碾磨。磨面、碌米、串玉米糁糁、压黑豆钱钱、压沙蒿、榆皮……若给哪个大人娃娃过岁（生日），就要压荞面凉粉或压黄米做糕。晌午饭，晚上饭……人三顿，猪三顿。人饿了会等，猪饿了用嘴掀门，掀得门豁郎郎价，让你什么事也做不成。猪草并不现成。榆叶、杏叶、黑桦叶、苦菜、灰条、打蔓蔓草……地里捡来，洗净，煎水煮，凉水泡，再兑上糠麸……做这一切有时还挺着几个月的肚子或奶着几个月的娃。

知青到农村后，强调男女同工同酬，让妇女多出工，多学习。但以上家务并没有减少分毫。有时她们也烦，活儿放下，说，懒得做，反正做也做不完。又说，真想成天出来受苦，再不做家务。想归想，之所以想，就是因为做不到。女子还可以躲躲，躲到当婆姨非做不可时再做。婆姨的责任和义务是她们头上的紧箍无处可躲。苦枝苦叶苦汤苦水全咽下了。一天最后的灯是她们吹的。夜深人未静，还有活儿……

奇怪，陕北婆姨这么受苦受罪，却比男人寿长。有时得一场大病，觉得熬不过来熬不过来，却又熬过来了。瘦一圈脸，脱一层皮，眼窝依旧明亮，话语依旧动人，使我不得不佩服她们韧长韧长的生命力，像她们抽丝纺的线，搓的麻，捻的羊毛绳绳，像她们捡苦菜走过的土地，洗衣面对的河。

九、卖臭和艾儿

卖臭和艾儿是要好的一对儿。李家湾明眼人都看出来了，包括知青。

艾儿在陕北女子中算高大的，高得有点驼背。眉眼周正，手脚也还能干；只是她那当爹的老孙太笨，他说他除了打枪什么庄稼也不会种，转业到地方又丢了介绍信（难怪跟我们要毛主席的介绍信），既拿不上优抚款，又挣不下大工分，枉担了个老红军的虚名。日子长了，知青才发现，老孙这个老红军在李家湾并不受尊重，更多时候是旁人打趣开心的对象。“老孙，枪栓咋样拉?”锄地锄累了，有人衔着一锅烟问他。老孙把锄把端起，放眼跟前。众哄笑。“老孙，唱一个井岳秀。”井岳秀是陕北清涧的守城司令，土匪式人物。刘志丹的队伍同他交过手，还留下一首打井岳秀的歌。歌的头两句“好一个井岳秀，哎哟，真是个坏骨头”。老孙打没打过那仗闹不清楚，歌他会唱。有人让唱他就唱。唱的什么，谁也听不懂。有婆姨打趣他：哩哩乱乱，连巴带尿。

敏感的艾儿心里明镜儿似的，逢此时她吼喊她爹，让老孙别唱；又收眉皱眼小声气骂那些打趣的人，骂得很难听。

卖臭是陕北后生中清秀型的，聪明，男知青的嫡系。不管家里有客没客，他喜欢在男知青窑睡。夏天，男知青穿的海蓝色跨栏背心是他梦寐以求。郭建农回家探亲捎回一件。卖臭穿了整整一个夏天。白生生的皮肉，蓝英英的背心，果真好看——不少女子都这么以为——只是肩头胳膊晒红晒脱了皮。陕北的夏日并不怜惜卖臭爱美的心。插队第二年，眼见卖臭青杨树样窜了个，喉结滚动，胡须生猛。烟雾缭绕中，额头竟有了横纹。他无师自通地懂得了那种事情那种情感。只可惜知青吊高了他的心，他竟对某一位女知青有意，那位女知青却对他无半点心。那年秋天女知青早早病退回京，高高升起的卖臭的眼光才降落在艾儿身上。

天高地广的黄土高原，却没有谈恋爱的圪崂。到处是人眼的网，人嘴的井。男女知青希望他俩能好成，做一对婚恋自主的夫妻。可是，卖臭娘看不上艾儿的家境，艾儿在移民下来前已许配人家。吃了人家的粮食，花了人家的钱；退不出粮食退不出钱，到时只有跟上人家走。

艾儿嫁了，穿一身红袄走了。走时她不高兴，老孙不高兴，知青也不高兴。卖臭呢？没找见不知道高兴不高兴；只知道他那年冬天当兵去了风雪茫茫的甘肃……

普通极了的男女婚恋故事，起伏不抵半句信天游，刚起音就落下来，沉沉地落下去了。

当妇女队长一年多，女子们成了女知青的嫡系。她们教我做针线，纳鞋垫，纳鞋底。我教她们唱歌、识字、排节目、演出。眼见她们变得干干净净水水灵灵，我的心又一次揪紧。知青为她们展示了晚婚、婚恋自主的一种可能，生活却不给她们尝试的机会。有的女子，尤其那种极上进情感极强烈的女子，往往被猛猛地闪了一下，等待她们的依旧是穿一身红袄出嫁的旧路，以及清醒后巨大的痛苦。

女子是要嫁人的。

娘家到婆家是女子生命的一个区间，一段必由之路。

你妈妈打你不成材/露水地里穿红鞋……做女子也愁，但还有希望。

韭菜开花格拉拉稀/寻不下好汉受人气……做婆姨大局已定，决难改变了。

陕北女子——婆姨何时能改变信天游样轮回往返的命运呢?!

十、看灯灯的小女子

结束第一次插队五年后，我回李家湾做客。乡亲们惊喜万分。请我上炕，吃红薯、吃枣、吃面。他们说，慢慢吃，锅里还有，我给你盛上。乡亲们待客的热情用吃来表现。问起出门人和在家人的下落，林林总总，一一过耳。

艾儿？艾儿离婚了，回来同老孙过。她讲她爹就她一个女子，她要给爹养老送终。卖臭？当兵复员回来了，同秋莲结婚了。秋莲？就是李树清的二女子。生了个娃，女子。卖臭两口子可疼那女子。如今卖臭黑志林当副队长了。

我坐不住了，要去看看卖臭黑志林一家。

一孔新砖窑。

秋莲正烧火哩，女子在炕上躺着。我抱起她来，明溜溜的眼睛望着我，不生也不熟不哭也不笑。“叫姨，那是北京姨，看你有那福气了么。”秋莲对那小女子说。

“砰，”门被撞开，卖臭一身寒气担水进来。“哗”右一担水倒缸里，“哗”左一担水倒缸里，门后放好扁担，他伸过手来同我握手。到底是出过门的人了，会握手了，卖臭黑志林长成大人了。你好！

那顿饭在卖臭家吃，我理所当然成了长辈。饭后，电灯亮了。小女子眼睛睁大，追着灯看。我抱起她，站在炕上举高高。“够灯灯，够灯灯……”那小女子咯咯儿地笑，咯咯儿地笑。

啊，这咯咯儿笑着看电灯的陕北女子！

宣 传 队

宣传队合影（二排右一）

一、进了宣传队，又进编导组

1971 年，我还在延长县黑家堡公社李家湾大队插队。

当年初夏，陕西汉中 012 工厂招工，据说是制造飞机发动机的国防厂子，在老山沟里。我因为父亲还没

“解放”，家庭出身一项政审不合格，没有走成。我的情绪波动不大，照样每天上我的山，出我的工，挣我的工分；照样吃我的饭，唱我的歌，同婆姨女子嬉耍打闹。我队另一名女知青水英因为回家探亲时日过长也没能被贫下中农推荐，她留在队里又当教师又当卫生员，按说苦水不重，但她心事不轻，所有不愉快盘根错节在心里那么小块地方，终于盘出了疾病。

那年深秋，她母亲接到电报从五七干校乘车搭船赶了四天路到了李家湾，水英躺在冰锅冷灶的炕上，见到她妈的第一句话，不想见你，你一来全完了……边说边顺眼角流两缕清泪。她妈痛泣失声道，妈来了全完了，妈要不来呢？她妈是准备参加女儿后事的，从湖北干校带来女儿最好的两件衣服：一件绿毛衣，一件紫红呢子外套。

她妈很快带走女儿，李家湾生产队女知青便只剩下我一人。

北京干部不干。1200 名北京干部是 1970 年初由周总理亲自派来，专门管理在延安插队的北京知青。当时知青分布的生产队不止 1200 个，干部来后做了调整，让知青少的队往一起合并。当李家湾就剩我一个女知青时，北京干部老王动员我往其他队合。我不干，逞强说，要合让他们往我们队来，我反正是不去别的地方。后来我还真的得逞，桃李坪、寨子川的知青统统归属到李家湾了。

往下是李家湾知青小组又轮一鼎盛时期。有一能干女知青接了我的妇女队长，她叫毓华，我便心想事成地到了宣传队。

宣传队全称是李家湾水电站毛泽东思想宣传队。

延河在我们李家湾拐了一个弯。

自然恩赐了一个古老的村名，李家湾。

自然又激活了一个现代的梦想，水电站。

有县上工程技术人员提出要在延河拐弯处砌一道坝，把河水拦起来，让它蓄洪，让它发电。知青那时无知无识，有的是热情，凡能改变现状的动议，知青总是无条件拥护。李家湾水电站工地来了上百民工，其中又有三四十名北京知青，女知青大多与我同一中学，不认识也认识，在桃李坪寨子川的女知青还未搬过来之前，不少人住进我的窑洞。这些人就是宣传队的骨干。

偌大个工地，偌长的工期，总得有点什么把民工拢住，把积极性调动起来。已经记不得成立宣传队的动议是谁最先提出的，反正有了全部是知青的宣传队，而我又于不知不觉中成了宣传队员。

我在宣传队可谓不专多能。报幕、三句半、对口词、小话剧、样板戏、吹笛子、打竹板，主项强项是独唱：陕北民歌。两支拿手的曲目《陕北道情》、《延安儿女学复电》。

后来又进了宣传队的编导组。编导组有三个女生，全是与我一个中学一个年级的同学。其中一位后来成了名知青孙立哲的太太，北京大学中文系77级文学专业学生。她大学未毕业去了美国，立业成家，样样成功，可惜磨损太甚，早早因病去世，算下来已经走了四五年。

另一位名何冀平，下乡的生产队叫何吉坪。冥冥之中当真有什么么？她是中央戏剧学院78级戏文系学生，毕业后分到北京人艺，曾编剧《好运大厦》，小有影响；后编剧《天下第一楼》，大有影响。现在香港定居。

二、巡回演出

宣传队刚一成立，自然是为工地民工服务。我们出黑板报、写稿件，在工地大喇叭里广播工程进度、好人好事，把工地上的真人真事编成小节目给民工演出。记得的节目有：工地战歌、一双拥军鞋、亚非拉人民要解放，还有样板戏《红灯记——痛说革命家史》、《智取威虎山——发动群众》。排练后者是因为我们当中没人能演主要角色杨子荣，而“发动群众”一场戏中没有杨子荣。

服装、道具、化妆全部因陋就简，皱纹纸、被面、头巾、硬纸壳，甚至红粉笔都用上了，民工老乡看得高兴，我们也演得开心，冷不冷？热不热？坏不坏皮肤？从来没有想过。

记得其中一件有意义的事情。1971 年 3 月，我国自己研制的东方红卫星升空，当时工地要连续作战 36 小时浇注坝基。当晚我正好在工地值班，把这一消息写成的稿件不断在广播里广播，工地上也就整夜响着《东方红》乐曲声。我记得那天夜里天气很冷，广播器材的金属面板上凝起了一层白霜，早上太阳升起来，阳光的长舌一点点把白霜舔净。那一次，我连着 28 小时没有睡觉竟无困意。

得益于年轻，归功于青春热血的支撑。

洪水期的工地无法施工，民工回家割麦、收秋，我们一群也由工地宣传队变成公社宣传队，到全公社 24 个大队巡回演出。

我插队的李家湾大队在延河边上，属川道队，离黑家堡公社所在地十华里，匀速走一个小时。冬天延河结冰。可以在列子川一带抄近道走冰过河，少走三里多地。冒点险的是刚结冰的深秋和冰快化透的初春。赶早过河冰还厚，沿前人的脚踪捡冰白处下脚，还无大碍。等太阳出来晒了一晌午又一后晌，那冰就暗含着危险了，一脚下去咯吱吱响，冰面铺一层亮亮的映水。提着心捏着汗过了河，鞋也湿透了。

离公社十华里川道路，在黑家堡地界算近地方好地方。

有的生产队距离公社五六十华里，还要钻深深窄窄的拐沟，还要上高高的塬。听那名字：麻池河、康家沟、糜草洼、泥河口、张家塬……我们插队的时候，全公社基本没通电，照明是油灯，自制的木灯托碗里倒上煤油，逶迤一条棉线做灯捻。好些的安个大肚瓶子般两头开口的灯罩，那灯就很亮了。灯罩 0.14 元一个，24 个鸡蛋才卖得 1 元钱。灯罩就像薄皮鸡蛋，不知怎样就烂了，就破了，跌到地上就碎了。大多数时候不用灯罩，于是大多数清早醒鼻子鼻涕是黑的，刘海处还有几缕焦发。队里饲养员查夜用的手提马灯，在知青眼里相当于天安门广场的探照灯可望不可及。

公社一年四季放不了几场电影，还多在条件好的川道队。知青积极性最高，一个比电视机屏幕大不了多少的遮幅片《白毛女》，东边五里地川道队放映，看去；西边八里地川道队放映，看去；那天收工，听说白毛女进了最宽的那道拐沟慰问采油钻井的工人，照看不误。

一个队订一份《陕西日报》，不按时送，十天半月两三张，也就十天半月看个两三眼的新——旧闻。

再就是家里寄来的《红旗》杂志。重要文章几乎用红笔打上格。

这就是陕北上个世纪六十年代末、七十年代初的精神文明状况。知青、知青家长包括周恩来总理难以想象的真实现状。

一夜之间，延河边冒出个穿红戴绿扭靓唱响，全部是知青后生女子组成的队伍，即便他们甚也不做，停停坐在那里，身边有锣鼓家什，有胡琴手风琴，有准备穿身上的没见过更没人穿过的衣裳，也是让人眼明的一道风景。

身为宣传队员的我们受到的欢迎——用句套话：怎样想象也不过分。

那次去张家塬演出。顾名思义，张家塬在塬上。

塬，是陕北黄土高原很有特色的一种地貌。它是被高高托起的一块台地，延安地区典型的塬是洛川塬。坐长途车过了黄陵桥山林场，那是延安地区最棒的一片林场，北京毛主席纪念堂还用过13棵这林场的松柏做梁柱；过了洛川河，就该“上塬了”。开始乘客都以为是翻一架不算高但要盘旋许久到山顶，再盘旋许久到山底的普通山。谁知车子到了山顶就平平地一直往前开，有左右的转弯，却无上下的颠簸，好大一片平展展的塬！要不是窄处看到两边低下去的深沟，真会以为到了哪片大平原呢！洛川塬出苹果，缘于日照充足，早晚温差大，果糖高，口感好。那会我们的车子一上洛川塬，就会闻到甜甜的苹果香。可惜知青囊中羞涩，想吃却没有钱，只有想象一片带苹果香气的云彩在头顶飘摇、相伴。张家塬是黑家堡公社的一个生产队，没有洛川塬那么多故事和想象，却有着所有塬地的致命缺点：极度缺水。老乡吃水全靠驴驮，一头驴身上搭两或四个木桶，毛驴沿细窄的小路曲折蜿蜒下到沟里，走近水源，用水瓢一桶桶将水舀满，放到毛驴身上，负重的毛驴沿原路走回自家窑洞，回路要比来路难走许多。

这样的水取回来，清洁已变得极不重要，首先是人和牲口饮用、烧饭，一盆水一家人从头洗到脚，再烧猪食，再浇自留地，再……也就不剩甚了。

我们去张家塬演出就碰到用水困难，吃喝能保证，但是不够洗脸，特别卸妆洗脸。我们决定不卸妆了，就这么花着演——婆姨娃娃全体看客均很开心，还包括绊脚的鸡狗猪们；花着吃饭，口红吃进去就吃进去；花着睡觉，半夜起来方便，你看我我看你，不是鬼脸也差不远。

还有一次在高花河演出，因社员急着收麦，收工回来已很晚。搭起的舞台前吊一排马灯，那灯光影影绰绰照不了多远，脸上化不化妆也看不清楚。可是我们一样认真，认真化妆，认真演出，认真得连乐队里的一个撞钟也没忘了敲，认真得连老太太头上的毛巾也没忘了扎，认真得台边站着提词的人手里打着手电……所有的认真都得到回报……老乡抢着拉我们上他家吃饭，那晚人人都吃撑了。

还有一次在糜草洼。大拨演出后，听说工地那个很能干的石匠没看上我们演出，而他家住得又远又背。宣传队找了几个小节目的演员，以每个节目不超过三人为标准，我的独唱在其中。六七个人去了又远又背的地方，专给他一家人演出，演得认真投入。石匠只默默抽烟看着听着，好大一片窑前空地，天蓝云白的下边没有掌声。

全公社走遍演遍，其心之热诚，其志之坚韧，其足之踏实，不亚于眼下吵吵嚷嚷动静极大的心连心艺术团。宣传队员成了黑家堡公社的明星。多年后有人见到队员，还会说，见过你演老太太，见过你演郭建光，见过你演《草原上红卫兵见到毛主席》……有了太大太久的缘分，也有了男女两人的姻缘。演老太太的伟程和跳红卫兵的清林就成了一对恩爱夫妻。

三、宣传队是北京干部老樊的“宠儿”

老樊全名樊题文，曾有知青出一拙劣谜语：语文算术都好，打一北京干部名字。就是老樊。老樊来陕北前系北京西城一个中学的教导主任，来时已年过四十，在我们眼里他老人家年长我们一辈，满脸皱纹深深，头发也花白。要不怎么背后有人叫他“老爸爸”。

宣传队员成了黑家堡公社北京带队干部老樊的“宠儿”。

我们和老樊有两张合影，一张叫“群丑图”，盖因那一瞬间，相片中绝大多数人在做怪脸。我就是歪着头，把两眼挤成一条缝。另一张同样组合，人人舒眉展眼，满脸的阳光灿烂。老樊怕人偷走那张好的美的，悄悄收起来秘不示人。只把那张“群丑图”摆放外边任人拨弹。

老樊在公社有一孔办公兼卧室的窑洞，那窑洞就成了宣传队造反有理的场所。一年过元旦，老樊烧了一脸盆带鱼，请我们过年吃鱼。我看见那鱼几乎没有去鳞，也几乎没有任何佐料烧煮。年过不惑的男同胞抛妻别子，不讲任何条件地到艰苦的陕北做周总理交办的工作，除了觉悟，老樊和大多数北京干部还有一颗未泯灭良知的爱心。三万知青在陕北受的苦，他们都受了，因为年长，因为年长对世事的洞明，他们对痛苦的感觉可能没有知青敏锐，却肯定比知青沉重。知青可以哭，可以逃，他们不能。他们还要收敛想哭的念头和想逃的私事，苦口婆心做知青的工作，担当责任，也担待怨嫌。

现在想想他们不易，比知青更不易，知青毕竟年轻，新时期开始，还可以加把劲努努力重新来过。北京干部的好日子经过陕北后所剩无几了，如同中年的树去了主枝大叶等于伤了元气。他们回城后大多没有位子，却有病假条子，最多是肝炎。

当时知青憨，不开窍。只是觉得老樊对我们好，好到近乎娇宠，要不怎么在元旦时做一盆带鱼请我们吃，陕北人是不吃鱼的，不会做，又嫌“骨石（刺）太多，不如吃个猪肘子解气”。老樊不知从哪里搞来的带鱼。我们不问来处，只包圆去处，只顾憨憨地吃，不客气吃，吃得满手油腥，又把满手油腥在老樊窑里胡涂乱抹。

老樊一边憨憨地笑。

四、进县城汇演接到一封家信

进延长县城汇演是早定了的，每个公社组成一个宣传队，水电站宣传队顺理成章顺水推舟成了黑家堡公社代表队，没人提出异议，我们也没觉得不妥。大家商商量量准备节目，准备道具，听说还要从各公社汇演节目中挑选代表延长县进延安汇演的宣传队，有些重点节目要抓紧排练，那可是上正式的舞台呢！

那天应该是1971年10月底。晚上我正在灶房做事，收拾碗筷？还是发面准备第二天的早饭？记不清了，总之忙完压手的活，坐在灶火边读一封家里寄来的挂号信。信是我念初中的妹妹写来的。拆开信，正纳闷有什么重大的事情还要寄挂号，马上被信纸上的内容镇住。

林彪想谋害毛主席阴谋失败驾机外逃机毁人亡于外蒙古……这是那封信的主要内容，不是用以上文字表达，原文字我已记不清楚无法复述，当时只感觉天打雷劈四处无靠极度惊恐不安又难以接受这是事实。理智告诉我，16岁的妹妹没有胆量编造如此惊人的假新闻，也没有那么阔大的想象力，更何况她身在北京，应该是消息较为正规可靠的来源。此时我家已四分五裂，父亲在京郊果园剪枝压条接受改造，母亲在河南干校走着不知要走多么长久的五七道路，我在高远的黄土高原，大妹妹在辽阔的内蒙古兵团。家里只剩下两个妹妹和年过八十的老奶奶。除了接受妹妹信中写的事情——不敢认可为事实，别无他法。

妹妹在信的最后说：信看完后烧掉，千万别告诉第二人！

我把信又看了一遍，确定看明白并记住信上写的内容，有点不舍地把信封和三页信纸丢进灶膛。火舌燎着纸边，先黑后红后涅磐般翩翩起舞，最后化成一撮红灰白灰。

那撮红灰白灰让我有一种什么都没发生过的不真实感。抬头看到窑障土墙上一张毛主席和林彪（昨日还应全称林副统帅，还应在三个万寿无疆后边紧跟他的三个身体健康，此时已化炭化灰如那撮纸灰还不如那撮纸灰）画像，林彪一脸谦卑跟在主席旁边，此时人已无像还在是人是鬼是魂灵……

心里便揣起一件不可告人的事，大事，有生以来没有比它更大的事！

五、走夜路，进县城

延长县城在插队的前三年中总共没去过几次，

去七里村油矿洗过一次澡，官路上拦油罐车去的，

后来又去七里村附近驻军演出，部队的军车接去的，

这次演出之后，好像就是大学招生体检，

再就是被大学录取后，去县里集中……

这次汇演是步行进城。

根本没指望乘车，理由很简单：没钱买汽车票。十几二十来人也没法拦车，拦住了谁上谁不上？拦，肯定是女生当先，据说司机同情女生；拦过后呢？也是女生先上，或仅仅是女生上？可以肯定的是，司机见到路边僻静处突然冲出一个排的精壮后生，一定会吓得加速开跑的，得！拦也白拦，索性同甘共苦一起走，男生多背点东西就是了。

那晚上我们先睡，睡到大约半夜 12 点，也可能早些，起来走。

依稀记得背着东西，却半点不记得背着干粮。

路很平坦，却黑。无月的天空像口深邃无底的锅，亮大的星星像锔在锅底的铜钉。开头二十里路走得急快，很快背后就汗湿了。往下天黑得狠了，困乏劲一缕缕一股股泛上来，淹上脚腿淹了肚腹淹了肩背企图淹上大脑。

说点什么。有人提议。

说什么？

说可怕的事，说鬼！众人看不见地凛然一颤。

逢此时才知鬼的故事并不好编更不好讲，因为前提是说者自己不害怕，才能说得花枝招展有感染力。结果没人讲出像样够档次的鬼，不约而同讲出他或她经历中可怕的事情。

高花河的小张讲她那晚做饭，没有引火柴，得去窑顶后边一片空地扯隔年黄蒿。去吧，心里着实打着鼓，那片地面时常有鬼火出没，白天一人都不敢走；不去吧，民以食为天，干了多半天活，糙米粗面也得做熟了吃呀，没引火柴，饭咋能做熟？她说她背了一段毛主席语录，下定决心那段，出了门，转弯，上了坡……

此时男男女女不知不觉往一起挤，谁都不想走在边上，边上比中间更多冷风嗖嗖。

小张接着说，越发绘声绘色，我出了门，转弯，朝那片黄蒿茂盛的地方走去。外边风正猛烈，呜呜的，吹的隔年黄蒿刷拉拉响。我听着自己的脚步声怎么那么响？可别把什么吓人的东西给引出来！我蹑手蹑脚往上走，走到地方抬头一看——

“铛啷啷——”一声脆响，把讲故事和听故事的人全都吓了一大跳，后脊背冷汗“滋”一下全冒出来了……

谁呀？弄那么大动静？众人惊恐加愤怒。

老头子！是演老头子的魏哲背着的锣松了绑，滚落地上，好险没吓出几个精神病。

众人可找着出气的地方，狠狠责骂老头魏哲。魏哲是出名的迷糊、瞌睡虫，他与伟程演《老俩口学毛选》时常忘词，要么直眉瞪眼地瞪着，要么顺嘴胡说；好在老太太伟程反映快，应变能力强，总能替他“遮”过去。此时此刻的锣是在他半睡眠状态下跌落的，吓坏众人的同时，也惊醒了自己。他摸索着找到砂砾路面上的罪魁祸首那张铜锣，拂去尘土，在多人的监督下横七竖八捆牢在身上，并且信誓旦旦：走到县城也不会滚了。

就这，受惊吓最厉害的小张也离他远远，像躲一个身上捆着炸药包的人。

这一吓，吓跑了众人讲可怕故事初级阶段的天才和胆略，也吓跑了众人的瞌睡，脚下的步子加快了，后二十里路几乎在半麻木状态下走完的。七里村，标志着离县城还有七里地，每逢到此，知青都有迈进县大门门坎的感觉。而当天蒙蒙晨光中的七里路竟成了走不到头的公里、母里，一里等于二里的公里，一里像面条可无限抻长的母里。脚下有了硌脚的血泡，泡破了，疼。

队伍一瘸一拐走进县城，好在天早人稀没人迎看。我们也顾不得观赏都市风光，直觉那一条街一座楼一人放屁响两头的县城怎么变大了，怎么老也走不到住宿安歇的地方……

六、不是毛主席的话都别说

到底年轻，睡了多半白天，又吃了一顿油水大的饭食，男女宣传队员个个精神抖擞，像才刨出土的红皮萝卜，新鲜，水灵，硬梆梆的。我们背词的背词，准备道具的准备道具，未等开台锣鼓敲响，我们已稳操胜券站在台边。

记得我们和郑庄公社宣传队一晚上同台演出，他们先，我们后。按说谁后演谁吃亏，因为人们困劲上来，很难集中精力把节目看到底——如果节目不精彩的话。

我们不怕，看过郑庄的节目后我们更不怕了。郑庄宣传队的主力也是北京知青。

那晚上我当报幕员、独唱，还在小话剧《向阳路上》中演一个伶牙利齿的农村女子，那女子批判落后婆姨火力很冲。我的舞台造型是梳两个小刷子，花色的对襟上衣，脖子上系一条白毛巾。剧情是反映农村阶级斗争的，我是编剧。

当晚演出顺利，我们的节目结束后全场掌声很响接近雷动。

卸了妆我们又吃了一大碗热汤面，便在安顿好的地铺上睡下了。

第二天上午没安排，下午汇演选中的节目还要排练，准备参演当天晚上全县优秀节目会演。《向阳路上》、《工地战歌》、我的独唱被选中。

女队员大多数走街串巷胡乱逛，感觉身心自由无比酣畅淋漓。在零售百货杂物的小铺子跟前，用手指点点柜台上的大玻璃瓶，要半斤糜子面加糖精做的饼干，要半斤没包装的黑色糖块，抢抢夺夺后塞进各自嘴里兜里，直觉离共产主义真的不远了。

男队员嫌零食斗不过肚里的馋虫，纷纷走进县城的小饭馆，要一盘大盘肉，也就是细葱炒的回锅肉，再要一粗瓷碗散装白酒。这都是我们吃着零食走过饭馆门口，撩开稀脏的棉布门帘看到的。男知青有的脸通红，有的半醉，还吆吆喝喝地划拳，还企图拉我们进来。我们摇着手，挥赶着扑鼻的酒气和肉香，放下门帘退了出去。

县城太小，十来分钟光景差不多走遍了。我们决定抄小路返回住地，迎面碰见一个人，看那装束，再听他开口讲话，就知道是北京知青，而且是同台演出过的外公社宣传队员。

老乡见老乡，谈不上两眼泪汪汪，亲近劲油然而生富富有余。

他自报家门，是郑庄公社宣传队的，果然同过台！他有点气急败坏地说，你们的节目有问题！

什么问题？我警觉地问那人。

别是嫉妒吧。伟程小声嘀咕。

他欲说还休的样子，使我心里咯噔一下。

别人还在追问他，有什么问题，说呀说呀！你不说人家怎么知道，不知道怎么改……

那人有点被逼急了，终于下定决心，撂出一句：回去查查你们节目，凡是不是毛主席的话都别说！说完他撒丫子跑了，没了踪影。

我有点明白了——妹妹信里的内容，但是我不能说，生怕一开口会有大祸临头。

几个女队员的高兴劲荡然无存，心生疑虑乱乱纷纷。走回住地，遇到外出的队员，也有刚才类似的遭遇。

怎么回事？

宝根突然说了一句，我知道怎么回事。

我看了她一眼，说，我也知道了。

再华紧接着，可能我也知道了。

六目相对，证明心里想的同一件事。

其他不知道的人炸了，逼问我们是什么问题？什么叫不是毛主席的话就别说？一晚上的节目有再多毛主席语录做台词，可也总得有别的话连接着，都删去，还能演么？肯定还有别的更明确说法，你们知道倒是说呀！

我不能说宝根不能说再华也不能说，越是逼问越是不能说。我们有点像电影里面对刑讯逼供的共产党员，虽然当时我们谁都还没入党。

宣传队乱了营了。

胡琴拉得很棒的小平是八级工的独生子，平时就有点小性子，小骄娇二气，他的衣服从来自己不洗让伟程帮他洗，我是他一帮一一对红的对子，只帮他洗道具用的白毛巾，因为那是公用，不帮他洗衣服，因为那是私有。我责问他为什么自己的衣服自己不洗？他得意洋洋地说，你不洗还不许别人帮着洗么……可气之极。临来之前我们有过一晚上很美好的闲聊，在我们知青小组的灶房。聊的什么已不记得了，只记得边聊边剥花生，队里分的带皮花生，剥去壳好炒着吃。剥去壳的花生米又红又饱大的丢进搪瓷缸子，瘪的蔫的当下进口。我们那时全然没有黄曲霉菌的概念，也没人因此得癌。那晚上搪瓷缸子叮叮铛铛地响着，话也就汩汩地淌着，只是记不得说什么了……此刻的小平可不似那晚上温柔，不像拉着幽幽怨怨的胡琴，倒像是咚咚锵锵的锣鼓手。好哇，人家不告诉咱们，咱们也不是高干子女，没人告诉咱们，那咱们不参加今晚上的演出了！大有撂挑子的浑不吝劲。

洁生，一米八的大个子，平时心最细最善，爱和我交换个读书心得，爱琢磨个边角旮旯的事情。此刻他也冷着个脸。好，没人告诉咱们，咱们一个节目一个节目地过，一句台词一句台词地背，倒要看看问题出在哪里，哪个不是毛主席的话有问题，满天下的人都知道了，唯独我们不知道不能知道不配知道……

一个个节目的一句句台词被掰开揉碎，情势紧迫，我有点撑不住了，后悔刚才说出那个“我知道”，但愿我什么也不知道什么也没有发生。

正乱着，老樊来了，他是到县城开会来了，宝根找来的。他一脸的皱纹更深了，问怎么回事。

于是我们从头说起，从郑庄的那个男知青传递的消息说起。

小平、洁生补充说，她们知道不告诉我们。

老樊又是一脸牙痛的表情，问我，知道什么？

我说，什么也不知道。

宝根说，脱口说出来的，没什么意思。

再华说，刚才在县文化馆听什么人说的，不一定可靠。

看来还是有点事，只是不能说不敢说。

老樊挨个看过我们三人，从那痛苦难言的表情里，我知道他什么都知道，也是不能说不敢说。有铁的栅栏栅着，水泥的墙壁挡着。

没事没事，就按原先那样子排练，按原样子演，要保证当晚演出质量。老樊安抚弹压地说。晚上我会看演出的。

排练照常进行，只是缺精少神人聚心散，没办法，任谁也没有办法。

一支由二十出头的青年男女组成的队伍，一支远离家乡远离父母的队伍，一支共患难同欢喜的队伍，一支有着异性情愫暗暗流淌的队伍，因了平等而维系生存。突然的一个时刻，这平等被打破了！有人知道生死攸关的情节，能和外公社知青沟通，却不告诉咱们！谁是内谁是外？谁是高谁是低？平等还在么？平衡还在么？平静当然也不在了……

问题出在我编剧的小话剧《向阳路上》。里边向阳大队女支部书记有一句台词：林副统帅教导我们说，不懂得过去的苦，就不知道今日的甜，还会把今日的甜也当成苦……问题就在这里！不是毛主席的话都别说——指的就是这个！妹妹信的内容已经在相当的范围流传，流传证明着强大的源头，证明内容的真实！

当天晚上的演出老樊来了，企图坐镇制止可能出现的问题，没有问题，只是没有情绪。扮演女支部书记的宝根说到那几句台词，就像含着烫嘴的元宵，稀里糊涂就过去了，又像是踢着见不得人的垃圾，连踢带踹过去了……

人其实早死了，事情怎么这么难过去，这么难从人心上过去……

七、你说错了

时光的流逝，四季的更迭，的确，没有什么过不去的，包括林彪由写进党章的副统帅，到千夫所指的阴谋集团的头子，从秘不示人到举国声讨，只要日子的台阶一级级铺垫到，什么样的果子都会成熟落地落入知者智者的掌中。

1971 年 11 月，还在我们宣传队汇演的露天舞台院里，召开全县四级干部会。四级乃县、公社（如今叫乡镇）、区、大队，囊括了中国农村基层的全部领导命脉网络。舞台上搭了台，不是演出的台，而是开会的主席台，县委、县革委、县人武部、妇联、贫协等领导依次就坐，此方式倒是多年不变，不管林彪前林彪后，毛主席前毛主席后，邓小平前邓小平后……只是那次传达有点特别，特别壁垒森严。

门口有民兵把门，不许随便出入。当领导念文件的标题“林彪反党集团”如何如何时，延长县安沟公社学赶大队（当年学大寨先进队）支部书记站起来说，你念错了吧？应该是林副统帅……被传为经典笑话。

当年那种举国家丑不外扬的心态，到了尼克松访华时到达顶峰。

据说有美国记者问在长城上跳皮筋的女学生，你们的副统帅哪里去了？

女学生机智地用北京土话回答：咯儿屁着凉大海棠（贬意形容某人死了）！

整的翻译愣是翻不过来！

现在想想那心态很好笑。家丑不外扬，可是那架三叉戟落在外国地面呀？老祖宗不是还有话“没有不透风的墙”和“亡羊补牢”么？

林彪事件是我和相当多的知青政治上成熟的开始。

八、去延安地区演出和散伙

那次全县汇演后，我们宣传队和安沟公社宣传队搭帮，算是延长县宣传队，代表县上进延安城演出。

这是一支了得的宣传队。黑家堡宣传队的骨干是原北京师大女附中（现改名实验中学）的女生，还有三十一中的男生。安沟宣传队的骨干是原北京四中的男生，还有三十六中的女生。两个名牌中学的组合，那优越感的傲骨便很不利于安定团结地支楞起来，虽然破衣烂衫依旧，所到之处却发散出牛哄哄的味道。

《向阳路上》在两支宣传队编导组的手下做了修改，改后的结果是更政治更不好看，此节目也到了延安。

延安演出以彻底失败告终。

原因是我们在农家土院之长处到了灯火通明的舞台上被统统灭掉，基本的舞台经验又没有，一出台就偏台，总找不对中间。不会前后左右照应，打旗的出去了，跟着的人还在台后找道具。我和宝根的二重唱一开口就笑，怎么也无法控制，只好笑着退场。演员的舞台服装成了家常服装，吃饭也穿，生炉子也穿，等一上台，舞台的强光一照，前襟上嘎巴流星别提多难看了！

要命的是我们不以为坏反以为荣，知青要的就是这劲儿！

延安汇演回来后，宣传队结束历史使命，散伙了。本来哪来回哪，不存在安置的困难。

第二年春天大学开始招生，我的简介上有进宣传队编导组一项，可能也是被推荐上北京大学学习中文的理由之一吧。宝根进了北京大学历史系。宣传队的新生进了北京化工学院。

老樊在我上学政审时帮了很大的忙，据说档案里有父亲单位军宣队写的很不利的材料，不知老樊怎样处理的，使那份材料的负效应淡化。

我大学毕业要回延安务农时，老樊想劝阻，终因不合时宜没有开口。

等我又一次辗转西安又北京时，老樊因肝癌去世了。参加追悼会的大部分是知青。我知道支撑老樊最后的日子就是知青，对知青往事的回忆，读知青来信的憧憬，有出息知青的成就使他感到欣慰……他到死也没忘了知青，知青也没忘了他。

大队会计

我于1975年11月7日24岁生日那天，由毕业的北京大学中文系回到黄土高原的首府延安市，这次自愿由大学生当农民没有去原来插队的延长县李家湾，因为那里已经没有知青，而是来到南泥湾公社三台庄大队。当时三台庄有一名自愿务农的北京兵，我之后的12月，又来了一批南京市的应届高中毕业生。时代在这里出现一段小小的特殊，在大批知青招工回城病退之时，延安又接纳了上百名年轻人——大学毕业生、工人、战士、军官、应届高中毕业生——自愿务农。

黄土地的故事有了不短不长的续集，在我插队的诸般经历中，还当过一年半大队会计。

一 当 会 计

曹树雄一跛一拐地走了。

他两手笼在袖子里，肩膀上搭挂一柄短把镢头，身上背一个瘪瘪的挎包，里边装着干粮和水，一跛一拐地从坡洼上走过。宽大的裤腿拂着草叶上的露水，露水打湿到膝盖。那天早上，他刚刚换活儿，由大队会计改换成放牛的，放的不是大牛而是牛犊陕北人称牛不老。为此，他婆姨生他的气，挎包里放两个掺糠的糜子面窝窝，连腌胡萝卜丝也懒得给他切。

曹树雄的柳拐病在三台庄算是重的。他十二岁上开始腿疼，日子越久，疼得越厉害，十七八上人长成了，病也扎下根。两腿细瘦如麻杆，且长短不一且直硬。这样的身体吃不消上坡下洼的体力活，他会打算盘，账算得仔细，便让他当了大队会计，一当就是八年。八年头上，有社员反映，嫌他走轻路溜弯弯，躲了三伏天的老白雨，躲了三九天的刀子风，每天挣旱涝保收的十分工。有社员说，生产队不能养闲人，说又不是他一人有柳拐病，还有人背地里说大队领导同他娘咋的咋的，说让他下台换别人。

别人就是我。

我大学毕业回到三台庄务农，很有些轰轰烈烈不寻常响动。除了上广播上报纸，似乎要委以重任才算给新生事物应有的重视。我的安排据说市上打了招呼，公社也研了究，要让我当公社革委会副主任。

那天公社石信主任郑重其事找我谈话，我亦郑重其事听他谈，起码表情如此。石主任讲了国内国外及本公社的大好形势，又一次表扬我下乡务农的抉择。我很谦虚地说没什么没什么，提心吊胆等石主任走上正题，脑瓜子还时不时走神——公社妇联的北京知青小关晌午请我吃白面拌汤，要到石主任窑里偷葱，嘱我照应着点，等听到某孔窑门呱哒一声轻响，我才收心敛意听石主任讲最后结果：到公社负点责，成不？

我分寸适度又坚决果断地连连推辞。嬉皮笑脸地说，对吃好的比对当官有兴趣；又冠冕堂皇说：怎么会有本事领导一个公社？还需要在队里好好接受贫下中农再教育进行脱胎换骨的思想改造……临走时，没忘了从窑外揪两个红辣子，想象放在葱花白面拌汤里一定很香很美。

矛盾转移到三台庄大队。

既然级别无法提升，就用数量来弥补吧。一时间我的头衔很多：大队党支部委员、团支部书记、妇女队长，再加一个大队会计，若印名片需占整整半面。老曹书记说，大队会计相当于国务院总理。见我面有难色，老曹说，该不会嫌总理小吧？

哪儿能？我笑了，心里想的是当时很流行的一段话：我是革命一块砖，东西南北任党搬。现如今党来搬你了，你不让搬？掉下来砸脚？同意。我当场表态。

我荣升三台庄国务院总理，前总理曹树雄一跛一拐去放小牛犊。那天早上，新老总理交接工作。曹树雄交了账簿、凭单、空白报表、墨水、浆糊，一支边写边丝丝起毛的钢笔、几页涂花了的复写纸、半盒曲别针、钉单据用的锥子、大队公章……唯独没有算盘。他说他不当会计了，还管着队里的代销点，算盘是代销点的，不能给我。

我等待老会计给新会计的叮嘱、提示和教诲。什么——也没有，一无所有。曹树雄交待完东西扭头就走了，走进坡洼下的葱绿。我当时世事经验若再多些，会读懂他裤腿刷两个大字：委屈。

那是1976年的夏天。

后来，一年半后的后来，我不再当会计，把这摊东西重新移交给曹树雄，我才明白曹树雄一直记着这天，等着这天，卧薪尝胆忍辱负重坚定不移地盼望着这天。这一天终于到了，他还抬高身价提出条件，说要让他当会计，得先给他党哩！意思是他要入党。大队支部真就给了他党让他入党，像给一张多毛的山羊皮，一块少草的自留地给了他党票。他入了党当了会计，照样不下地干活儿，照样走轻路溜弯弯挣旱涝保收的十分工，并且没有人再说长道短。可惜他好日子没过几天就分队了，就分田了，除了靠自己体力和智力谋生，无处可要也无人可给任何东西了。

那个夏天的有雾的清早，我望着曹树雄的背影走进浓荫大雾，怀抱金字塔样的会计家什，脑瓜一片空白。对于会计业务，我其实半点不懂，半窍不通。大学学的是不识数的中文，在食堂买饭都要遭人奚落——前边怎么那么慢？是中文系不识数系排在前边——与财会半点不沾边，算盘只会打加减，不会打乘除，还不保证一次打对。单据不会写，账不会记，报表不会填。根本不知道财会行当里最吉利的字非盈非亏，而是一个“平”字，衡平如水的平，天平的平，和平的平。

二、第一场麦子分塌伙了

麦收后一个月分头一场麦子，我分塌伙了。陕北话的意思是：估得多了，分到后来没有了，不够分了。

虽然管财务的大队革委会主任刘凤山尽量宽慰我，说庄里来了两个说书瞎子，晚上不学习了听说书云云，我还是悟到了问题的严重。

没能分上这场麦子的社员，肩着各色口袋，补着补丁的布袋、麻袋、白色黑色散发淡淡膻味的羊毛口袋、装过化肥的塑料袋——朝山下朝来路走去，一个个背影七长八短，破衣烂衫投影于天幕越远越大，如一堵黑墙朝我心底压过来。

估产，农村会计的第一个基本功。老会计曹树雄可能早就预见到，这是当新会计的我撞上的第一道绊马索。

我是吃罢午饭上山的。那时那堆麦子已静若处子躺在脑畔山麦地中央。左手是不高的麦秸垛，垛得不甚整严，临时性的。右手是一小堆麦鱼，被木锨扬起风儿撩拨落下又用扫帚扫攒。麦秸泛着土黄，麦鱼闪着天光。唯麦子颜色如种麦者脸庞。

估算一下，多少。石六队长对我说，石六也是当年的新官，同我一样，多的是没下过水的新鲜气盛，少的是经验，人生人事包括如何估算这堆麦子的经验。

我把队里买的新算盘放地上，把一叠准备写户主姓名的纸条条放地上，绕着麦堆走。脚跟脚尖抵着走，放开步走，量麦堆的周长，再用眼看一下麦堆的高低，抓一把麦子在掌心看成色。程序大致正确，可我履行程序时心里没底。

这块地的麦子是当年全队最好的，种的时候籽种搅了茅粪又拌了青油。老乡说，这块地的麦子出面多、麸子少，蒸出的馍馍白。后晌分麦子的消息已经通过广播喇叭通知了全队，一会社员就要拿着各样家什领麦子来了。

多少？石六问我。可别剩下，剩下还得留人看，今儿晚上有说书的。

听人家说，步一步是100斤，一共30步，算3000斤吧，若不够分，知青算个大户可以不分，等下场麦子再补。

3000斤。我报出估产的麦子数。

第一户——刘海长21斤。

刘海长老汉欢欢地撑开口袋，眯着眼睛听麦子跌落口袋的沙沙声，只一下就没了，不满三分之一口袋，背在老汉宽厚的后背上少得可怜。

第二户：贺瑞银……

挨家叫名字，来了的人撑开口袋装走，没来的人一堆堆倒在地上，堆顶上插上写着户主名字的纸条。往麦堆深处插插，可不敢叫风吹跑了。

领麦子的社员挨堆看条条，有自家的名字，装上走人，自家的名字还没从麦堆上长出来，就蹲在半边耐心等待。反正一后晌就是这个活了，没有比这个更重要的活了。活儿的重要程度按离嘴的远近编排，离嘴越近越重要。受了一年，苦了四季，这阵工夫有什么难过的？看着麦子，听着麦子，闻着麦子，说着麦子，惬意得很呢！但愿天天如此，天天有的分，天天往家背。

分完一多半农户，石六“哦”了一声，不好！被啃去多半的麦堆，露出底部的一个凸面。原来堆麦子的地方不平，有一个鼓肚，这一鼓肚少了二百多斤麦子。

知青不分了。我自做主张。

不分也不够。石六说。

剩下的麦子刚够分两户，两户人多的大户早已撑开口袋等着呢。就这他们还不乐意，嫌底子上土多占了份量。

往后补分吧。我说。

往后分的还干哩！石六说。

干球哩！咱俩换来。你的给我，你等再一场分干的。没分上麦子的人统统冲着石六去了，但我知道他们心里的火多一半冲着我来了，冲着让我当会计的人来的。就因为那些不长眼的人让我当了会计，害他们吃不上全村最好的麦子。在往后长长的一年里，串麦子时想起我，磨麦面时想起我，款待三亲四戚时想起我，想一回，记恨一回。

那一时刻刻骨铭心，我亲身体验了什么叫“国计民生”。

估产，是一门大学问。除了现场观察，还要事先了解地力的薄厚、墒情的大小、锄过几茬草，追过几次化肥，迎风扬出的颗粒风头和风尾是否搅匀……分玉米棒子要刨出玉米芯，分洋芋也就是土豆要刨出泥巴，分大白菜要刨出水分。这些学问任何一本财会书上都没有记载，它写在垅里行里，写在诗儿诗儿被庄户人呼来唤去的风里。

三、他用的章子是他死去兄长的

那天，曹树雄和他婆姨打架。先动嘴，后动手，再后来就提出离婚，经大队干部调解，暂时不提离婚的话了。

大队革委会主任刘凤山老汉对我说，自打曹树雄不当会计，他挨婆姨骂多多了。见我面有赧色，老刘又说，没甚奇怪，婆姨汉婆姨汉，拌嘴打架压炕吃饭。这个问题很简单，你一结婚就全明白。

在老刘眼里，这个世上没有什么事太复杂，不简单。“这个问题很简单”是他的口头禅。我们队的红白喜事都愿找他主持，他能办得有条不紊清汤利水，而且简朴简单。

有一天天不亮出工担粪，收工时天已大亮。众人晃着空筐往家走，老刘说，今儿早起赶忙了，担两个鸡蛋壳壳。众人再看，老刘担两个小些的筐。老刘还爱说“儿子”。他管小猪小鸡小狗，叫猪儿子鸡儿子狗儿子；管玉米苗高粱苗叫玉米儿子桃黍儿子。一天官路边锄地，一辆带拖车的卡车轰隆隆开过，老刘说，看那汽车，还带个价儿子。老刘娶过两个婆姨，儿子都是人家带来了，没有自己的亲生儿子。

自打“四清”以后，刘凤山一直在队里管财务，管支出收入的大政方针，管实物保管、现金出纳，还管会计我。可否报销单据，以他的小方印鉴为凭。那举足轻重的小方印却不是他的，上刻他的亡兄刘凤喜的名讳。单据上盖了他亡兄的章，这原始单据就顶钱使了。管财务的老刘一字不识，好在那年月陕北乡风淳正，钱来钱去的经济活动也少，否则不知有多少坑蒙拐骗的胡涂官司。

一天，拖拉机手吉林拿一张单据来报销。我第一眼看见刘凤喜的章子，再看一眼内容，是香烟，两盒，七角。按规定不能报。开拖拉机已经比下大田舒服，再抽上不花钱的公家烟，那咋行？吉林说，是给修机子的师傅抽的，让师傅提前给咱们修。不行。我拿着那条条找老刘，问他知不知道盖了章子的条条上是什么？

老刘含糊着，说，不清楚。把那条条收走。

两天后，老刘又把那条条递给我，看看四下里没人，他拉开架式对我讲，这个问题很简单，拖拉机歇一天，少挣75块，两盒烟才七角钱，哪个多哪个少？咋给报了。

这个问题的确简单。我当下给报了。往后吉林拿来的烟条条一律给报了，还有需要用烟开形形色色路的其他人。结果，拖拉机坏得更勤，年底算账。除了喝油修机子，所挣无几。

四、长胜窑子背荞麦

整两点我醒了，隔壁机房的人也醒了，大队广播站开始广播，无外乎头天开会动员的内容：全村劳力去长胜窑子背荞麦。

公社布置市里要求，大冻前农田基建上劳力要占到全体劳力的70%。当天市委副书记要来三台庄检查。副书记不可能来得太早，吃罢早饭从延安起身，九十五里路再翻一架蟠龙山，到我们队要半前晌。凌晨两点到半前晌这段时间，全村男女劳力突击背荞麦，从长胜窑子背到后场。

学大寨以来，年年秋收和农田基建上劳都要发生尖锐冲突。大冻前，都要争抢在大冻前见成果。一旦大冻，秋庄稼受损，到口的粮食糟蹋在地里，那是罪孽。土冻硬了，平地不出活，来年化冻还得返工。上边和上边的上边说，秋收是眼前利益，农田基建是长远利益，眼前利益要服从长远利益。庄稼人短视，不知道长远利益何时能转化成眼前好处。其实人人心里明白，陕北不同于大寨，陕北一个劳力十几亩地半架山，根本不需要再造新田；只需精耕细做，改良籽种，提高单产。可是大队书记曹怀秀不会对上级说这些，他的聪明才智能想到和能做到的——抓紧两点到半前晌的时间把长胜窑子的荞麦背完；同时派学生娃娃把彩旗和写好标语口号的黑板早早放到市领导要来检查的地块里。

全体知青和社员一样顶着满天星斗朝阳岔沟沟障长胜窑子进发，村子离沟障八里地还多。坝梁、八十亩滩、大滩……砍倒的玉米簇成堆，谷子垛成垛，豆子挽成疙瘩。曾经雄兵列阵于褐黄土地，此刻尸横遍野，待人拾揽。

长胜窑子是一面坡度和缓的山。经年的山水冲刷，蒸馍样的山峁有了五指梳开的沟渠。

我第一个上山，先上山的好处可捡近处的背。我把大绳反 U 形铺在山坡上，抱来一簇簇荞麦颗粒朝外铺在绳上，左一抱右一抱，压紧，垛高。约摸自己背得动的重量后，杀紧大绳。人背靠庄稼，攥紧绳头，把两个肩膀头塞进去，胳膊不伸进去。胳膊伸进去算死肩，不伸进去算活肩。山地背重物必须上活肩，提防有个闪失，连人带物一并滚到山崖下。脚跟蹬地先蹲后站，一旦站起来，那形象整个一个旧社会了。负重下山掌握重心很重要，太前，人会往前栽；太后，肩膀勒得受不了。要不前不后，择路，迈步，一溜土烟下山。

我把第一背荞麦背下山，身上已无寒意。第二次背子整歪了，比多背还要累人。第四次下来，背已微潮，第五次上山，不觉得山矮，背着第六背荞麦往起站时，对山凹处太阳露出一顶红指甲盖。第六背荞麦卸到场上，场上已是紫色喧哗的世界。放下背子，后脊背凉瘆瘆的，伸手去摸棉袄，棉袄外都是湿的。我知道太阳晒干后，那里留一片白花花的汗碱，那汗碱腌透棉花，腌透里子面子经经纬纬的布纹，直到我离开陕北离开三台庄时也没有消失。

往下的动作麻木而机械。太阳升起来了，带给人金红的刺激很快过去，能带来力量的饭食早消化光了，胃部开始熟悉的痉挛，和前后两层肚皮的碰撞摩擦。我都不敢想那个“饿”字，不敢想早饭何时会送来，强迫自己不朝送饭那条路上看，强迫自己只看山上的荞麦，估摸着还有几趟能背完。

好在不多了。

第九趟荞麦可能是九趟里边最轻的。满山的庄稼已经背得差不多了，需爬到山顶，再下到背洼，东一把西一把搜罗。搜罗光了，捆好，上肩，起身。先爬高，再沿着小路下到山脚。勉强撑到场上，卸下背子，头重脚轻，膝盖前倾，趔趔趄趄冲出去好远才站稳脚跟。

五、秋后算账

秋后算账，会计断忙。

你听听你们听听那也叫账？

女子，我担了贺海江家七担茅粪，队里种菜用。四担稀的，净是水，给算三等；三担稠的，茅坑底子上的，算二等吧。记下，不敢给人撂了。茅粪担子歇在窑洞外边，散发着新鲜的粪臭。担粪的刘海长老汉坐在灶火跟前，夹一块红火炭点燃烟袋锅子，临走再三叮咛我，可不敢给撂了。

会计，自打头一场麦子分塌伙，吕兰英一家没分上，她见了我不叫姓名只叫职称。会计，小三家猪跑玉米地里，老母猪带两个猪娃。留个底，分红时扣他家工分。

拦羊的说，有四户人家分吃了一只死羊羔肉。张三李四一一报出名字，等着秋后分红时扣除肉钱。

仓库保管说，来宝拿走了一张黑山羊皮。也是提醒我秋后扣钱的意思。

还有去孙台水库当民工开回的完工证，婆姨计划生育的补贴工，给检查工作的市委副书记管饭借用老苗家半瓶子青油、三升荞面，秋后得补给老苗家钱。

还有已分的大萝卜、小白菜、烟叶子、麻秆……折价。

记下，统统记下，哪宗哪件也不敢撂。我把报来的这些记在台历上、书皮上、纸烟盒上、废信封上、报纸边边上，甚至胳膊腕上。我对同窑住的小知青三令五申，不许动我桌上的任何纸毛毛。

等到秋后算账的季节，如同用一根稻草去捆漫滩流过来的大水，我晕了傻了。

又是工分又是粮食实物又是现金又是银行，还有这些七七八八死蛤蟆烂老鼠上不得台盘又丢不下崖底的乱账。先算哪个？又算哪个？

再算哪个？沿着哪条路才能走出九曲十八弯的迷宫？我不知道，我没经验，瞎摸瞎撞瞎抓。好容易把工分算清，在政治夜校公布，又引来更多的麻烦。

“啪”，门帘掀开，会计，我那梯田条上的粪算三等，太低了。那可是上好猪粪，没咋掺黄土。

“啪”，门被推开，我家二女子暑假帮着割了八天麦子，你给少算了半天，我二女子叫海兰。

会计，孙台水库开回的完工证上还有加班工分呢。

我一边点头承应，一边在心里骂他们憨，真憨！总收入已封顶。总工分越多，单位分值越低，这点账算不过来，真憨！

烦人总掀门帘，总推门，我把门撞上。“啪”，有人把窗纸捅烂。

缺德！再捅我骂了。

却原来是刘凤山主任。他来看看我账算得咋样？日子可到腊七腊八啦。

正在算，我抓紧。于是我天天起早工赶账。

那天傍晚，韩正杰推门进来，又为那个叫海兰的女子的半天工分缠磨，临走，撂下一句，还会计哩，这点账算不过来，顶球了！

我忍着眼泪，没哭，也没骂出来。因为我明白过年在乡下人心中的位置。比城里人的五一、六一、七一、八一、十一、元旦加起来还重要。要割肉，要打酒，要买待客纸烟、哄娃娃鞭炮、写对联的红纸、美人头年画，还有人家要娶婆姨嫁女子；再不济，也得换两张糊窗户的麻纸……土地生长五谷，土地不长这些，这些不赊账要靠钱买。算不完账，分不了红。拿什么买？年怎么过？

当时我真急眼了。谁能帮我，让我做什么都成；如果哭能解决问题，我也会像孟姜女哭长城放大声号啕。

老曹书记走进窑洞，说，还是找曹树雄来帮忙吧。

他会来么？我担心地说，送佛容易请佛难，更何况我巴下了，让人家擦屁股。

老书记看了我一眼，说，我给咱请去。

老书记果真面子大，曹树雄给“请”来了。多年后我还记得他脸上的表情，没有勉为其难的尴尬，没有事后诸葛的骄矜，也没有兴灾乐祸的得意，就是有，我也会统统接受的。他的脸色像霜打了的洋芋，眼睛暗淡无光，线围脖很久没有拆洗过紧紧裹着纤细的脖子。他两手抄在肥大的棉袄袖筒里，夹着一张旧算盘。

我把新算盘殷勤地递上，被他推开。

公社发的六张表呢？他问我。

六张表？哦在这。我从纸片堆里拎出六张表。这六张表从公社取回来看也没看，看不懂，不会用，恭恭敬敬递了过去。

就放你那，一个表一个表来，先开始劳动工分表。第一家，刘海长……

六张表是走出迷宫的导游图。

这时我才看清楚我的前任如何操练算盘。右手高高举起，衣袖褪及腕下，露出一截枯瘦的小臂和骨节突兀的手，手指很细很长。他打算盘并不快，没有叫人眼花缭乱的神速和噱头，很扎实，也很自信。小拇指翘着，脑袋晃着，口里念念有词。我从心底服了。

前四张表张张顺利。

表五是“收益分配表”。填这张表时发现总收入和总支出和余额怎样也碰不平了，竟能差出一千八百多元，我的脑袋一下子大了。

你每月报往信用社的账户余额表是不是平的？曹树雄问我。

好像是平的。

最近一个月也是平的？

也是平的吧。

那咋会差这么多？

我也奇怪怎么会差这么多。

你去查账吧。表五做不好，表六也不能做，最后一个表六是“年终分配表”。

曹树雄走了。第二天一早他家娃娃捎话来，头疼，睡下了，今天来不了了。

我找出接手会计后，向公社信用社按月报去的账户余额表的底子，每月一张，六张。细一看，问题全明白了。账户余额表是生产队每月收入与支出的总结，所谓“日清月结”是也。各类账目若无错误，表上支出和余额相加与收入碰平；若不平，可提醒督促会计回头在当月的账目上查找。此一项，曹树雄在交班时没有交待，我也肯定没问，不知道无从问起，填表的时候不懂也没问。所以表的最后一行支出收入余额碰平的字样是造出来的，而不是算出来的。事实隐藏着错账而我不知道，秋后算账时一下子凸显出来。明白的同时，我意识到麻烦的巨大。要把接手六个月的现金、实物、银行流水及总簿逐条查过，找出错误并改正，才能填好表五，做出表六。

凭曹树雄的经验，他应该知道问题所在，但他没有批评，也没有到什么人那里告状，只是说病了，睡倒了，头疼……

已经是腊月二十三了，祭灶升天过小年了，我只有依靠自己，起早睡晚点灯熬眼在大林莽丛中寻找丢失的“平”。

第二天早饭后，曹树雄来了。他的棉帽里塞一条白毛巾，脑门扑了个火罐子印，歪着肩膀，逛荡着棉袄，面无表情进了窑洞。

我直想喊万岁，又怕喊出来吓着他。我能做的是让出烧热的前炕，并虚心讨教如何改正账面上的错误。

冲注，用红笔！

于是账面上出现近一页的红笔冲注。有的收支颠倒，有的计算错误。两人打算盘省去复核省了时间。曹树雄很快入境，情绪浓烈以至淡泊。

表五……

表六……

信用社取款，回队分钱。

分钱那天已是农历腊月二十八，离过年还有两天，多悬！

六、登记时不知道婆姨叫什么

年终分配后，会计还有不多的几件非办不可的事。

譬如给腊月落生的娃娃上户口，给小三开结婚介绍信。大名王永光的小三正月初六办喜事。

小三的喜事张罗了好几年，一个“穷”字治住了模样俊身材好的小三。女方要么嫌给的钱少，要么嫌他家的窑洞又小又黑，要么嫌没给置办几身涤卡条绒衣服。小三过年25岁了，25岁的小三算陕北农村的大男了。大男小三急得沟里下洼里上，满世界找婆姨。知青借他手表，乡亲们借他自行车，总算“诳”来了一个婆姨。

那天小三满脸喜色找我开介绍信，竟然叫不出那女子的名字。

没名，咋给你开？我笑着问小三。

球，光知道姓于，写上个姓于的。

姓于的女子都跟你呀？我忍着笑，在介绍信于姓后边空了两个字的空格，嘱咐小三到了公社问清楚女子的姓名再加上。他不认字，还得找别人加上。小三胡乱点着头，拿着和“于某某结婚”的介绍信去了五里地之外的公社。

后来才知道那女子叫于朵花。那两天小三乐的大嘴裂到耳朵边，细长的眼睛从此无。

知青小组送的贺礼是两个大红喜字的脸盆和一张“嫁娶新风”的年画。

正月十五，南泥湾公社秧歌会演。我们三台庄大队未能得奖。正扭时，刮一阵老黄风，满天黄沙迷得人张不了嘴睁不了眼。找不着前头人的小三把整个队伍带乱。他说，撒撒眼里的沙子，能垫一亩地。旁人说他，光顾想婆姨，把脚步倒差了，

也难怪，正在蜜半月呢。

七、玉米霉沤

第二年，我下地少了，在家做账多了。“日清”谈不上，“月结”基本能做到。按月往公社信用社送的账户余额表受到表扬，字迹清楚，计算准确，账面整洁。大学生么，管一个大队三百几十口人的五账四簿原非大难。我喜形于色，把高兴摆在脸上，我觉得没什么不妥。

其时，我正练一种功，自我调节消愁解闷的功，那功修练多年后道行很深，帮我在人生之旅上斩关夺隘。后来我回城看美国宽银幕电影《超人》，感动我的不是超人的超人本领，而是克星球的三个坏蛋

被压扁如一页超薄玻璃。放映厅的黑暗中我会心笑了。我就会这种功，能把所有忧愁烦恼压成超薄玻璃。

春耕大忙之前，队里决定把去年秋天收回来还未缴国家的公购粮打整好，给国库送去。粮钱早领了，早分了，不少钱可能早化粪了，公购粮玉米还横七竖八赖躺在生产队的架子上。

记得那天日头挺好，暖洋洋分明春天上岗值勤的那位。我拿着纸笔，一只眼有残疾的仓库保管老杜铛啷着钥匙，来到装玉米的大架子跟前。

架子是用细杨椽、树枝搭起的盛玉米容器，长方体，离地二尺多高，四处透风，半干的玉米棒子装里边可以自然风干。我们庄这样的架子共有四个，一架能盛玉米二三万斤。眼前是最大的一个。

架子门打开了，几穗黄马牙玉米跌落地上。我怕鸡啄，赶紧捡到手里。老杜迈上架子，用长棍翻挑，一股不祥的味道冒出，又跌出的几穗玉米长着可疑的黑斑。

一只眼老杜紧张坏了，仿佛架子里躲着一连特务。他连声大喊，叫人，赶快叫人来，叫刘凤山，叫石六，叫曹书记！快去！

刘凤山来了，石六来了，无事忙的娃娃来了，猪鸡狗来了。曹书记去公社开会，开去年秋天农田基建表彰会，他没有来。

大架前空地上，一副暴殄天物不忍目睹的场面。老杜用木棒翻挑下一堆玉米，严重霉沤的玉米。有的芯芯黑了，有的长出袅娜的青芽。

有多少是这样的？刘凤山问老杜。

架子里的一多半。

旁的架子咋样？

还没顾上看。老杜说。其实不用看也猜得出，好不到哪去。

原因很明显：去秋的玉米水气大，加上霜冻、雪盖，没等晒干就上了架，开春天气一暖和就……

曹书记接到信从公社赶回，皱纹密布的脸上看不出激动，也看不出不安，只是点了几次烟袋锅子都没点着，索性不点。他让把四个大架的玉米全部翻出来晾晒，能挑出多少好的算多少。

于是我们队在春耕大忙之前，又有了一个名不正言不顺的中忙。四个架的玉米翻晒出来，铺满了庄上的每一块空地。远处是黄中泛绿的山梁，近处是黄中泛黑的玉米，真像是季节错位。

清点后损失惨重！六万斤玉米，连霉沤，带耗去水分，剩下不到两万斤。那霉沤的四万斤玉米又呛又苦喂猪猪都不吃，只有拿去沤粪。

埋怨、恼怒、烦躁的情绪在社员中间弥散。明摆着，购粮钱已从国库领回，加入去年的分红，不少人家已将那仨瓜俩枣的钱花完球。突然一下子，四万斤粮食没有了，沤粪了！一年到头的忙碌为的是什么？去年秋天平的那几亩生地，曹书记拿回一面受表扬镜框的那几亩地能长出什么能长出四万斤玉米么？根本不能够球也不顶！还得把队里陈年的干玉米顶去年的购粮交上，刨去籽种刨去饲料还剩什么还剩多少呢？眼前才开春，籽种还没入土，离接上当年的红豆角角洋芋南瓜接上当年的新粮真正早呢真正远呢！饿，那可是不用普及人人皆知切肤的滋味。日他大！日他先人！日他丈母！日他——所有！

去粮站交粮那天，我和刘凤山都去了，怕有麻烦，刘凤山带了并递过去两盒纸烟，我也答应回家探亲时给粮站主任买一顶火车头帽子也就是咖啡色栽绒帽子。在不要钱纸烟和不打算给钱的帽子的云山雾罩下，粮，总算验上了。几个精壮后生背扛180斤重的麻包沿颤颤悠悠的木板走上高高的库房顶，将麻袋里的玉米自己的血汗刷拉拉倾倒，倾倒干净却没有钱。

以往交粮，结罢账有了钱，会在粮站买点吃的。半斤一个的白馍每人买两个，一般来人只舍得吃一个，一层层剥皮吃掉一个，剩下一个怀揣回家，我怀揣回去给同窑知青。

回程拖拉机变速轴坏了，踢踢腾腾像乏牛倒步，车上几十个瘪瘪的麻袋，几个脸色黑青的后生。刘凤山不绝如缕的臭旱烟默默污染着黄昏。我饿了，我知道刘凤山饿了后生们饿了，车空车慢车颠，颠得人肠里胃里齿尖舌底咬紧一个字，一个一旦出口便如黄河决堤泛滥成灾的字。

暮色合拢处几声闷雷，已经惊蛰啦！

八、借粮翻粮

苦菜出土，借粮人进门。

第一个借粮的是哑巴。哑巴是个挺俊的年轻婆姨，两只双皮大眼扑扑闪闪满是灵气。她要伺候老汉辛朝起，养活娃娃，娃娃不哑会说话，还要下地干活。哑巴推门进来，扬扬手中的空布袋，拍拍肚子。

没的吃啦，要借粮？我不会哑语，拍拍锅台，指指瓦瓮，手势夸张可笑。

哑巴听懂了，哑巴点头。

借多少？哑巴不会比划多少，频频回首朝窑外看。我推开窑门，门外站着辛朝起，我对辛朝起说，你进来说么，何苦难为你婆姨，借多少？

五、五十斤。

先借三十斤吧。我撕下一张借粮条递给辛朝起。去找保管老杜领粮。

当晚老曹书记就知道了。他找到我对我说，这么早就没粮吃，何至于。

你说他家有粮吃还要借？

曹书记沉默片刻，说辛朝起不会过日子是有名的，借给他是害了他，秋底一扣，不是又没有了？

那，再有人借都不借？

我是怕开个头收拾不了。

不怕“受害”的竟不止哑巴一家。第二天小三婆姨于朵花也来了。我朝窑外看，没有小三。于朵花说，我是背着他来的。

小三家情况我清楚。结婚后他两口子和娘、弟妹分家另过。小三心疼婆姨，更孝顺娘，干粮好粮都留给娘。娘家好歹有大人娃娃拉扯着吃，轮到自家两口谁也省不下。于朵花好性子，不说什么，只有背着小三向队里借粮。新婆姨为这事抛头露面，真够难为她的。

我又撕下一张20斤的借粮条条，递给于朵花，说，先拿上，别满到处张扬。

于朵花出了窑门，贼一样溜墙根走了。

刘海长老汉，粗大皴裂的手，宽厚拱起的脊背，牛一样善良悲哀的眼神，我实在不忍拒绝，又撕下一张20斤的借粮条。

老刘对我连连点头，仿佛借到手的粮食不是自己种的，而是我赏给他的。

老曹书记真是料事如神，借粮一开头就不可收拾，那天金铃娘在窑外大喊，我才意识到问题的严重。

金铃娘是队里的五保户，她丈夫在我们下乡南泥湾第一年开拖拉机进沟拉箍窑用的石头，下大坡时手闸失灵，车头冲到崖下又翻了两个跟斗。拖拉机坏了，金铃老子抬回村才咽了气，没给婆姨、六个女子、一个遗腹子留下半句话。六个女子分别起名金铃、银铃、铜铃、翻翻、转转、跳跳，活画出娘老子心态变化的轨迹，急于翻出转出跳出个儿子。遗腹子生下来，两腿间依然少个物件，当娘的叹了口气，给起了个贱得不能再贱的名字：狗脸。队里按五保户照顾她们一家，吃粮标准定得不低，一家人又没有一个下大田出大力的，按说不该这么早缺粮。

金铃娘，真的没的吃了？连洋芋也没有了？我问金铃娘。

金铃娘光顾打岔，说她夜里做了个梦，梦见两个跳蚤抱一个瓮。还让我给她圆梦。

我说，金铃娘真有困难跟队里说，可别跟着起哄。

金铃娘这才讲了实话，人家说队里今年缺粮，借得晚了就没有了。

我从学校叫出金铃，让她送她娘回家。接着找到曹书记，说，开会商量个办法吧。

当天晚上的队干会开得很闷，老半天没人发言。就等老书记一人表态。

曹书记磕磕烟灰说，我就是三台庄第一个土神爷，你们不说我说，找个一天挨家挨户翻粮。

这真是一个缺德、招人恨的主意！基层干部不知道社员家里有没有粮？有多少粮？非要强制翻找才能得到真实信息？

翻粮者所到之处招惹的表情只当来者是瘟神。我，还有知青成了瘟神之一部。

突击翻查结果，全村2/3人家存粮吃不到秋收。原因并不复杂。秋天分的粮是湿粮，整粮，有水分，还带着玉米棒棒带着玉米皮。吃到口的净粮要比分配数至少少了1/5，更何况有的人家像辛朝起前一年就借了，分配时就扣了；何况没油水没副食，肚子越撑越大。

饥饿，像挣不脱的梦魇压着庄户人的胸口。

队干会研究的结果，算出每家需借多少粮（最低标准）才能等到秋收分配。由我开出借条，按月到库房领粮，不能一下子领取，一下子领取会一下子吃光。

窑外借粮的人排成队。我闷闷不乐撕下一张又一张纸条递给来人，看那灰灰黄黄褴褛一片，真的找不出什么褒字眼形容。

九、菜园子有了假菜票

菜园子开园了。

菜园子是三台队一块小小的集体副业，如同大队猪场，如同砖窑。

占地一亩半的菜园子在庄沟边，离村近，有水，又向阳，担粪送粪也容易。队里派两个下不了大田的老汉看菜园，其中一位是曹树雄的爹，可见曹书记用心良苦的安排。

当年我们队每人一亩七分自留地，就在庄跟前的脑畔山脚下，排列起来像花花的一长页书一大匹布，缺针短线的地方是知青的自留地。知青不自私喜下大田不爱种自留地，知青有空还要看书写字，知青并未把全部生计依靠在土地上。所以知青自留地里草比苗高。

乡亲们从知青自留地的长势断定知青呆不长。知青不承认，口口声声说“扎根”。乡亲们用缄默不语回报口口声声，外加嘴角一抹风物长宜放眼量骑驴看唱本的笑。

乡亲们一年到头的大部分吃菜靠队里分配，白菜、萝卜、胡萝卜，一冬天腌几大缸，一直接到第二年洗缸、晒菜石、腌菜大忙。零星细菜则靠庄沟边那一亩半地菜园子。

靠不靠也谈不上，来个客人，娃娃过生日，吃厌了大缸里泛白沫的酸菜，菜园子囚回一星半点绿意来。黄土高原黄土窑洞，黄土炕席黄土炕；腌了一冬一春的酸菜是黄的，玉米面糜子面窝窝是黄的，天人合一的眉眼也是黄的，人们太缺乏绿色的浸润和抚慰，从身到心，从死到生。

既是“买”菜，就得用钱。一年分一次红，乡亲们哪里有钱？钱是我自己造的。Made in Hongshi Gao。我找出一些用过没用的学习材料——限制资产阶级法权啦，学习无产阶级专政理论啦……道理过时纸不过时，正面用过反面空白正好使。用复写纸写上壹分、伍分、壹角、贰角、伍角。没有再大面额。

这样，买菜人从我这里领取伍元菜票，再拿着菜票去菜园子“买”菜，菠菜、西红柿、黄瓜……菜价是队干会事先订好的。菜园老汉称菜收“钱”，收到一定数量再转给我周转流通。从开园到闭园，谁家领了多少菜票，秋底分红就从谁家应分款额中扣除。

我制造的菜票一个时期以内，一个范围以内顶钱使。有效无效，以盖上我的私章为凭。我的私章不是什么好材地，木头的，上刻方正古板的楷体字。此枚私章与大队红红圆圆的公章一起锁进抽屉里，因为有了大用场。

半个月后，菜园曹老汉把收下的菜票攥成一把送回我这里，我等晚上有了空，在油灯下一张张铺平抹顺。菜票上有土有指纹，边缘扯得豁豁牙牙。我按面额分开归类，很是得意自己能造钱。

突然发现手下一张伍角的菜票有点异样。我拉近油灯再看——伍角，字对，圆珠笔写，复写纸沓，也有“高红十”的私章，也是红色印油。只是私章上的字有点不同。由于“高红十”三个字笔画太少，“红”字的右半边“工”字中的一竖拐了个弯。而这张不对劲的菜票上“工”字中间的弯拐得不同，别扭，生疏；再看，确实不同。我把这张伍角票翻过来，纸也不同。我用的是学习材料，背面都有字，不是“阶级”，就是“专政”，而这张背面没有字，是在白纸上写的，薄厚也不相同。

发现此点，我的后脊背一阵寒凉，心跳大大加快。我把全部菜票收拢细细翻找，盖假“高红十”私章的共计贰元肆角伍分。这贰元肆角伍分菜票我那里没有留底，秋天不会从分配中扣除。也就是说，有一家人家吃了队里贰元肆角伍分的蔬菜，白吃了，占便宜了，吃了却没人知道。

此人既然刻了我的私章，说明占便宜的欲望绝不仅仅贰元肆角伍分，等我捉住他（或者她，心里倾向是他，因村里女性多不识字）。

我把这事只跟团支部另两个委员说了，说时表情严肃，你们先别张扬，我一定把这个人找出来，这不是明目张胆占大家便宜么?!

神秘兮兮的第一天过去了。我把收回的菜票统统看过，没发现问题，每张菜票上每个图章每道笔画都很齐全，背后也有“阶级”或者“专政”。

第二天依旧没有。

我和同窑知青悄悄在村里打听，咱村谁会刻东西？做搓板、木梳，会做小玩艺什么的？

现在想想回答者的表情如雾里看花，幽深叵测，有人摇头，有人迟疑，还有人反问我，问这个做甚？

做甚？

五天过去了，没有；验明正身的菜票货真价实。

十天过去了，没有；反复用过的菜票多了尘灰和脏污的指纹。

那人难道只占了贰元肆角伍分的便宜就收手了么？大概不会吧。他一定再找机会，我也再等机会。

就像那个古代“郑人疑斧”的成语说的，我的脑子里走过一张张嫌疑人的脸，一家人的脸，想那一家人商商量量，分工合作，造假菜票买菜吃吃得很香。这家人家见了我的面一定还笑眯眯问我，吃了没？那感觉好怪呢。一只看不见的手涂污自信与信人。

秋风起兮。

庄沟边绿绿的绿草早已黄梢，一亩半菜园只剩下西红柿和茄子的枯秆。菜园老汉送来当年最后一把菜票。我耐着性子一张张绺平，一张张查找。没有。那些假造的“红”字偏旁一竖拐弯拐得不顺的私章再无踪影，仿佛从未在这世上出生，从未在我眼底出现，就逃之夭夭，从有处遁去，遁于无。

一定有人窃喜呢，窃喜我的白忙，白忙一场查不出来个甚；

也一定有人恨呢，刻了章子，裁了纸，弄到印油，造了菜票，才占了贰元肆角伍分的便宜就罢手，他一定很不甘心呢！

可我不知道他是谁。

一直到我离开三台庄，一直到全体知青离开三台庄，假菜票依旧是个难猜的谜，未破的案。

要么根本不是案，只是背着我和知青。

要么有人给造假人通风报信，会是谁呢？

那两个团支部委员？

菜园老汉？

为什么？有人造假菜票，不花钱白吃队里的菜，个人占便宜，众人吃亏，吃亏的众人为什么不义愤填膺奋起斗争？为什么要护着占便宜的个人？

百思不得其解。

回城七八年后，有一天翻看旧日记，翻到这一节，突然顿悟：众人是自己人，而你和知青是外人。只要你流露出走的意思，只要你有走的可能，只要他们看出你终究不是他们的人，那么他们之间哪怕有天大的矛盾，他们是一方。你做结合状，做扎根状，哪怕做得很像很真诚，你不是自己人，你是另一方。在一张小小的菜票面前，他们表明了他们的立场：内外有别。你是外，他们是内，统统是内。

紧闭的嘴巴，浅显高深的笑，一堵刀枪不入自我护卫的墙，一道深深宽宽拒敌于国门之外的沟。我用七年青春未能填平未能跨越的楚河汉界。

十、造　表

曹怀秀书记在公社报产量的会上说，我们三台庄今年是中常年景。

石信主任不信，说，老曹，你打埋伏了吧。

曹书记极力申辩，我们队公购粮霉沤，跌下大窟窿，库房挖空了，你又不是不知道。今年说什么也得多留点，少缴点。不信你去看。

石信主任不会去看，石主任的本事就在于不看也知道八九不离十。三台庄是学大寨先进队老典型，曹书记带头交粮，别的队的工作好做。老曹书记若蒸馍馍锅底撤柴禾，别的队也会照花描样，如此这般说下一河滩理由少交公购粮。那——上边压下来的任务咋办？南边五个公社是延安市的粮仓，南泥湾公社又是粮仓中的粮仓，谁叫一支歌里老唱“陕北好江南”呢？歌里不长五谷，公社院里石主任炕上也不种庄稼。上边布置的任务还得靠这些脸黑黑，手粗粗的基层干部带着完成。

石主任提议，让高红十送个明细表来，咱再商量。老曹同意。

我会造表。自打当了会计，除了开凭单、记账、借粮、记工分、做菜票等诸般麻麻烦烦，其余一大项工作就是应付上边发下来的各类表格。农田基建上劳人数、植树造林亩数、棵数、历年增长数、小块实验田情况、生产队固定资产、不固定的大小牲口头数，政治夜校学习情况大批判情况赛诗情况……一千条线从一个针鼻里穿过。从上边——搞不清也不必搞清哪一级上边的哪一个部门——一直垂挂到老曹书记家花毡下边炕席上边。老曹交到我手里的表，每每还带着炕温。

这次表怎么造？

老曹书记说，按以往，别露出破绽就成。

于是我全明悉。

石主任要三台队当年粮食总产，当然不能只给一个产量总数，要各样五谷单产、合计，一样一样从表上看得清清楚楚才成。

全庄耕地亩数，就是一个弹性极大的数字。

广邈厚重的黄土高原循着从汉代迄今的广种薄收撒播点种的耕作方式，春天开几架山，秋天撂几面坡，是常有的事。几架山几面坡，怎样丈量？算多少亩？不好算，等于没个准数。就是有数也总在变化。三台庄大队多年来自己承认也对上边交待的总耕地亩数是750亩。当然这750亩地种什么，每年都会有所调整。冬季农田基建平出了几亩水浇地，就要从旱地里刨出，加在水浇地里，水浇地这块的产量也要相应增加。有的地块不宜种粮食，改种大萝卜、洋芋，五谷的品种就要跟着变。还有扩大了的实验田、种籽田，赤脚医生种了几亩药材，都要在表上标出来看出来。

当年土地怎样摆布，石六队长最清楚，是他带着人一犁犁一脚脚摩挲过去的，闭着眼也说得清楚。上边要的表怎么造，是我的事，与土地上的实际五六不离七就成。

造表的原则，一不能大动总亩数，二不能突破当年上报的总产量，三是每样庄稼单产要差不多。这其中比较费脑筋的是朝三暮四或朝四暮三的搭配。黑豆40亩，黄豆20亩，不成，黑豆产量高得离谱，那就再加进去10亩荞麦、5亩蔓小豆……我这样干时，每每觉得十分可笑。以此类推，上到最高国家机关国务院那里的各式装模做样表格，也如我一般人模狗样炮制。

欺上，农民的一贯作风，古老得大约起自西周。如果上乐于被欺而不敢面对事实，此作风花枝招展生机盎然。

我造的表字迹清楚，计算准确。从表上看，我们三台大队的确是中常年景。

石主任看过表后，夸我，高红十你学会了。

学会什么了？造表？看你说的。当两年会计了，还能不会造表？

我说高红十你会唬人了，像那个老曹。

我大笑，唬谁也不敢唬你石主任！我们队今年的贷款能不能少还点？每个工值上不了 0.7 元，大寨式大队没面子，你石主任也没面子。

石主任板着脸，把公购粮交上来再说。当晚的队干会上，刘凤山给老曹书记出主意，进山抄黑户的粮。

陕西最北边的榆林地区多沙漠，少水，比延安还要贫穷。遇到大旱年景，当地活不下去的农户一家老小跑下来当黑户。黑户官名叫盲流。山深林密处找一块无人管地界，挖窑、砍树、点火、烧荒；开一面阳坡，撒半升籽种，一家人的生计便有了。

黑户是公安人员顶头疼的事，户籍管理无政府，每年还要引起几次山林火灾。远天远地处白烟黑烟升空，无车无水又无人扑救，每年组织各生产队民兵进山赶黑户，往往没等遣返人员回来，黑户已在新地点安营扎寨。乡亲们一般对黑户无深仇大恨，兔死狐悲，谁知道哪天自己沦为同类？也有出不起财礼的人家进山捡便宜婆姨，相中，捡来，那女子就由黑户变成明户。

征得公社公安员同意，三台队派了一队精壮劳力进山，这些人背着口袋挂着绳，大秋收后又来个小秋收。

小秋收的人很晚回来，清点抄来的战果，不到两千斤糜谷，这是从七户黑户家抄出来的，当时叫它们“资本主义”粮食。至于那七户人家吃什么，没人过问，只听说，把他们遣返回老家了。

十一、验粮和结账

交粮前，还有一件大事，一件十分当紧的事：拍好粮站验粮员的马屁。

验粮员的体形像粮囤子，一脸陕北人少有的好气色，红是红，白是白，很像浓妆后的样板戏演员。

验粮前的这顿晌午饭派在蝴蝶家。老杜从库房领出青油白面，送到蝴蝶家。蝴蝶娘深知这顿饭关系重大，使出浑身解数，白面条撖得又细又长，调和汤做得又稠又香，有羊肉臊子，还有鸡蛋。没人陪酒，怕他酒后犯瞌睡误事。

在验粮员伸着脖子吞咽面条的时候，全村好劳力饿着肚子在场上翻晒玉米。趁晌午日头好，把玉米翻个个，好玉米、干玉米铺垫在拟好的验粮员走过的路边。

验粮员来了。我在远处注目，场上人紧张地盯着他的手他的脸。验粮员伸出右手从场上抄起一把玉米，倒在左手掌中，拨拉开看，成色不错，圆饱、鼓涨，镀满阳光。“哗”，他把多半把玉米抖回场上，掌心仅存一粒，要命的一粒，右手拇指指甲掐向胚芽部分——掐不进去，是干；掐进去，是湿。验粮员的指甲发系千钧。“啪”轻轻的一声，在场人听来震耳欲聋。验粮员眉头微皱，打了个嗝，嗝中的气味提醒他方才的美餐。摸摸兜里，揣着硬硬的纸烟，还有更硬的方才刘凤山主任答应送给他一块杜梨木案板。

能成，装麻袋吧。

听得见众人心叮叮铛铛落地。

验粮员把刘凤山拉到一边，悄声说，送到粮站，叫赶快磨成面出售，别进大库。

成，没麻搭。走回窑烤火。狗日的天真冻！赶快装呀，闲站那做甚？刘凤山吼喊众人。

装包，缝包，装车，起运。我们队的三台拖拉机全部开动，欢欢势势奔跑。最后一袋玉米上仓，最后一张六联单开到我手里，刘凤山老汉还不依不饶，叫我赶快去粮站结账，免得夜长梦多。

其实，多梦的长夜已经过去。

第二天，早早吃罢早饭，我上路了。

我不会骑自行车，跟谁说谁也不信，我会游泳，敢下海游到防鲨网之外，晚上顺长长的月光铺路游到光的指尖，也不怕回头找不到岸。人家以为我甚至会骑马，但是我不会骑自行车。

别人百思不得其解，问为什么？我老实交待：怕摔跟斗。问的人脸上疑云更厚。其实骑车有骑车的好，走路有走路的好。骑车的好处我不知道，走路的好处我心领神会，愿意与旁人分享。

三台庄到金盆湾粮站来回 70 里地，匀速走需 7 个小时。我走路走得很快。太阳新鲜，空气新鲜，腿脚也新鲜。那太阳那空气那腿脚属于 26 岁的知识青年女知青。从三台队到公社出沟的 5 里路，我怕没走了六十个来回？每一山廓，每一水曲，路边矮趴趴的场房，田埂上扭扭的鸭群，皆熟识如旧衣上的补丁。路上有人同我打招呼，古老得如同出土文物，长寿得如同苍松翠柏，热情得如同才揭锅馍馍的招呼——吃了么？我叫不出问者姓名，既然眼神好的人家同我招呼，想必我也认识人家，便痛快地回一声，吃了。再用陕北话问一句，走哪搭喀——意思到哪去？我很得意我的陕北话懵住过来三台庄看妹子的榆林人。那天那中年男子在村前同我聊天，聊着聊着问了一句，喀

（去）过延安了没？我说，对事价（有时候）也喀了。后来他恍然，我还问人家喀过延安了没，人家北京知识青年，哪搭没喀过！

出沟后视野豁然。一条直奔粮站的官路，缓坡的两山挟持。佑护官路有不一贯的树，高的青杨，矮的洋槐，更多处无树是庄稼，路边喜种玉米高粱。八月撑青纱帐的玉米林，十月已无账可撑。剥去玉米的玉米秸秆堆簇地畔田畴。傲霜的野菊花群芳互赏，白生生，黄灿灿，紫盈盈。

当时大学高考招生的消息已传遍陕北每一个有知青的村庄，三台大队也在劫难逃。除了我、那名复员兵，大多数知青都在温课。我大学毕业不存在上大学问题，因此无课可温。当时我还没想到走，只想辞去会计，积累生活，准备创作。当会计好是好，就是太缠人。上月去市上开三天创作会，老刘凤山就打发人来催，说等我回来分洋芋，老下雨，洋芋浇得使不得了。

走，其势已注定。迟好？还是早好？我不知道。当年我们多虑是非，而非利害。于是这利害年甚一年让我们尝到了厉害。

过了连枷起落的马坊场，过了金雨飞撒的金砭队，前边就是金盆湾粮站。我看见粮站白底起黑字的木牌牌了，看见蹋蹋腾腾出出进进的拖拉机了。我用眼睛寻找，寻找戴火车头帽子的粮站主任。我一眼中“的”，胜券稳操，三台大队三百几十口人的生计在我的把握。

十二、二分洋在哪儿？

不用曹树雄帮忙，不用任何人帮忙，我自己独立完成了三台庄大队 1977 年的年终分配，表一到表六。自信表十六、表六十也难不倒我了。

曹书记同公社石信主任商量，历年贷款，买拖拉机、汽车、深井管子、铡草机、制砖机等农业机械借下的钱，当年仅还利息，再少扣一部分本钱，争取每个工值达到七角伍分，这个标准是几年来最低的了，不能再低了。

石信主任叹了口气，说，蛇大窟窿粗。算是同意。

当年山西省昔阳县出了个大寨大队，一夜之间成了全国农村的样板，不学不行的样板，陈永贵也成了全国农民的榜样，不学不行的榜样。于是遍地开花，全国出了不少学大寨先进队，又叫大寨式大队。

三台庄大队是多年学大寨的先进典型，大寨式大队。全南泥湾公社唯一的大寨式大队。评上的原因一言难尽。底下确实干得苦，上边、上上边也需要先进撑面子，南泥湾这么个震聋发聩的地方哪能不树个典型呢?!

“一损俱损，一荣俱荣”。一个典型倒了，典型本身没面子，树典型的人也没面子。石信主任没看过老人家激赏的《红楼梦》，此间的道理却无师自通。他清楚，南泥湾公社逐年多交的公购粮，为他的调离提拔铺垫了台阶。每月 38 元工资，不多，但决定了他端的是铁饭碗，无论走到哪都不会少于 38 元工资待遇和 30 斤不掺糠麸的净米净面。而曹书记走不了，这方土地上任何一点天灾人祸都会影响他碗里的稠稀。

乡亲们对完蛋了的“四人帮”的仇恨，对学大寨极左路线的积怨，对高标准公购粮任务的不满，会全部泼洒在像曹书记这样的基层干部身上。曹书记走不了，泼来多少，承接多少，像一株迎风站立的老树，像一块任人捶打的洗衣石，有着七情六欲的树与石。

因此，石信主任可以对任何人讲大道理，唯独对老曹不能。论年纪，老曹可以做他的父亲；论级别，是他的下级。他不能用大道理训斥可以做他父亲的下级。只要开口，体内便有一个小人划着脸羞他，乡亲们管那小人叫“良心”。

晌晴晌晴的一天，无风无尘，无雪无霜亦无雾。我去信用社取钱，取年终分红用的现金。我正往头上扎红头巾，刘凤山老汉推门进窑。刘老汉黑棉袄上套四个兜的干部制服，对襟掩不住大襟。两扇前襟屋檐样翘起。我以为不美，刘老汉八成以为美，否则他不会这么穿。

往下我俩有一段对话。

我去公社取钱。

我解下（知道）你去取钱。

有甚事？

没。问你怕了不？

不怕。

一人敢去？

敢哩。

你不怕我还怕哩。走，相跟上。

我斜背上两个军用挎包，一个我的，一个复员兵的，上了官路。我走得快，刘老汉跟不上，不跟脚的棉鞋趿拉着，尾着。

信用社里我从未见过这么多现金。一万零几十！更没动手一张张数过。信用社婆姨好心递过来一碟子海绵蘸水，说，慢慢数，坐下数，不急。我一坐下就气短，还是站着吧。

若按如今百元一张大票，的确不费事就可数完。可是那时候不行。一来没有大票，二来有也要破成零的。回去要一家家分开，没零的咋分？元、角、分，零得不能再零。直数得我眼前世界风云变幻锦绣前程无疆，头晕脑大。数好一遍，闭眼歇歇，再数。直数到手心麻痒，十指被钱票舔得干干净净。

数清楚，没错误。我用皮筋一捆捆扎好，放进挎包。两个挎包鼓涨起来。我系好书包带，十字交叉背在身上。我对老刘说，回。

回程5里路，按来时序列，我走前，老刘踢踏在后。

晌午时光，天悄人静。路边有战士放鸭，任竹杆横斜脚边，任鸭群自由化于破冰的稻地，战士自顾看书，全不理会身后走过去一个携万元巨款的女人。小娃娃往场上扔玉米芯，比试谁扔得远。坡坡上有黑山羊吃草。

走慢点，掉下来归我。刘老汉双手背后，两脚踢踏。

能成！我高兴地应答。

真是清平世界，朗朗乾坤。我背着两挎包万元巨款，居然半点不知害怕从公社信用社走回三台庄。若在如今若在眼下，借你俩胆你敢么？反正我不敢。

钱到了村里得马上分，不能过夜，过夜才是夜长梦多。我回到窑里闭门插栓，把钱分成一个个小包，写上户主姓名和应分钱数。写到小三大名王永光时，我顿了一下，小三当年因不明就里的疾病早早身亡，我划掉王永光，写上他婆姨于朵花的名字。随后叫来出纳，拆包清点，无误。发电，放广播，知青通知社员到小学校领钱。

分红，过年前的过年。

小学校一间教室被重新摆过。我是三台庄“国务院总理”，我坐正中灯下，几条凳子几张桌子围拢身边，装钱的挎包紧搂在怀中。刘凤山把门，叫到谁才许谁进，要拦挡淘气的娃娃和总想抢先的青皮后生。

曹树雄被请来，照应来人往表六上压手印。他的细长指头点到哪格，来人手指便伸向哪格，指头粗指头重，每每按到格外。

表六，全村户主的指纹档案。

红手指往袄上裤上胡乱蹭蹭，便去接钱。

点点啊，点清楚啊，出了窑门可不认啊！我对来人说。

领到钱的人哆哆嗦嗦撕开包装纸，哆哆嗦嗦吐唾沫点钱，哆哆嗦嗦念出纸上的数字，没错！哆哆嗦嗦揣进贴肉的怀里。

窑门并不好往外走。收电费，收磨面费，收合作医疗费的“债主”一一恭候，层层剥皮。少不得打趣，少不得厮骂，但一切的一切都被红指头揿和软了。我一张张脸看过，想象一小包钱给一家人牵曳来的欢欢喜喜、半欢半喜和不欢不喜，像看一场常演常新百年不谢幕的大戏。

突然，贺海江老汉惊呼我的名字。

咋啦？

贺老汉一手抓钱。一手抓包钱纸，点穴一般定在窑当中。他急火火地说，我可是歪好没挪地场，少了二分洋，咋价呀么，少了二分洋！

满窑寂然。

我琢磨不会呀，错了的话，总账碰不平，分剩下的余额也不对呀。再说，出纳拆包核对过的，一人错了，俩人也错了？

别急，慢慢找，看掉没掉地上。我边安慰贺老汉，边走到老贺跟前，用鞋尖在地上拨拉。地是土地，夯实梆硬，才刚扫了地，还洒了水，不起虚土，没有钱。

咋价呀么，少了二分洋！贺老汉近乎绝望地喃喃。

我的目光顺老汉脚底上移，黑棉鞋，黑棉裤，黑棉布绑腿，黑棉布裤腿……最后，我的目光定住了，心底一浪释然跟着一浪辛酸。

二分洋在哪儿？谁也猜不到。往后许多年，我跟许多人讲过许多次，讲到此处让人猜二分洋在哪儿？

静场，没有一个人猜得出来。

当时我说，吸了口气，怕吓着他，慢慢说，二分洋在你的裤裆上。精美绝伦的二分小硬币闪亮在贺海江老汉肥沃无比窝囊已极的大棉裤裆上。

西　川　河

仿当年（前排中站者）

一、西　川　河

一条河；

一张会动的大画。

河的一岸是被流水涮塌高高的崖面，酱色，土质酥松且有层次。隔上一个半个时辰，切切糕样塌下去一牙，扯拽绿绿的蒿草、碱草，长着奶白色根系的芦草一起往下掉。塌着塌着，土崖的边缘接近荞麦地了，好大一片开花的荞麦地，像有数不清的粉白色蝴蝶翩翩起舞而不飞走。看着那血红细茎、粉白蝴蝶排着队跌进浑浊的河水里，是一件叫人难受的事。没谁能拽得住，“啪”就掉下去了，河水弄脏了它们，又带走了它们。

荞麦地是山脚的一面缓坡。山叫墩山，斜对的那条大沟叫侯家沟。侯家沟当年驻过中央警卫团，站岗、放哨、烧木炭的张思德是中央警卫团的班长。侯家沟大不如河对面的枣园出名。

枣园，大俗亦大雅。

枣园多枣树，黑鸦鸦一片，不知道谁人撒种，压条，更没见有谁往酸枣葛针上嫁接枝子，仿佛天生就的，老天爷特意送给这方土地上的受苦人垫饥解馋的。

油亮抹了绿蜡似的椭圆形小叶，鹅黄色仿佛一撞即碎的小花，都有那么点怕人瞅的害羞。等待结了果，红了圈，的了嘟噜挂一树点红漆的大枣，就任谁瞅也不怕了。

枣，原是登不得大雅之堂的贱物。谁听说国宴上水果有上枣的？可是在北方民间小吃里，枣却有着不可取代的地位：枣糕、枣粥、枣粽子、枣泥月饼……盛名可谓经久不衰。

枣园川道和墩山挟着的河叫西川河。

大凡天生地养的河，没有直奔终点的。它们要转上九道弯，九十九道弯，甚至九百九十九道弯，要由着性子扭啊，耍啊，浪啊……暴脾气磨没了，美景也赏得差不多了，才兴犹未尽地归顺大海。

一天，有人站出来说西川河错了，说话者是那个来自七沟八梁一片坡，把白羊肚手巾一直拢到国外去的大叔。他在西川河边走了一遭，肯定地说它错了；说西川河不该这么弯弯曲曲地流，要造一道拦河坝，把河道取直，腾出来的河滩地造良田能收多少高产玉米呀！

其实那个年头陕北并不缺地，我插队的村子一个劳动力平均半架山还要多。

其实碱性沙底的河滩地种玉米并不高产，要搭上农家肥，搭上劳力，好好抚育几年才成。

其实与其这样还不如把劳力和农家肥放进已有的耕地，精耕细作……

那是一个少数人无论怎样说都对，多数人无论怎样做都错的年代。那时的大叔属于少数人。于是按他说的办，于是从全延安市24个公社无偿抽调劳力，于是在十四里西川河岸边摆开战场。

一位姓黄的工程师看了图纸和地形，说河床留窄了，容不下一般洪水期的流量。黄工程师属于多数人，结果他前脚走，后脚贴他的大字报，开他的批判会，工程照常进行；结果——他没多久死了。死的日子的的确确是错了：1976年9月8日。第二天伟大领袖去世，举国同悲，没有人顾得上开他的追悼会了。

1977年7月，陕北连降几天大暴雨，雨水砸在高高的少植被的黄土塬上，干旱的土地寸水不存。稀释了的表土，表土上稀疏的草皮统统变成泥汤子，顺着低凹的塬上褶皱，顺着越拉越大的山水窟窿跌入沟底。川道平地起河，一条河一条撒欢的黄龙，千百条黄龙呐喊着泄入清凉河，清凉河找不到清凉的影影儿了。

有人亲眼见河边水文站的二层小楼像个鸟巢似的被端了起来，晃晃悠悠飘在水皮上，等飘到清凉河大桥跟前，“哗”地一声撞碎了，粉碎。清凉河大桥的桥栏杆也在眨眼工夫被河水齐齐推平。还有人说，东关那边的水更蝎虎！水头一舔，机场跑道大马力拖拉机、履带式压路机纸船似的没影儿了……

等到雨住了，水退了，清点人财损失，损失根本无法点清。部队损失最大，又要救物资，又要救老百姓，迎着洪水上，死人最多，那数字却保密。老百姓能数清挣工分的和吃粮的，却无法统计流来窜去的盲流黑户。好在有头有脸的人损失不大。只把姓杨的老劳模一家11口淹死了。

杨老劳模是此地的一个人物。四十年代中央红军在陕北开展大生产运动，老杨替毛主席代耕，也就是说分在毛主席名下的几亩几分地开荒任务，老杨主动承担耕种，为此他有了一份终身的殊荣。解放后，老杨凭着一张与毛主席的合影，进出北京中南海如趟平地。见不着毛主席，就见其他首长。每次都不白去，或是一身新衣服，或是本子上有中央首长的几个题字，够他回来演讲上一阵子。末了忘不了对听讲的人说，首长请他吃了几个馍几个菜，馍馍又大又雪花样白，菜里的肉片肥膘有几乍厚，显得不那么突出政治。

延安当地领导照顾他，把他和他婆姨安置在清凉河东岸的王家坪、原八路军总司令部居住，每月拿旱涝保收的公家钱，他演讲的积极性越发高涨，无论西哈努克亲王，还是北京知识青年，不肯拉下一回。他演讲的顺序大多如此：开头总是毛主席叫他“杨劳动雄（掉了个英字）”，他叫毛主席“毛老人家”；他给毛老人家代耕，给毛老人家扭秧歌拜年，一气一个大百步扭到枣园；毛老人家从重庆谈判回来，他提溜上老母鸡去看望。解放后，他背着红枣、小米一次次进京，再往下就该几个馍几个菜了……讲罢，站在旧居简介的红牌牌前，穿上首长给的新衣服，拢上新新的白羊肚手巾，同来客“捏（摄）个影”。

讲得多了，难免有人烦，若再以此坐车不买票占个小便宜什么的，就更惹人烦了。总之烦不太久，便有了那场洪水。

洪水是早上四五点钟下来的。杨老汉和他婆姨还在炕上睡着，就叫洪水封了门。救灾的解放军赶来，踹开门拽出个人，不辨死活先绑在树上，又拽出一个，又绑在树上；摸摸没人了，又去救下一家。老两口不知是绑之前淹死的，还是绑之后咽的气。当然不绑在树上，可能连个囫囵尸首也落不下。

有人说，爱说的老汉，想念毛主席的老汉撵着毛主席去了，去那里跟毛老人家聊天，省得毛老人家闷，也省得他闷。

从此清凉河一岸寂寞了很多，很快黄土坟茔长出遗忘的蒿草。

冤有头，债有主；巨大的灾难损失得有人承担责任。那晚上值班听电话的地委常委犯下渎职罪，说他没有及时传达上游打来的报警电话，没有很好地组织抗洪就去睡觉了。好险不是安塞的王瑶水库决口，否则，那水淹了宝塔尖……

常委被撤职罢官，报纸大张旗鼓地做了宣传。风声过后，常委又被派往另一方土地接着做父母官。不给出路终究不是共产党的政策。至于以他不足百年的人生对付百年未遇的洪水，能有神机妙算否？便无人细究了。

西川河这下子有了错。14 里土石砌就的大坝被水神爷请的净净的。此时人们想起那个拢白手巾的大叔，说他一辈子可能也没见过几条像样的河，没见过发大洪水是什么样子，纯粹瞎指挥。人们也记起了那个姓黄的工程师，说人家早有预见，可惜没按他说的办。

至于从有农业以来就有的滥砍乱伐，至于从大生产开始受破坏极大的生态平衡，至于不接受“陕北开荒，河南遭殃”教训，总是受苦又总是受穷的农民的短视和愚昧呢?

……

这个地区的全面规划治理，有人提出要退田还林，种草种树种烟叶种苹果，放牛放羊找石油挖煤炭；有人提出要用炸土豆片和沙棘汁出口换老外的钱；还有人建议搞人口迁移劳力输出，这都是几年以后广开言路的事了。

眼下，人们想到做的和能够做的，就是把冲毁了的堤坝再修起来。既然原河床留窄了，就往宽里让出些，总之坝不能不修。当时的最高领导人说了：农田基本建设是一项伟大的社会主义革命。

于是又从延安市 24 个公社无偿平调劳力，组织施工营；于是南泥湾公社总指挥主张速战速决，赶在秋汛到来之前完成本公社 55 米堤坝修砌任务；于是施工营领导说，一律不要瞎（hɑ）劳力，瞎劳力光会吃每天自带一斤、补助半斤玉米面干不出活儿；领导声称也不要知识青年，知青忙着温课考大学连瞎劳力也不如；于是点名要我参加施工营，理由是我已经大学毕业，不存在考大学问题。

南泥湾施工营一共四个女子，除了我，还有巧娃、兰兰、翠珍 4 个女子、4 个女党员、4 个女支部委员，我们来到西川河。

二、我从红底绣黑花的鞋垫上认识了她，她叫巧娃

她跪在炕上，怀抱一床紫红色羊毛被子，眼睛忽闪着问我：睡你的边边上，行不?

我历来经受不住那样的眼神，忙说，放下吧，快放下。

她欢喜地把被子铺在了我的蓝花被子旁边。

开工第一天，安顿好住处，营长宣布了治河工地的诸般规矩和连

排干部名单。念到她是二排副排长时，男民工们瞅她，用各样的眼神。

我什么长也不是，三个员：卫生员、记工员和通讯员。

南泥湾公社是全县最小的公社，一共才八个大队。公社地界里，认识的人多，不认识的人少，我和她以前就认识。

黄土高原，满年四季黄土飞扬。大风大扬，小风小扬；无风天，小娃娃的精脚片子、大牲口的蹄子、鸡狗的爪子不停歇地踢踏刨挖，便有杂面箩子箩过那么细的黄尘在好太阳下飞舞。

那一顿饭工夫就把女子娃娃大红大绿的新衣服铓得不再鲜亮的黄土，那使外来人顿生悲悯之心却又捂着鼻子拍拍打打不愿沾身不愿吸入的黄土，那钻进头发指甲汗毛孔一河水也别想漂洗白净，走哪都盖着出处印章的黄土，那吝啬地供养人一辈辈吃喝，又一辈辈把人吃了去的黄土……

黄土高原的村子是土黄色的。

那天，我在邻村窑外的窗台上看见一双大红鞋垫，怎样眼明！走到跟前细细端详，手不敢摸，生怕亵渎了那物件的奇妙神圣。一浪惊喜，一浪感动，扼住了我的喉咙。

谁做的？我问鞋垫的主人。

巧娃。

哦巧娃，该是一个有着怎样灵气的女娃。我在这鞋垫上描摹着你的眉眼，品读着你的才情。

普普通通一块布，隔五行抽去一根纱，经是这样，纬也是这样。抽去纱的红布蒙在薄薄的袼褙上，再裁一条素花布绷在袼褙外沿，经纬相交的亮点就是扎花绣朵的下针处了。

红底偏绣黑线。红与黑，很抢眼很跳的颜色，很浓烈沉郁的颜色。花样子打从针尖上出，美丽（这个词好没味）的构图打从她心尖上出。

这双鞋垫是高天厚土养大的女子的一首情诗，是我等俗人无缘进入的灵气飞扬的境界……对着鞋垫，我信天游式地乱想。

不久，我在公社召开的团支部书记会上见到巧娃，大感失望。她高身架，大骨骼，直撅撅的小辫，脸庞两饼四季不褪的糙红。细长的眼睛倒还秀气，也难以驱赶走周遭的浊气。团支部书记要汇报工作，她越发显得迟笨。

散会后，我与她同路，夸她，你的鞋垫绣得真好！

不会绣，她笑笑说，胡球日鬼！

巧娃是邻村挣 10 分的女劳力。我在三台庄也挣 10 分，但我知道那里边有照顾的水分：一个主动不拿工资的大学生，还不该挣够每天五六角的工分么？

巧娃就不同了。挣男人一样的工分，就要干男人一样的活儿。要在陡直的坡地上吆牛使犁，犁铧掀开的凉冰冰的湿土盖过腿肚子；要从老高老远的山头往场上背庄稼，勒肩的一背怕掉颗粒还不许歇；要担沉沉的土粪，要拉满满的车。男人可以使蛮力扛死肩，女子干这一切就要搭上血肉身子了。巧娃有妇女病，庄上的女人都有妇女病，病也就不算病了。

并非邻村的男人老人有意摧残巧娃，他们很敬重她，抬举她，让她入党，当干部，团支部书记并党支部委员。

去西川河之前，我对她的印象是：肩着犁，吆一群卸了套的牛，从脑畔上踢踢腾腾往山下跑，见了我，拖着长声叫我，我也叫她，高声呼喊撞在土崖上起着回声：巧娃——巧娃——

到了西川河工地，她是我的排长，我是她的兵，她对我极好，变着法照顾我。上工下工，她帮我拎饭碗布袋，饭来了，她挤进去帮我打。她说她有经验：盛菜要盛浮起的，油花花飘在浮起，打粥捞面要捞底下的，底下的稠。吃完饭，碗筷也是她帮我洗。夜战，走道没灯，近视眼加上塑料底鞋，使我举步维艰，巧娃那双老茧磨人的手成了我上坡下坎的拐杖。

拉料石，我和她一车，她总是把大块料石抱在怀里，不让我沾手。车子装满，她又一把抢过拉绳，不叫我驾辕。

我给她买了一顶草帽，她非要付钱给我。我买糖给她吃，她会买来更多的还我。我说替她写家信，她愣了，说，家里没人认得。唯一能为她做的就是讲电影故事。可惜我肚里的故事缺胳膊少腿，只有现讲现编。

巧娃劳动是开心、好胜、风风火火的，歇下，有时却见她不快活。问她。她说，没甚。再问。说，活着没意思。便不敢问了。

我发现男民工同她打交道，却不同她亲近，青皮后生们的目光更多喂养着另一个女子，和巧娃同村另一个挣10分的女子：翠珍。

巧娃的脸色会骤然变得难看，像要恨恨地骂谁，却又终于没骂出口。

我猜不透巧娃了，在扎花绣朵、吆牛使犁后边，还有一个巧娃。

三、不一样的河水唱着不一样的歌

临行前，南泥湾公社卫生院吕院长送我一个装满各类药品的红十字卫生箱。摸着深棕色冰凉的皮子，想起童年过家家的种种趣事。吕院长讲解了药品服用和搽用的方法——比包装上印的多不了多少字，疲倦地笑笑，说，拜托了。我会去看你的。

我听话地点点头。

奇怪，在这个文革前最后一届上海医学院的毕业生面前，我怎样也傲不起来，只想用什么法儿把他眉梢眼角的倦容抹去。

记工员，我下乡第一年就干过。之后，当过妇女队长、团支部书记、党支部委员，还当过一年大队会计，管理三百多人的钱粮，书写的五账四簿在全公社展览过。当施工营四十几人的记工员，容易得让人不好意思。

通讯员，其实一个多月工期也写不了多少稿子。石营长因人设事，除了给本施工营摇旗呐喊的需要，还有专业对口人尽其才的考虑。虽然我是北京大学中文系的学生，拥有几千民工工地的最高学历，但我毕竟又是一个靠工分吃饭，不劳动便无饭可吃的知识青年。有了记工员、卫生员、通讯员这三顶帽子的荫庇，就可以为了这个员的那点事，那个员的这点事不用顶着三伏天的大太阳，或是淋着一点三马勺、三点一大锅的老白雨把工上满。用老乡的话说：可以走轻路，溜弯弯了。

我体察到一个普通公社书记在他的权限范围内，对一个大学生农民的最好照顾和用心良苦的安抚。当年是1978年，从1968年开始的大规模上山下乡运动已成退势颓势，一片诅咒和悲鸣。问题已不是走不走，而是怎样走；是抱头鼠窜？还是稍许体面些退步收身。

我属于最迟觉悟调头的一批。或许因为当初抉择太真，行进过快，付出太多而转身太难吧。

生活像一条河。一如西川河、清凉河和出名许多倍的黄河。每时每刻，不一样的河水唱着不一样的歌。面对时刻变换更新的生活流水，我没有半点可以凭藉的人生经验，只有一簇不甘熄灭的理想之火，和一颗渴望不被时代抛弃，能够理解别人也被别人理解的心。

1978年，我的脑子里总有惊蜇的雷群排空而过，雷声轰毁了一些什么，又有什么在瓦砾堆中挣扎着萌生。一些什么？我不清楚。

民工生活没有神秘莫测和惊心动魄，两个字：平常。

和在庄里种地一样，两头摸黑三出工，有时还要四出工。没有了婆姨娃鸡狗自留地的缠绊，吃罢晚饭呆着也是呆着，出工还能挣两分加班工分，何不去消食解闷呢。

吃饭吃大灶；觉，自然也不同家里一样睡法。男民工除了营部领导，全部睡在一顶大帐篷里，每人一毡宽的地方。那鬼帐篷我进去过，浓呛的旱烟味、汗味、臭球鞋味、煤油烟子味和把这一切发酵了的潮味，能使人背过气去。赤橙黄绿，会有什么样的言论播撒其中，怎么想象也不过分。

女民工很受照顾，打石备料的几天，我们住在莫家湾供销社唯一的男售货员小李腾出的石窑洞里。小李一天在窑里点火做三顿饭，窑不阴，炕不冰，睡女民工很适宜。

看上去像高粱苗一般清秀的小李，有着一双善解人意的眼睛。

他一进窑做饭，我们便不敢倚里歪斜躺靠，要像个三角尺扯直；又不能总瞅人家的饭菜，凭鼻子就知道比我们吃的好；还不能干坐着，得说点什么。总是我带头提问。问些什么，答些什么，无所谓的，就像往空花瓶里随手插上些花，桃杏花、马茹茹花或是杜梨花……巧娃、兰兰、翠珍也心痒地参加进来，问问家长里短。饭菜熟了，他让我们，我们不吃，也不硬让。

往往小李后脚还不曾出门，我便重重地倒在被垛上大喊腰痛。她们三个没腰，一股劲在那里夸奖小李的洋芋丝切得如何细，捞捞饭的程序如何正确，锅台收拾得如何干净利落……说得有油有盐有滋味。最后她们商定，傍晚帮灶房担水时，也给小李把水缸担满。并说，我们总要洗用的。

有一天，小李没来做饭，听人讲，他回枣园看婆姨，婆姨要生娃了。过于疾速的希望与失望的更迭，三个女子灰悻悻的。傍晚，照旧帮他把水缸担满，脚下却少了许多喜鹊登梅步步莲花的情致。睡下后，我听见巧娃对着窑顶说，那婆姨好命。

小李回来后一如既往。他做饭，我们坐直，随意问答。我却听出那一递一答的对话中少了许多味道。

砌堤坝用的毛石料石备得差不多了，我们同小李告别，到清凉河东岸洗沙。

第一次听说，沙，是洗出来的，或许才有了“氵”的偏旁。搅拌水泥砌河堤用的沙子含土量不能超过5%，否则会影响粘合力，还有可能渗水。

西川河在蓝家坪注入清凉河。清凉河便是那条倒映着嘉岭山唐代九级宝塔，哺育了一茬茬青春革命者的河；因无数好诗好歌赞颂罩了一层神圣纱雾，其实一年四季随意涨落多浑黄不堪，无法行舟发电养鱼的河。

河滩到处有沙，区别在于沙层的薄厚。取来毛沙放进河边自磊的小水坝里，拨开水口，搅动毛沙，尘土被河水带走，淀在底子上的便是净沙了。净沙呈砖红色，光滑瓷实，赤脚踩上去，凉渗渗塞满脚趾，抖一抖，簌簌有声。

洗沙的地方叫杨家岭。七大会址、《延安文艺座谈会》会址，半坡土墙院里还有毛主席会见安娜·路易斯·斯特朗，发表著名“纸老虎”说的石桌石凳。山脚是他种过的地……杨家岭是枣园公社一个大队，因为知名度高，知青中的凡夫俗子不配居住，得有一定的先进性。

杨家岭曾有一个红火热闹团结友爱的知青小组，占据了村里显赫的两排石窑洞中的四孔。1976 年的八月十五中秋节，我在这里参加一个转业后不回老家自愿来延安务农的军官的婚礼。在知青小组的土炕上吃过饭，睡过觉。两年后，小组已不复存在。病退的，困退的，想出种种法子离开的……其坚决坚韧一如当初他们的到来。窑顶上不再有多情的炊烟缭绕。

那天我在河边洗沙，亲耳听一位捞钢筋（大水过后桥墩的残部）的社员说：杨家岭生生叫新生事物给日他了！日他与糟蹋同意，但比糟蹋分量重且下流。血，涌上脸颊。我极力掩藏自己的北京口音，生怕被他听出是新生事物的同伙，遭受余怒的倾泄。

新生事物——无法查清这一词汇的最早出处。一个新生事物多如牛毛，每个新生事物都有最高指示指引的时代，铺垫着一代人的青春过去了。就像这长流不断的清凉河水，后浪推走前浪，覆盖了前浪甚至颠覆了前浪，又被生成的新的后浪所否定。

不一样的河水唱着不一样的歌。

如果我能像巧娃、兰兰、翠珍她们吃五谷，喝长流水，日出而作，日落而息，再时不时同开小手扶拉沙子的后生们谈笑对骂该多好！我努力做着这一切，心思却和她们不同，虽然那心思深藏得他们一丝一缕也看不出来。

天突然下雨了，不打招呼，说下就下。

堆在路边洗好的沙子要赶快运走，否则会被雨水冲回到河里。一辆火红的拖拉机停在雨地。我们四个、拖拉机手，还有接我们来的石营长挣命一般往车厢里铲装沙子。湿沙子死沉死沉，沾上沙粒的锨把磨得手生疼。雨水糊住眼睛，衣服贴在身上，精脚片子在凉鞋里打滑……

天地被雨水缝缀在一起，人变成一股气，一股挣脱、发泄、复仇一般的豪侠大气。这气冲撞着高高青杨树佑护着的官路，冲撞着杨家岭历史遗址的厚重墙基，推动着每时每刻都在变化跃动的清凉河水。

沙子装运完了，我们上了拖拉机。谁也不肯进驾驶楼，推来让去全淋湿了，索性站在沙堆上迎着雨水前行。

冷吗？兰兰抱着我的肩膀问。我打了个哆嗦也抱住她。刹时感到了彼此的体温，刹时也悟到，我们不会感冒，虽然昨日立秋，劈头盖脸浇洗的已是秋雨。

四、人说兰兰是受苦的命

倘若真有命，也该让人怨成蜂窝、渔网了。我猜。

该用怎样的文字写兰兰，我颇费踌躇。因为我自信，这个世上除了我，不会再有人写她。我手里握着的，算不上判生死的刀笔，也够得上描红黑的画笔。何况我有个幻觉，我一写她，她就站在桌边看我，看我把她写成什么样，写的还是不是她。

兰兰长得不美。方脸盘，小眼睛，短粗身材，在施工工地偏爱穿一身粉的确凉衬衫。她能干，属于那种出生入死的能干，因此总是干得很苦，缺少巧娃的几分潇洒。

她在南泥湾马坊队当妇女队长，学大寨学得吃紧的那会儿，每天早上三点出工。她打着手电挨家喊人。天黑，猫头鹰叫，叫得人毛骨耸然。队里要派男社员陪，她不叫，说，有人该讲闲话了。后来，拉上个女子做伴。那女子不是党员，没那么高觉悟。兰兰便有了似乎为了自己的私事耽误人家瞌睡的歉疚。后半夜有月亮天儿，风没把玉米叶子撩拨得刷拉拉响的天，她还是一个人早早出门，无歉无愧地履行着对二十多岁的女子来说过于沉重的生产生活责任。有一年收稻子，赶上天下大雨，稻地的水没了膝盖，在冰冷的雨水里拔了几天稻子，兰兰落下一身病。

她外表看上去十分健壮，脸蛋总是红红的，不像有病的样。我想后生们扫描她的目光多实用少审美，更不会做神秘撩人幽幽的梦。

兰兰也担任一个排的副排长，同巧娃明里暗里较劲，甚至争着对我好。对我好也用争么?

兰兰在南泥湾地界小有名气，原因是她有个大有名气的未过门的嫂子，不少人同她拉话，是想得到有关她嫂子的信息。穷乡僻壤，她嫂子一举手一投足算得上新闻。

兰兰嫂子叫和平，确实像和平鸽一样娇好，能唱会跳，女子的柔劲十足。1975 年，她还是西南省份某国防工厂门诊部的护士，那年 9 月，她自愿到南泥湾公社马坊队当了一名赤脚医生。在学习无产阶级专政理论、限制资产阶级法权，与旧的传统观念决裂的舆论蛊惑和感召下，那两年到延安务农的年轻人很多：高中生、复转兵、国家职工，还有我这样的大学生，一时间轰轰隆隆，动静颇大。宣传媒介衡量这些人物先进性的尺度，因其务农前后生活条件反差大小而定。换句话说，你务农前得到的待遇越好，务农后舍弃的越多，也就越值得歌颂和传扬。和平不是从大城市来，而是来自中小城市，她的事迹很快就不显山不露水了。

她的第二次崛起在于她的定婚。和平选择了一个地地道道的农村青年，兰兰的哥哥水水。水水文化不高家境一般。如果说和平务农的举动惊动的是上层和传媒，婚姻感动的则是农民。按他们的话说，这才是真正的结合。和平同类知青的反映则很淡。一些女知青甚至产生了生理上的厌恶。和平也知趣，在有知青参加的座谈讲用会上，她闭口不提定婚这一出。

和平和水水商量做晚婚的模范，定了婚，不忙结婚，要把宝贵青春投身到学大寨的事业中。她搬进水水家住和兰兰睡一条炕。

兰兰一家被送上门来花枝儿一般的婆姨搅得六神无主，直觉里这个和平像画上的人，也怀疑此事能心想事成。对和平是一百一的好，提甚应甚，百依百从。家里的重活不让她沾手，家里的细粮全给她吃。一次，她硬要帮着往水水家自留地送粪，下坡时架子车老杆没有翘起，车轱辘上了土崖，架子车翻了，砸伤和平的脚。兰兰一家急如火上房，倾家荡产为她医脚。也就有了民工屡屡向兰兰发问的事由，听说你哥一把抱起你嫂就跑，真的？外人眼里，是有那么点结合的意思。

半年以后，“四人帮”倒了，形势的巨变有目共睹，无形的价值观的变化更加咄咄逼人。一身轻无羁绊的知识青年可以温课高考，可以病退困退。和平呢？真和水水完婚，在农村过一辈子么？

听说她想考医学院，家信揉在裤兜里被老婆婆发现，老人顿时昏厥过去。她便从此不再提走。

我在杨家岭洗沙，她来看我，替吕院长捎来补给药品。我看她脸色蜡黄，消瘦，脑门心扑了一个紫红色火罐子印。问她今后的打算，她用脚尖划拉着河滩上的沙子，半晌，说一句，我不如你。

那会儿，和平和我以及我们许许多多把坚定正确的政治方向放在首位的年轻人，对人生人性整个一个不懂，必然带来许多偏颇的判断，失当的选择，无法估量甚至难与人言的困惑与痛苦。

不好过的还有兰兰一家。

民工们问及和平的走向，兰兰一副大度口吻，她愿走就让走，我们不拦。暗地里却很伤心。

明摆着，和平若真撇下她一家走了，经济上的损失是小——和平父母来看和平，带给兰兰家手表、衣物，兰兰身上的粉的确凉就是其中一件，和平父母流露出用物质做补偿，带女儿回家的意思——人，他们丢不起哪！水水会被人耻笑为没吃上天鹅肉的癞蛤蟆，还有哪个女子愿跟么？家里旁人的名声又岂能不受污染。

更何况，他一家人同和平过了几年，过好了，过惯了，也过热乎了。老婆婆、老公公、小姑子、小叔子会受不了这感情上的一闪……

最最叫人难过的是，面对可能发生的一切，兰兰一家没有一点改变的能力，只有眼巴巴地看着和等着。

兰兰的婚姻也在此时出现危机，小小定了婚的未婚夫当兵去了，不久前提了干，来信中有了要吹灯拔蜡的意思，在资信不发达的农村，这意思一下子传得很开，很广，很热闹红火。旁人怀揣种种心思问兰兰，兰兰还是那句话：他愿意咋就咋吧，我不拦。

兰兰要宽待一切人，不宽待更没有指望。

她要宽待她未过门的嫂子；

要宽待小小定了婚，眼下当兵在外心眼活泛的那个男人；

要宽待所有人。

她把苦枝苦叶苦汤苦水统统嚼了，咽了，喝进肚里，那命还能不腌苦了……

五、天上下雨地下流（一）

天下雨了，民工歇了。

春雨是温柔的，

夏雨是暴烈的，

秋雨是忧郁绵长的，

冬雨是雪。

我最烦秋雨，因为它不大不小。地里干活儿，下大雨，掌柜的会发话叫“回”。下小雨，随下随被体温烘干，不妨事的。唯有不大不小最难办，收工回去吧？似乎理不直气也不壮；不回吧，绵延不绝的雨脚渗进草帽、破麻袋片、挂撕口子的塑料布，会把衣服塌湿，秋风吹过，不由你不打冷战。脚下布鞋球鞋统统糊成泥坨坨，不由你不从心底发烦。

西川河工程开工七天后就立秋了，这年秋天不大不小的雨特别多，害得民工外衣总是潮的，鞋总是糊满泥巴，人也总爱烦。

谁也烦不过石信营长，身为施工营党政合一的一把手，他要操心工程进度、质量，民工安全、纪律、干劲、情绪，还要过问财务和伙食。石营长有病，是从延安市银行调到南泥湾公社任职后得的地方病克山病，一累过度，就心慌、心痛、头晕。他的挎包里装着一把药瓶。

晚上，民工们睡下了，就着大师傅烫面起窝窝的开水，沏上一大缸子茶慢慢饮啜，他还要安顿这布置那。他对管理员黑老安说，少买西红柿，西红柿贵。多买下架豆角，发动各排歇工时掐筋。最好能从副食公司弄点碎粉条头子，再买点洋芋，省下的伙食钱等完工时给民工买件像样的纪念品。

看着大师傅把窝窝面起好，放在灶火边，石营长又念叨起他的两儿一女。大儿子身体好，睡觉常踢被子。小儿子有肝炎，不晓得咋染上那号富贵病，一家人不在一口锅里搅稠稀么？宝贝女儿先天散光，戴个矫正视力的眼镜，同学乱要着叫那箢眼窠窠……

每逢这时，施工营文书常少林也装模作样端一缸子茶，吞下两片安神养心的药片片，盘腿坐在石营长对面陪着。我问小常，不困么？他庄重地说，失眠。把我逗笑了。他那份表情分明以失眠和半夜不睡为一种时髦。

常少林在施工营的后生当中算得上时髦第一。浓黑的头发留得比一般人长，当中分缝。上衣兜里插杆钢笔，左手腕上戴块明晃晃的宝石花牌手表。抽纸烟，说“字”话，刷牙洗脸换衣服，干力气活却不怎么行。

少林，石营长吩咐道：明天早起，记得给厕所里点一根蜡烛，免得咱们的人在里边胡巴胡尿。

常少林答应着，打了个哈欠。他知道，石营长发布当天最后一道命令，派下明天第一道活儿，就是真的该睡了。

石信的指导思想是精兵快干。规定 80 人的施工营，他只用 40 人。规定两个月的工期，他要抢在 40 天内完成。这样，既能躲开秋汛，又不耽误秋收。南泥湾、麻洞川、临镇、官庄、松树林五个公社，号称延安市的粮仓。由于政治地位特殊，南泥湾每年公购粮任务都十分繁重。麦黄糜黄，秀女下床的秋收秋打交公购粮像一场战斗，往往等不得这场战斗结束，上边又催促着往农田基建上摆劳力了。

西川河在延安西边。南泥湾在东南边，一眼看去，西川河工程完工后，南泥湾不会受一星半点益，而且并不因为派了劳力修河就减少公购粮任务，或暂缓农田基建上劳力。但是石营长还是希望把分到的任务完成好，把55米土石堤坝修建得结实漂亮，不给南泥湾的牌牌抹黑。

下雨前几天，我们的进度全工地第一。

我发现，石营长很会用人。

石六是我所在三台庄队的大队长，是个年轻气盛，任劳却任不得怨的后生。曹书记把他提拔到位，他却同曹书记搞不好关系。石信把他要到施工营当了副营长。除了正营长就是他石六，怎样的抬举和器重！石六干劲猛涨，身先士卒，指挥得很是出色。其实有的方案是石营长事先教给他，他再发布实施的。总之没听他再发过一句牢骚。

人高马大的姬正荣当过阳湾队副业队长，是个集农民狡诈与智慧于一身的人物。他偷队里的化肥卖黑市，受到过背狗皮敲锣游街的惩罚。石营长让他当了石工排长，插队七八个年头，见过各种各样人干各种各样活儿，没谁有他轻松潇洒，散发出艺高胆大胆大艺高的魅力。石头丛中打毛石料石，他竟然一身背心短裤，头上扎一条俏俏的红花绿叶手巾。他边打石头边讲荒诞故事，唱黄色小曲，一天下来，找不到半点倦容。打石头的日子，找我要红药水的人特别多，他却没伤一根毫毛，天知道什么佑护了他？

姬正荣擅长认老乡。杨家岭洗沙的几天，他带过班。铁锨不顺手，他四下里乱找，瞅见不远处有个老汉也在挖沙。他凑过去，问，老人家（听不清还以为是老儿家），你老哪里人？

绥德四十里铺。

咦——姬正荣惊呼，咱两个老乡了！

“老乡”疑惑地看着他。

我三十里铺的，咱俩前后庄不远远真正真老乡。没等“老乡”睡醒，他直奔主题，借你老铁锨用一下。

若老乡好说话，铁锨便借了去。

也有明白过来的，死把着铁锨不撒手。

球！什么啬皮老乡，不了。老姬脸上的笑颜顿时收拢。

如此这般，干一天活儿，他能认下一河滩老乡。米脂、佳县、绥德，还有黄河那边的山西。多数老乡肯帮忙，碰上少数不帮的，老姬除了动动舌头，丝毫不损失什么。

老姬同我队挨队，真正真老乡。石营长把他看明白的，对他不错，他说这才像老乡。

胡正经，金砭队一个二流子后生。他妹妹做为先进团员在南泥湾公社讲用的主要内容就是如何同他这个哥哥划清界限——着实够凄惶的。石信营长不嫌他，调他当民工。他不是爱同女性打搅么？就派他同我们四个女子一起干活，看他一天汗水不干，大铁锨飞扬。

石营长还是最心疼我们四朵金花。

一次施工营改善伙食吃白馍——能叫人一天眼珠发亮的美事，每人半斤的一个。石信说他开了半天会，不饿。剩下半个在众目睽睽下掰给了我们四个。

烟，我们无福消受。他举着吸了两口的一支纸烟问饭场上的民工，谁不吃饭了，把我这根烟吃了。

一个民工伸出手。

你是吃饭了？吃烟了？

民工没想好，说都想吃。

哎，吃饭我就不给烟了。你到底吃甚？

烟瘾最终战胜了饭欲，民工接过纸烟，猛吸两口，走了。

民工背地里夸他，腿把子长长价，可能干了。

也有人当面问，石营长，你干好了，该升官呀么？

石营长不置可否，哈哈大笑。

那些日子，石信在南泥湾施工营有着至高无上的威望，除了墙上的毛主席像，就是他大了。他能指挥一切，调动一切，但他指挥调动不了老天，老天两眼一闭，不顾不盼，总是淅淅沥沥地下，下得墩山脚下的荞麦花一地死腌，花瓣凋零。那景象叫人不忍目睹，好大一片将要凋零枯残的荞麦花……雨地里干活，路滑，分神，民工们躲躲闪闪，感冒拉稀的病号也日渐增加。石信想，出了工伤更不合算，忍痛放歇。

雨不停地下，下得草绳上钻出了蘑菇，枕头边长起了青草。真的！我亲眼看见，石营长睡觉地铺铺着的帆布边，长出一株细茎黄绿惹人怜爱的小草。猛一看，还以为从他耳朵眼长出来的，像一篇童话里那个不讲卫生的小男孩。

六、天上下雨地下流（二）

天下雨了，我们歇了，歇下第一件事是睡觉。

受苦人，本来渴睡，雨天的觉，格外好睡。没听说“猪的骨头，羊的髓，天阴觉最美”？要把那些日子天不亮就爬起，麻迷瞪眼栽栽绊绊走向工地，叫凉风吹上好一阵才赶跑的瞌睡统统请回来，睡够，补足，最好还能存下些。明摆着，天一放晴，石信营长要加夜班的。

如果说，这睡觉第一件事我们四个女子还能同步，第二件事就难以统一了，睡醒了睡够了睡得不好意思再睡了，觉得再睡下去是一种浪费，该干点什么弥补这种浪费的时候，她们三个握起了针线，我打开一本陕北民歌。

她们三个原本从家里带了些活来，一团剥下来还未搓成绳的乱麻，一件未完工的汗褂，两只未纳完的鞋底子。不知为什么，她们没心思做这些活儿了。这些从老先人手里传下来，做了千秋万代，磨秃磨没了的针够打百根铁杵的活儿她们突然不想做了。她们想做点新鲜的，既能显示手艺又能美化自己，或者带点脸红心跳神秘感的活，她们相中了我的胸罩。

陕北女人是不戴胸罩的，从我 1969 年 1 月插队到六年后重返南泥湾，我敢说，大多数陕北女人不知胸罩为何物。那小零碎是女知青带去的。女知青还带去了卫生带、卫生纸、牙刷、塑料梳子、洗衣粉、洗头膏、香脂、猴皮筋、尼龙丝袜子、毛衣针、指甲刀、钥匙链、印有四季花卉的小年历片……男知青带去翠蓝色跨栏背心、绿色的解放鞋、锡纸包装有过滤嘴的香烟、打火机。男女知青共同带去的手电筒、半导体收音机、手表、台灯，还有电影放映机……知识青年本无心播撒文明，理论上说，他们是去接受再教育的，然而文明之草却在他们所到之处有了极其缓慢却又实实在在的成长收获。那草色近看不显，远看可鹅黄嫩绿一片呢。

女子们要做胸罩，我乐于提供样品。我对她们说，人和人的胸围是不一样的，胸罩的大小也不一样。要做，先要量好自己的紧胸围。

像被人搔了痒处，女子们吃吃地笑。紧胸围！她们长这么大没被别人量过自己也没量过。女子家干净圣洁的胸部是什么人的什么爪子碰得的么?!

大方向指明，底下由她们去了。

哧啦，翠珍撕毁了做汗褂的布。啪唧啪唧，兰兰顶着草帽踩着雨去枣园供销社扯布。砰砰，巧娃砸隔壁的门去借剪子。随后她们仨人趴在地铺的毡上唧唧喳喳、比比划划，裁剪缝纫。半天工夫，胸罩做成了。她们套在衣服外边试给我看，我笑了！三个人的胸罩全是花的，不是红花绿叶的大花，是素雅的小花。她们说白色不好，不耐脏不好洗。

不知她们日后洗好将搭挂窑洞何处？又不知如何搪塞家人的诘问……

砰砰，有人拍门。陕北人是不拍门的，门外呐喊一声，可以走进任何一家，我们的门锁了，外边的客不得不学着礼貌。

女子们把小零碎拾掇好，塞进被卷里、毡底下，千万别在明面上摆着，怪不好意思。

进来是胡正经，一本正经的样，问我借陕北民歌。后边还跟着一个后生，他也来借陕北民歌。

我不借，谁也不借。

书不是我的，是我妈妈的同事从北京人民文学出版社，就是朝内大街166号全中国最高级别的出版社借来的，挂号寄给我，并嘱我看完寄还。民歌的产地要从千里之外的京城找到真传，多荒唐的周游！借的书不能久留，我又贪婪地想占有它，只有一个法子：抄。一行行，一首首地抄下来。因此我不借，舍不得借。

书借不去，他俩人不走，坐在那里歪缠。

那里边有舅舅挎外甥么？胡正经问。

真是一个不正经，单问这个。有。

有公公扒灰么？那个后生问。

我懒得理他们。

有《走西口》么？

没有《走西口》能叫陕北民歌集么？有。

还有《揽工调》吧？

悄悄吧，看不见人家写字呢。巧娃打断了他们。

他们乐得找个台阶下来，迅速地调整了话题和谈话对象。胡正经说，衣服洗了，领子破了，球，一碰就破，满不结实。

另一个骂，日他大！出门忘带换洗衣服，身上这件沤粪呀！

女子们低头做活，做不怕丢人现眼的活。头不抬，眼不抬，眉毛也不抬。

翠珍，你帮俺补补领子吧。

翠珍红着脸点头，那头点得快的像一碰就掉粒的麦子。

兰兰主动承揽了另一个后生的活，做一件换洗的汗褂。她说，做得不好，别嫌。

两个后生走了，拐走了两个好女子。一个去取补领子的外衣，一个帮后生挑买做汗褂的布。窑里撂下巧娃、我和那本宝贝陕北民歌。

巧娃挽起裤子在腿上搓麻绳，哧哧的声音搅得我抄不下去。满纸歌词就像一根绳子，一根哧哧拉拉扭动的绳子。我真想把自己的什么针线活给巧娃做，一来没有，二来不一样，同翠珍、兰兰接受的活是不一样。

副营长石六来了，自然先同我拉话。他从连阴雨说到庄稼，说一下雨荞麦坏了，荞麦要在月亮地里坐果结籽，总是阴天总是下，没月亮，怎么能结好籽实?（三十三颗荞麦九十九个棱，妹是哥哥的心上人……我正抄的一段陕北民歌）荞麦要是坏了，夏天吃不上凉粉，冬天吃不上河捞（荞面圪砣羊腥汤，死死活活相跟上——又一段陕北民歌）。他说，今年雨水广，墒气大，玉米难熟，要是霜下得早，就糟糕了……他说，下雨，没干柴，不知婆姨在家怎么做饭?涧畔那条红胶泥路一下雨抹了油样滑，娃娃可别摔倒，娃娃还小……

连天接地的雨，牵肠挂肚的雨，调度着一个年轻的庄稼汉全部情感和思绪的雨。

石六没有空手，带来自己穿的蓝斜纹布上衣，衣兜处挂撕一个口子。他让巧娃帮他补补，巧娃接了过来。我找她的脸，以为她会很动容。谁知，暗影里一张平静极了的脸，右手中指一枚白惨惨的铜顶针。

吃过午饭，石六把我留在灶房，对我讲起巧娃的身世，我不了解的另一面的巧娃。

巧娃一家是河南过来的移民，既移民，想必在老家的日子过得不好。移过来的头几年，也不可能有大的改观。巧娃爹身体不强，在队里挣的分还不如巧娃多，巧娃娘是个病歪歪的药罐子，巧娃下边是脚跟脚五个弟妹。巧娃是老大，一家人的担子推不脱压在她的肩头。据说她从小就许配了人家。是绥德、米脂、榆林一带的农民，拿了人家的钱，穿了人家的衣，还去人家住了几日，见过公婆。

1974、1975 那两年，陕北农村兴起破旧立新的风潮，学习大寨铁姑娘，学习小靳庄，反对买办包办婚姻。巧娃是党员，全公社可数的几个女党员之一，她积极主动在公社会上表态，退婚，晚婚，不做封建势力的牺牲品，要做社会主义新人。公社的宣传部门很重视这一事迹的宣传，派她出席公社、区，乃至延安市的积代会。可是民间舆论难与官方同步，在社员的眼里口里她大大贬值了。

首先，那些青皮后生很是气愤，兔死狐悲，物伤其类。假如自己从小订了婚的女子都照此办理，他们娘老子的血汗钱岂不打了水漂？上了数岁的人则以“巧娃早不是女子，和人家睡过，破了身子”来贬损她。从此，不再有媒人登她家门，不再有哪个后生考虑她的被选举权了。你不是要晚婚么？好啊，晚吧，看你晚到何时，晚出个甚花样来……

这些上不了席面的民间舆论想必巧娃也听说过，或许她对其杀伤力估计不足，又或许估计足了也无法抵挡。她怎样向公众证明自己的清白而公众又能相信和宽囿？如果她真的失去了清白怎么办？她就是失去清白又有她多少过错？

陕北民歌里婆姨女子悲苦命运的阴影，还在多大范围内笼罩着当今的陕北农村呢……

我实在想帮巧娃做点什么，我能做什么呢？我甚至还不如石六的一件蓝斜纹布上衣。石六是真心真意同情她，以一个已婚男青年的全部理解力去慰藉一个女子缺憾的心。他送来了他的蓝斜纹布外衣，巧娃补好后，他又送来了需要补的裤子。外衣和裤子都是洗得干干净净带着一股好闻的肥皂味送来的。他取走补好的所有，最后送来一方手帕，手帕不需要补，石六从枣园供销社买来送给巧娃算做酬谢，又不仅仅是酬谢。

一方红花绿叶像浆过似的手帕，摸在手上麻酥酥的。巧娃压在了毡底下。

天开了！又有人推门进来。他的背后映着院墙上一块乌云飞跑的蓝天。他是我们施工营里最俊的后生，叫高全发。

天开了！他对着大家呐喊，眼睛却拢向翠珍。

七、翠珍找到了心上人

翠珍是三个陕北女子当中最幸运的人。

幸运得让人担忧，别有什么横祸飞来，将脆弱的幸运打碎；

幸运得让人嫉妒，却又不忍心嫉妒。

翠珍是我们中间长得最美的一个。白生生的肤色，脸颊晕两朵血色充盈的桃红，弯月亮一般的眼睛里总是盛满笑意，两根乌黑的辫子，一排齐齐的刘海，遮住眉毛，露出眼睛。她穿的衣服不如兰兰巧娃艳丽，却很合身，恰到好处地显露出身段的健美和婀娜。

对长辈，她恭恭敬敬喊出辈份职称；对同辈，她叫大名，从不乱吼难听的绰号。干活儿，她不惜力，兰兰巧娃背一袋水泥，她也背一袋，她俩扛料石，她不躲懒也是扛上就走。但她懂得珍惜女性的自己，不去争强好胜，免得伤了身体。她的秉性里既有陕北女子高贵的自尊和矜持，又有普通女子的温顺娇好。她不急不恼，含羞带笑，能让男人们为她做所有的事情而不图回报。

难得的是，她待人处事精确的分寸感不是装的，而是真心，装的难免露馅，真心永远动人。

我就乐于同她相处，分享她的欢乐，而不必分担多少忧愁。

那排齐齐刘海下小鸟依人的神态，不知令多少二八后生怦然心动，更何况，优于巧娃兰兰的是，她还没有许配人家。

她对我说她原来是订了婚的，同那个施工营开小手扶拖拉机的后生，叫李卫东。

李卫东人长得老相，二十五六年纪，额头上已有岁月冲出的沟渠熨不平的皱纹。他外表看去疲疲沓沓，内里却十分细腻。他看见翠珍在拖拉机拖斗上磕了几回铁锨把，下一次拉沙过来就从架子车上卸下一枚钉子给翠珍钉在铁锨上，还送来一股汗气、机油气，以及廉价香皂混合的不难闻的气味。翠珍刚开始不敢同他讲话，总是半躲在我的身后。后来熟了，敢讲了，背地里夸李卫东是个“好人”。

李卫东已经结婚，有了个一岁的娃娃。

两家老人如何协商取消婚约，既不伤两家的和气，又不碍小人的前程幸福，李卫东又是如何娶了他现在的婆姨，翠珍没讲，我也没问。早知今天要写到，当初应该好好问问。

后来，我发现胡正经对翠珍有点意思。那意思我也仅仅是发现而已，还没有足够的人生经验判断是什么性质和什么程度的意思。一窑人，他胡正经为什么不叫别人单叫翠珍为他补衣服领子？又为什么讲起自己不光彩的过去，他想博得谁的同情呢？

胡正经是金砭队的社员，和李卫东同岁。李卫东属于功成名就，至少是成家立业。胡正经却常叫别人戳后脊梁，说他胡正经，不正经。

胡自己讲，他是他家的小儿子，从小父母娇惯，十二三上毛哔叽、凡里丁、羊羔皮缝的皮袄直穿的不想穿了。念罢初中回队劳动，他身体单薄，怕吃苦，干大田里的活不行，便想些子歪门邪道打发光景。先是偷，后是赌，再后来和不三不四的女人搅到一起。

第一次在公社被点名挨批斗，他还知道羞耻，穿皮袄，戴皮帽，把眉眼遮住，散会后拼命往家跑。后来名点得多了，大会站得多了，脸皮磨厚，自尊心揉碎，索性我行我素，甘当扶不上墙的一把烂泥。他想离开金砭队，往榆林亲戚家转，还想当没人管四处钻山林的黑户盲流，都未能如愿。

今年春上，胡正经同一个黑户女子过到一起，派出所说他是流氓，来人捆了他还打了他。疼得他先人丈母胡喊乱骂。派出所的人走了，他就着沙糖拌饭吃了十片敌百虫。幸好过路乡亲及时发现，蘸了大粪的鸡毛入到他嘴里，饭和毒药吐个干净，人被救活，心可灰了，冰锅冷灶灰悻悻的了。

父母弟妹嫌弃他，同他分灶另过，他也就三天两头往外跑，一年四季不着家。

去年冬天他娘死了，他从外边赶回来，哭了半夜也没人理。静静的夜，静静的金砭，陪伴他哭的只有黑得睁不开眼的狗咬和半黑半明的鸡啼。

他对我说，这次会战，石营长点名要我，我有心好好干，干出个样来。可又想，这“私”字咋能完了呢？完工后回到金砭，不又是那个球样样了么?!

他那有“污点”的过去，使一般女子畏而远之。他的难以巩固的进步和轻易复发的旧习，彻底堵死了找一个好女子做婆姨的路。

雨过天晴后的一天，为了犒劳在堤坝上赶进度的民工，灶上又吃了一顿白馍。胡正经吃完自己的一个，又偷拿了别人半个，被发现，挨了石营长的训斥，从此他便三天两头有病歇假了。除了我给他拿药时搭理他几句，巧娃、翠珍她们连眼角都不夹他。每次他来拿药，述说这不好受那难过，拿上药也不多呆，晃晃悠悠地走了。

高全发后来居上，在我无知觉中走近走进翠珍。可能他一开始就瞄准目标，行动果敢，收效显著。

到我们窑来的人，找我的最多，拿个药，对个工分，借本书，讨张信纸，或是打问个小道消息。开始，我总是放下正在抄写的陕北民歌热情接待。后来我发现，有人找我是进这孔窑的借口。好比“芝麻开门”的咒语，进来后便各寻其所，三个女子的眉梢眼角也渐渐分出了亲疏远近。

民工是没有业余文化生活的，整个施工期未放过一场电影，也没有什么演出队来慰问演出，歇下便是串门聊天。女子们除了做自己的内务，便是洗补男人们源源不断送来的活。她们总是口口声声骂着懒人、脏人、歪人、松人，似乎极不情愿去洗去补，其实是搭上洗衣粉和肥皂，搭上气力和工夫，搭上温温款款的真情去洗去补的，洗的比自己的衣服仔细，缝的补的也比自己的针脚讲究。

你没见过翠珍叠高全发的衣服吧，可惜！在这之前，我也不知道叠一件衣服要花这么长时间。晾干的衣服平铺在地铺上，翠珍跪在衣服跟前，先用手掌把衣服抹平展，重点是领子、袖口和四个兜盖，系好五个扣子，勾好领钩，再把衣服翻过去，绺袖子、折边，倒过来，叠好。眼见完工了，翠珍眯着眼睛左瞅右瞅，不满意，抖散了，重来！如是反复多次，直把一件衣服叠得像熨过那么平，把女子家一腔柔情蜜意俯俯仰仰热热乎乎地送进横横竖竖的布纹里。

我对取衣服来的高全发打趣道，一家子你好福气，看翠珍把你的旧衣服叠成新的了。

高全发笑了，笑容灿烂着他傻气的脸。

翠珍笑了，低着头，满脸羞红。

我也笑了，祝祷他们由幸运走向长久的幸福。

那天晚上，我们旁边的供销社办公室窑洞里放电视。想看得要命，我们顺墙根挤了进去。

《巴士奇遇结良缘》，一部香港的轻喜剧片，我站着看了一阵，一个好心的胖婆姨让给我半个屁股椅子。我正打算把姿势调舒服，将节目看完，电视机出了毛病，荧屏上一片雪花，听得见声，看不见影。我们只好闭起眼睛，靠想象力去猜测纷飞大雪后边那一对情人的命运。

命运是好的！落套的大团圆结局竟然使我十分感动，也感动了身边被大雪映花脸的翠珍。我感叹道，无论繁华都市的居民，还是黄土高原的农民，良缘，都是结得的。

施工结束时，高全发送给翠珍一块手绢。两个人的表情说明，他们已经把幸福抓在手里，捂在心头。我佩服翠珍关键时刻的果敢决断。

胡正经也送给翠珍一块手帕，这块手帕便仅是谢谢两个字。翠珍补过的衣领又破了。

也有人送兰兰手帕，那是抄袭石六的行为，算不上创造，没啥意思。

没人送我手帕。

八、给陕北后生洗脚

枣园的枣红圈了，

南泥湾的河堤起来一半了。

墩山脚下的荞麦花全都开谢了，

我的诗叫大喇叭一广播，满工地传开了。

诗的题目叫《四个女子娃》。

诗中写道：我们一早起来不梳头不刷牙赶去上工——其实昨晚上梳了刷了；写我们顶大太阳搬石头冒大雨洗沙——顶大太阳搬石头那天不好意思我中暑了；写我们总是哈哈大笑——包括傻笑疯笑的精神风貌；写我们不怕吃苦受累“用打扮自己的时间精心打扮我们的国家”。

诗写的我们四个，又何尝不是写的我们施工营全体？我敢说，我们施工营上至营长，下至普通民工，每个人都活的不容易，都有自己的不痛快甚至老大不痛快。身上都不轻松，脚下都不平坦。但是，在一边是西川河滔滔滚滚的浊浪，一边是齐齐甩出脑缨的大片玉米林子的工地上，一个个都动了真格的，或有动了真格的时候。

当地下水快要淹没地基，当拉着拍满黄土的车子爬坡，当提着两大桶灰浆从单板天桥上战战兢兢走过，当夜战到肚里半斤玉米面窝窝消化净连笑的力气也没有石营长还不放话叫回的时刻，我听到粗重喘息间沉稳的心跳，看到热汗淋漓额头下黑色火苗般的瞳仁。

我庆幸在我插队的生涯中，有四十天当民工修西川河的履历，还得感谢石营长给了我个积德行善，来世成佛的机会：当卫生员。

我以为，女性的绝大多数与生俱来适合当白衣天使。小女孩过家家总爱鼓捣个针呀药呀就是证明。那份男人们望尘莫及的细腻柔情，只有在对伤病员的看护照料中，才能得到最顺心遂意的舒展与铺排。

那些时候，我都有些不像我了。

我会坐在病号的地铺跟前，极其耐烦地听他们诉说伤病的痛苦。点着药瓶上蚂蚁般的小字告诉他们，这种药治什么病，每天吃几次，每次吃几片。告诉他们到时候服药，别为了往家里省，少服；也别心急快好服过量。

我会板起面孔喝叱那些挂花的小子们洗涤伤口，换药包扎。看着一个个又脏又坏，野性与活力灼人的后生在我手下变得前所未有的乖顺，心里感到特别满足。闲下，我还爱清点药箱子里的药包、药瓶、镊子、剪刀，把它们重新理一遍，絮叨着什么药剩的不多了，吕院长不知甚时派人送药来……像个操不完心受不完累的婆姨家。

其实，民工们都是些从不娇惯自己，极皮实、生命力极韧的农民。他们的病痛好了，也就是该好了；倘若不好，我也没辙。可是他们不这样想，好了，多亏卫生员给治；不好，怨自己，谁让自己得了人家卫生员治不了的病呢？

广林是个最难伺候的伤员，因为难伺候，使我有了长久鲜活的记忆。

广林姓冯，桃宝峪队社员，在公社拖拉机站当个亦工亦农的拖拉机手。所谓亦工亦农就是他按月给队里交钱，队里给他记工分分口粮。油水极少的活路，却叫那些把东天的太阳背到西天，一年到头死受的农村后生眼红，没有门子路子的人还去不了呢。于是亦工亦农者周身笼罩着一圈亮于农民、暗于国家正式职工恰到好处的光环。

广林的优越感略满溢些，藏蓝色涤卡外衣，天蓝色涤良衬衫，明晃晃的手表，走路啪达啪达响的塑料凉鞋，纸烟把手指熏黄了，花钱手大得怕人。他干活楞、狠、快，出活，也费机器。那年他结婚了，据说新婆姨挺俊，就这也管不了他同未婚女子已婚婆姨打打闹闹满口疯话。

他一时管我叫“拜事”拜把兄弟，一时又封我为“妻姐姐”。看他耸着鼻子坏笑，我没敢答应，他却一嘴一个“妻姐姐”乱喊开了。

广林！我板起面孔。

做甚了，妻姐姐?

再瞎说，我告石营长了。

告咋?

让他拾掇你!

挨批评，喝凉水，关禁闭，养身体，咋也不咋。他竟疯张得手舞足蹈起来。

再说，叫你头顶生疮脚底流脓！我骂了句狠的。

生疮流脓有妻姐姐伺候。

果真应验了!

第二天，他和几个拖拉机手装卸料石，不晓得咋样疯张，精脚片子从塑料凉鞋里滑出来，踩在一块石棱上，尖尖的石棱划破脚掌，流血了，太阳照耀白花花石场，一片耀眼的血红。

我听到消息，倒吸一口凉气，心痛，丝丝拉拉抽着痛。我拎着药箱赶到熏人的帐篷里，要察看伤口。不知是谁已替他胡乱包上了。见我来，广林缩回脚，却缩不回满嘴疯话：咋也不咋，想上天，等上个龙爪；瞌睡了，等上个枕头。我正好歇两天。

他看中我头上的国防绿军帽。完了借我戴两天，妻姐姐。

我不放心地走了。

第二天晌午，他一瘸一拐地找我来了。

咋啦?

疼。

我叹口气，坐下吧。

他在营部的地铺上坐下，伤腿伸得直直的。我一看，脚肿得老高，脏污的纱布是松脱又缠上的。问他，昨天包扎伤口前根本没有洗脚，消毒，很明显，感染化脓了。

这有法子治。我松了口气。说吧，做下甚坏事，老天爷惩罚你？

广林不回答，紧张地注视我一系列动作。我拿来自己用的漱口缸子，倒上半包硼酸粉，兑上开水，伸手试试，烫，又兑点凉水。脱脂棉、纱布卷、四环素消炎膏一字排开。

来吧。我冲他下命令。

广林愣了，他看出来，我要为他洗脚。

不不，我自己来。

早做甚去了，到我这里就得听我的。

不，我不能让你给我洗脚。他的脸涨红了。

少乱动，操心把药水踢翻了。我用极其迅速的动作捉住他的脚放到我腿上，一把扯下脏污的绷带，雪白、蘸了药水的棉花触到他的脚心，他哆嗦了一下，安静了。

棉花黑了，水也黑了，我抱着他的脚仔仔细细拭洗，创口、脚趾缝、脚背……随着一股股黑水流淌，一只年轻男人的看上去很顺眼的脚露出了干干净净的肤色。

疼么？

广林摇头。

幸亏仔细洗过，伤口里还残存着石渣颗粒呢！洗净伤口，挤上药膏，再用洁白的纱布裹好，脚背处系一个结。做完这一切，我的后脊背汗湿透了。

明天换药。

广林低头走了。我发觉，自始至终他没叫我妻姐姐。

这是我二十多岁人生第一次为男人洗脚，为一个非亲非故的陕北后生洗脚。我为他洗脚的时候没觉得脏，只是有点异样的心慌。我只想手放轻，再放轻，别碰痛广林那小子。心房像花苞样鼓涨着幸福，具象扎实的幸福。

往后几天，广林按时换药，遇到有人看他，发出含义颇多的感叹，他又得意起来，仿佛我替他洗脚，名牌大学的女大学生替他洗脚，是他多么有面子的事。

在家，他晃开脑袋，说：我婆姨都没给我洗过脚。

又瞎说了！我在他快要愈合的伤口上按了一下。

九、

西川河，你听见我的歌了么？你学会我的歌了么？你记住我的歌了么……

夜战工地停电了，十四里西川河岸一片黢黑。民工们静静地等着。电，不知道什么时候来？还来不来？天上星星，近前烟火亮烁烁闪闪。

有人说，唱歌吧，高。

于是我唱了。

先唱《南泥湾》“花篮的花儿香……”

花篮的花儿香，是因为花篮的花儿采自土地，离开土地，花开不长，也香不尽兴。只要投身土地，哪怕腐殖质不多，墒情不足的土地，只要不被阳光雨水遗忘的土地，总会开花，总会漫香，哪怕淡淡清香。

大学毕业后，我到南泥湾当农民已有三个年头，被政治的潮汐裹挟，先涨后落，颠颠簸簸，起起伏伏。好在我总有歌唱总想唱歌，如同总有饭吃（不吝好坏）和总想吃饭，除非生病，身上的病和心里的病。

没有了歌声，耿耿于怀的惊悚、惶惑和天大的委屈更加板结，无法稀释和化解。

锄地歇歇时，张怀香在玉米地里捡苦菜，她不看我，只看手里择不完的苦菜。说，唱，高。

封闭的围墙轰毁，我又开口唱了。有人愿意让我唱，有人愿意听我唱，还有什么不满足不知足……

再唱一个，高。

这些身披黄土的农民给了我很多，挡风避雨的帐篷里给我最干的地方，苦重的工地给我最轻的活，对原本毫不相干的城市知识分子给予信任和尊重。我除了歌声，真情深情的歌声别无他物回赠。为甚不唱呢，高？

我唱“天上一颗星星亮”，唱“洪湖水，浪打浪”，唱“人说山西好风光”，我唱电影上甘岭插曲“我的祖国”——

一条大河波浪宽，

风吹稻花香两岸……

1978年，我不知道这是十年文革结束后历史上多么重要的一年，这是一段将要变成历史的现实，也是长久地起作用于现实的历史。我在西川河边，逝者如斯。

这一年真理问题讨论如火如荼，报纸批评一平二调名为共产主义实为极左路线，陕北志丹恶待农民的问题由于北京知青的努力得到得人心的解决，全国科学大会召开，还有刊登在《文汇报》上的小说“伤痕”……

历史在回顾与反思，现实在比较与抉择，河水在扬清淀浊。

姑娘好像花儿一样，

小伙儿心胸多宽广……

我不知道三个月后将召开振聋发聩的党的十一届三中全会，中国这条多灾多难的大船将开始新的航程。我有预感，我的可亲可敬的乡亲们不该总是这样穷苦，也不会总是这样穷苦，会变样的。我已经听见清朗又浑浊的不可逆转的大水水头的哮声笑声了。

好山好水好地方，

条条大路多宽广……

我的歌声顺河而去，走了十四里，四十里，百里，千里，万里……你到入海口去听，一定能听见我的歌。

一条涛涛滚滚生机勃勃的大河是我歌声最好的伴奏和舞台布景。

我不知道我即将离开农村，开始个人履历上新的一行。我也无法预料到这是我告别陕北的最后一场大型演出，我只知道唱，用心用力唱。

在这片古老的土地上，

到处都有青春的阳光。

西川河，你听见我的歌了么？你学会我的歌了么？你记住我的歌了么？

西川河西川河，你听见听见我的歌了么歌了么？你学会学会我的歌了么歌了么？你记住记住我的歌了么歌了么歌了么……

十、石　　碑

完工了。

如果说，我们离开南泥湾来到枣园的第一天，就盼着完工，那么这天快到了，我们更是加倍小心迎候，生怕有一星半点闪失，使成功不圆满，使喜悦不尽情。

受苦人一年四季总是毫不吝惜大把大把地抛撒着气力、血汗，还有同贫瘠的物质世界成反比的满天星星样的希望，然而功德圆满往往离他们很远。最后，不睁眼的老天爷还是打发一个既不叫你绝望，又不让你开心酸涩青硬的果子来。第二年，你还得把这果子种下，泡着气力血汗，裹缠着五花八门的期望种下它。像这种短时间内就能看见自己体力脑力、汗水血水结晶物的事情，他们一生并不多有。因此那两天，民工们都变得神经过敏，下坡怕料礓石歪脚，走道怕石灰迷眼，干活怕重物砸手，吃饭怕砂子塞牙。可别——可别——他们嘴里说着上半句，心里说着下半句，身子显见得躲懒。心却坠两个沉沉的秤砣。

总算到了这天，九月中旬的一天。既非重大年节，又非黄道吉日，民工们觉得这天一定得完工了。从家里抽出来的千丝万缕，四十多天忙碌劳累松弛了的千丝万缕，一下子绷紧了，七上八下扯拽开了。这天，民工们从一睁眼就觉的，不敢再拖磨了，再拖磨对不起家里的婆姨娃娃，对不起一贯勤谨的准则，也对不起即将到来的忙得人四脚朝天的秋天，那镰刀割，大绳背，连枷打，木锨扬的秋天了。

高，老石匠招呼我：写两个字。

字，写在二尺见方的料石上，写上字的料石变成碑。碑，砌在高高的土石堆积的大坝上，天长地久做着证明：

“南泥湾公社，835米——890米，1978年9月完工”。

老石匠举起锤凿，片刻，放下，扭过头不苟言笑地问我，哪一笔阴，哪一笔阳，就是该留下哪块，凿去哪块。手巧得会雕龙画凤的老石匠是文盲。

字是阴文。凿去部分被涂上红漆，早有人铲来一锨泥灰，把石碑稳稳安放好。一大群人拥上来铲土、盖顶、踩实。工，完了。就这样完了么……许多依恋和不相信的目光。

象征性的，我们帮邻近施工营干了半天活，对胜利的炫耀远胜于助人为乐。尤其我们四个女子，锨把扬得高高地往上扔土，斜睨其他施工营的女民工一个赛一个花枝招展，没有干活样，难怪落后，该！

往下便是一系列善后了。

拟表扬名单时，石信营长找我谈话，先戴高帽子，后谈正经事。他说四个女民工，评先进只能上两个。翠珍不上，最好我陪翠珍，让兰兰、巧娃上。不是我干得不如她们，实在是名额有限，让我别闹情绪。还说给我报了先进通讯员，估计问题不大。

我笑了，没说什么，同意。我感谢石营长政治思想工作的细致，但他低估了我的觉悟。我哪会不高兴？我已经得到很多太多。

民工们人人有份的纪念品是一个纯棉针织汗背心，男式有领，可在外面穿，女式无领，只有穿在里边。背心胸口印“南泥湾施工营西川河会战纪念”的红字。我喜欢男式的，同广林调换了一个。广林说，回去给他婆姨，拍婆姨马屁。

这个纪念品原本我答应送给三台庄的小三，条件是他往工地送几次青嫩玉米。小三照办了，我却要了赖皮。那背心太透人了，我想留做永久纪念。小三见我赖皮，开头有些失望，很快便过去了。快得叫人目瞪口呆的是，那年秋收他就死了，从拉糜子的架子车上滚下来，一声不吭去了。于是我未兑现的诺言成了长久内疚——都是后话了。

果然我被评上全施工工地的优秀通讯员，还奖了一支钢笔，石营长替我领的，当时忘了给我，过年一见我就想起，还有支笔没给你，之后又忘了；见面再想起，还有支笔……直到今天也没给我。

开完工证时遇到不快，那个人高马大的姬正荣一定让我给他多开几天。我不干。他先笑后恼，骂骂咧咧摔门而去。我到石营长那里告状，石营长批评他，他又笑着找我道歉，说，咱俩前后庄不远远真正真老乡，我说着要了，你当真呀？

我的表情可没他变得快。

药品给民工们发了，这是我最后一次积德行善机会。我不厌其烦地告诉他们，那片片那水水治什么病，怎样服用。可不敢得甚病都吃它。

信封稿纸我全部“贪污”。我早就想据为己有，因此用得很省。我要读书我要写字，用得着，我当知青挣工分，没钱买不起。

会餐。洋芋粉条炖羊肉，半斤一个白馍一人两个！管理员黑老安站在灶火边，用大铁勺敲着锅沿，吼喊道：清汤利水，酸汤辣水，油汤油水，吃得你们浑身淌水——铛铛！

联欢。我不记得唱了多少歌，好像会唱的想得起来唱的全唱了。唱完歌，我怀抱的苹果堆成金字塔。最上头顶大顶红的一个是广林放的，口口声声说给“妻姐姐”。

等车拉行李的半天，我们四个逛了枣园。名符其实地逛，不需要导游，也不需要讲解，不为参观什么新鲜地方，也不图受什么革命教育，随随便便走哪算哪，想看什么看什么，不想看什么也就不看。

我们看半黄的梨，红了的枣，看浑浊的幸福渠水飘着几片落叶，看轻风掀动土窑前的白布门帘。雨后初晴，蓝天耀眼，枣园别一番灿烂，好像哪哪全蒙上一层黄玻璃纸。自由自在的表情，无拘无束的心情……蓦地，我发现这真是一种前所未有的心态呢！在这之前去枣园，去所有的革命故居，全被受教育心态主宰，以为这里是凝固静止的历史，全然忽略了这里也是一方四季枯荣变幻、有生命的黄水绿地蓝天。

悟到这点，真让人高兴！

卡车起动时刻，我们走了。把枣园留下，把西川河留下，把河堤留下，把石碑留下……

突然，我有一种奇妙的感觉，不是我走，是天走了，天上的云彩走了；树走了，树上的叶子果子走了；有名无名的河走了，清澈浑浊的河水走了；我没走，我的人生没走，变成一块炯炯有神的石碑。

尾　声

西川河不歇气地向东流，镶着两岸四季百样花边，镶着红格丹丹、绿格英英、黄格灿灿、白格生生、明格仓仓、亮格哇哇的人生和人世向东流去。

当初和我一起修河堤的人有了不少变化，需要向关心他们的读者诸君交待。

兰兰结婚了，还和她那当兵的男人。男人最终没提上干，复员回乡了。兰兰满心欢喜，一切按既定方针办，只不知这既定方针能管多久。

翠珍结婚了，和那个年轻英俊的高全发。领结婚证的时候到三台庄看过我，还吃了他们两块喜糖。一切正常的话，孩子该有十八九了，好大了！

巧娃也结婚了，那是我离开陕北农村后的事，听说她同洛川上来一个卖苹果的汉子。汉子卖完自己红红绿绿的苹果，带走苦命能干的巧娃。他或许不知道巧娃的过去，或许知道了并不计较。那年我回南泥湾走动，听说巧娃回娘家坐月子，愿她生养一个像自己一样手巧能干的女娃。

听说姬正荣在山西那边发财了，开了大旅店，挣了大钱，见过他的人都说他特别像个大老板。

石信营长果然提拔了，先到延安市某局当一把手，后又当上地区农行行长，住上单元房，坐上蓝鸟车。他人发福了，也微现老态。几次回延安，我都去看他。他请我吃饭，比西川河工地吃得好多了，只是没有那时候饭香。

和平终于当上水水婆姨、兰兰嫂子，这有一个不算短的过程。

我曾以和平和水水的事迹为素材写了小说《人间？剧》，发表在《延安文艺》上。我初学写作，素材扎实，情感丰沛，也自以为有一番不无道理的道理。小说当时在一定范围获得好评。

和平听说小说的事并看到了，她不满意，我也没觉得她会满意。她给我来了一封很长的信。信上意思是，我没有真正理解她，她对水水是有感情的，她会用结婚的事实来证明。

后来她跟上父母回到西南省份，靠着父母在当地的老关系，回到原单位当了国家正式职工。没有恢复原职——她原来工作已接近护士长，而是从护理员做起。受累，她不怕，令她不开心的是受气。有人说，和平哪样事出风头就做哪样，看看下农村不吃香了，就又返城了。有的事情她主动去做，又惹得该做没做此事的人不乐意，嫌她手长抢别人碗里饭。

父母希望她割断与黄土地的所有联系，重新开始，业务、家庭，都还来得及。

她便连个交流对象也难觅到。

此时，和平不可能不想念黄土地，独特的四季风景，淳朴的民俗人情，还有水水宽厚的胸膛，深情的目光……

中间经过怎样的辗转反侧，怎样取舍抉择，已无人知道。总之和平在一年春节前回到南泥湾，回到马坊，她向父老乡亲宣布：她来和水水结婚，并带走水水。

婚礼情况我是后来回村听曹书记讲的。曹书记讲，婚礼仪式全部按乡俗来，和平穿一身红，放了鞭炮，摆了八碗。曹书记说，八碗里菜不怎样丰盛，客人多，席摆在院子里，天冷，肉菜都凝住了……

我极力想象那苍凉多于喜兴的婚礼。百草凋零，薄雪覆盖的黄土高原，半山的一排窑洞前贴着眼明的红对联、红喜字，高挑着长串红鞭炮。婆姨女子娃娃穿着又新又花的棉袄在人群中出没，更多颜色就是男人身上的黑了。和平是大片黑红色块中最靓的一点。她让客、敬烟、布菜、领席，吸引着水水一家、三亲四戚的目光，牵扯着在场农民宾客的心思。她在努力，努力将几年前的说法变成做法，努力证明自己的决心和良心。

我却看不清她脸上的表情……

婚礼结束，和平带着水水走了，离开黄土高原，来到和平工作的西南省份。据说，水水是农村户口不好找到正式工作，就一直像小卫星样绕着和平的工作单位转，自食其力，也学习适应城市生活、人际交往的本领。再后来，和平父母离休返回山东老家，提出的条件是让女婿跟上走，并转成吃商品粮的城市户口。父母的上级组织同意并照办了，于是和平一大家子又转到山东省会城市。

和平、水水的孩子都好大了。

往后工作总在调整，往合适了调整，往顺心了调整。水水改做生意，做同保安器材有关的生意，据和平说，做得很好很能干。

世道事到如今，已无所谓对错。日月光景果真了得！二十年过去，再粗砺的石头也磨成玉，再不美的昆虫也变成琥珀。

我离开农村后回延安六次，有一次到了西川河边，想看又偏偏没有去看，悄悄调头走远。

为什么？不知道。

最迟来到最先走

宝塔山下

像是上一堂课；

像是吃一桌席；

像是看一场电影；

赶一回集；

什么都不像都不是，那是一个年轻的生命最迟来到的生命，最先走了。

榆叶枯黄飘落的季节，我回到插队的陕北，回到南泥湾三台庄。不为任何人，也不为那些冠冕堂皇的道理，只为这个季节，为了这个季节独有的世态和心态找一个风景。城里没有漫滩价流水的地方，农村，老人家说过，农村是一个广阔天地在那里可以为所欲为。

老人家不愧与世纪等高等阔，在他的阳光下或者叫阴影中成长起或者叫遮蔽了许多人，我，我们至今还不敢说走出来了，还不太会说与他完全不同的话。伟人时代的凡人比没有伟人的时代还要凡俗卑微，没有价值。

真的没有任何价值么，活一场等于白活么？死也不甘心，死，也不。

他就这么死了。远期的意料之中，又近期的想象之外，他毕竟太年轻，才三十四岁，还不到该谈生死的年龄。可是十六年前，他从两丈多高的黄土崖上跌下来，就与死神见过面了，之后，他的生命已不完全装在自己的躯体里，一半，一多半攥在死神手中。

每年榆叶枯黄的季节都要来骚扰他一回，看着他太年轻了，或许他与死神有过契约，再等等，还会等到机会，等到医学进步发达，不治之症变得可治……只不知这契约定的是几年期？五年，十年，十五年？死神终于不耐烦再等下去，他的粉红爪子里攥着这样的生命太多了，攥不住了，稍一用劲，其中一枝断了——轻易地如同折断一支竹筷，啪，丢在地上，不会比落叶坠地更响，在无边落木萧萧下不尽长江滚滚来在榆叶枯黄飘零的季节，他走了，走得无声无息。

死，对于死者是一种解脱，所有痛苦，所有欲望，所有给予，所有亏欠不复存在。死，对于活着的人却是一味中药，在日子的砂锅里慢慢煨，慢慢熬，熬出百种千样的滋味。

就在他去前不久的日子，我到了他跌崖的地方，由于乡亲们的殷殷询问，由于近年来对他音信的疏淡，走到那里，一切重又变得清晰可现……他曾同我在一个知青小组，他比我要年轻得多。我大学毕业，他才高中，又比一般高中生小一岁。1975 年初冬，知青运动早已退潮，可是在延安，却有一个小小的回潮。那一年，南泥湾三台庄在前一批知青全部走光后，居然又来了一个复转军人，一个大学生，十五个南京知青。大锣大鼓大红大紫了三四年，使知青的故事续起一段长长的尾巴。

他是我们小组最年轻的，由于年轻活泼，由于长相清秀可人，由于春节秧歌扭得好看，他成了最早穿上婆姨女子做的鞋的人。小组成员分工后，他主动要求到猪场，那里苦累脏甚于其他地方，他满心认为最适于自己的世界观改造——世界观改造，一个了不得的词，一张疏而不漏的恢恢天网，同基督教的原罪又有多少区别？中国人的个性，民族性就在这一阵阵大风中迷失了，在一张张大网下扭曲了，异化了，以至于今天，他、他们的子女，再想活出自己的颜色来不是不想，而是不会。“齐步走！左，左，左右左……”怎样举手投足都不会了。

他很用心卖力地喂猪，按着书本学做发酵饲料，注意观察猪们有没有害病，有没有长膘，经常很迟回来吃饭。他的个子不高，但他的手比一般人大，有一阵人们惊讶他的手过于大了，才知道那是肿了，手背满是血口子，显然湿手入进冷风里吹，吹裂了，又冻肿了。

五月，他刚过十八岁生日，过得普通没有动静。过自己生日不声张也是一种改造思想的需要，他需要，那个时期人人不需要也需要。

几天后，老母猪下猪娃，不啻是他工作成绩的体现，知青接受再教育的成果。他很高兴，知青很高兴，乡亲们也很高兴，五谷丰登，六畜兴旺，猪是六畜之首，下了一窝猪娃，与人生娃一样可喜可贺。陕北牲畜下小崽从不被叫做“崽”，而唤做“娃”。猪娃，鸡娃，狗娃。或者猪儿子鸡儿子狗儿子，足见农民的重视与喜欢。

他咋个样了？老书记这样问我。

有好几年没听见消息了，可能还在呢吧。我迟迟疑疑地回答。因为我太久没过问此事了，人们大多数时候视野不会超出鼻尖划定的范围，可怜的范围。一旦秋叶从枝头离开，擦着肩膀打着旋落地，才发觉最重要的事情还没有开始做。

是否有一丝愧疚在心？想一想，似乎又无。那个时代，人人都争先恐后地改造，别出心裁地改造，努力让自己改造得好。我们中的任何人都不会站住脚停下来想一想，有什么不妥，都迟钝地不会接收到不祥的预警信号。

老母猪要吃青饲料。

那个时节，山未青，水未绿，苦寒的陕北高原剥不下半片绿衣犒劳劳苦功高的老母猪。他的心不安了。他偶然看见一面秃秃的黄土崖上长着的一棵老榆树冒出了绿芽，像一束燃着的绿火，诱惑他去了。

阳岔沟，风光美，
有时也有老鸦飞；
有人背地里来捣鬼，

大闹分队搞倒退。

……

我写的陕北坐唱的词，现在听起来十分拙劣，不仅文笔，而且内容。大多数人，总是被时代的铁爪钉死在当时当地，很难超越。隔上些日子回头看，才可清楚地看出历史局限。

吕兰英说，一阳岔沟都有知青平的地，她说，知青可把苦吃下了。他咋样？还躺在炕上呢么？吕兰英问我。

阳岔沟，那面长着青榆叶的土崖就在阳岔沟里，这回我还路过那里看到它了。阴郁的老榆树，危险的土崖。

阳岔沟，三台大队主要耕地所在，好长好长的一道沟，上工望眼欲穿，下工欲穿望眼，到沟障得有三十里地该有个三十里铺了。确实，那些个年，沟里的一块块地都被我们的脚摸过，一年摸好几遍。春种，夏锄，秋收，冬天兴修水利平整土地……一茬草被磨平，又长出一茬；一季庄稼收获，又种上一季，下工下工像推磨磙碾子，每一步都挺沉挺沉，好在每一次进去都平安出来了。

他那天就没能出来。

那天轮我做早饭。知青都吃完了，还不见他回来，他经常迟回来，也就没往心里去。米汤在锅底，窝窝在屉上，酸菜在碗里，残火在灶膛，悄悄价等着迟回的人。

他登上那棵老榆树给老母猪寻青榆叶去了，榆树长在离地7米5高的土崖上，那棵要命的老榆树上的一根杈是朽的，表面看不出来，如同好多事物，内里早朽了，表面却不呈现半点信息。那棵树杈阴险，暗含杀机地朝天戳着，指向早春晨霭炊烟迷人的空气。他那时肚子早空了，昨晚的粗粮早就消化光了，下乡后最大的感受是特别能吃，又总爱饿。不觉得很累，却总是睡不醒。他上树之前也就是这样，饿着肚子，迷迷登登，手上提溜着一把斧子。他从猪场出发，上了那座不高的山坡，沿山坡边缘走向那棵老榆树，他早看好了，那上边的青榆叶比较稠密，砍下来，可以给老母猪打打牙祭。他从崖上下到崖下，一手攀着老榆树的主干，一手拎着斧子，等下到合适的位置，也就是脚刚刚放置在那根朽了的树杈上，他抡起了斧子。

我还在灶房等着，这回也回来的太晚了，干什么，连吃饭也忘了？便有了一种动静，一阵不安的响动，人声，脚步声，不安不祥的人声和脚步声，知青全从窑里冲出来了。得知是他从崖上跌了下来——那根该死的树杈断了——跌在崖下的牛圈里，昏迷不醒，要赶快去人抬！

往下全乱了，到处是腾腾的脚，脚踩起的黄尘，浮漾浮荡着乡亲们知青们纷乱纷乱的心……之后，再也想不起什么事是先发生的，什么事是后做的。人们赶到牛圈，七手八脚地抬人，把人抬到架子车上，拉着车往公社飞奔。公社卫生院根本不敢接人，又拦了一辆车翻越高高的蟠龙山九十五里路到了延安，市医院见病人昏迷不醒，让马上往地区医院转，地区医院倒是基本明白了，但是他们的医术承接不了。地区医院的医生说，别再动了，用夹板固定，赶快找交通工具往西安送。一架由榆林飞往西安的飞机停在延安机场，飞机上被扯下三位乘客，他的担架，一位医生和一位知青上了飞机，飞机直飞西安，把他送进西安的大医院抢救。

他一直昏迷，西安不断拍来病危的电报，也把同样内容的电报拍往他家。知青又去人了，他的母亲和姐姐也从南京赶到西安。诊断结果很快出来：三四颈椎骨折，中枢神经横断，如果能救过来，最好的结果是胸以下高位截瘫！

谁也无法估计，那中枢神经的横断是在跌下来的瞬间，还是颠颠簸簸的长途上。

难怪十六年后乡亲们还要问到他，难怪，那一场突然袭来的灾难不只压在了知青肩头。老书记急了，把在小摊摊上干活的知青全部吆去了大田。做为有政治觉悟的基层干部，他深知此事干系重大；做为一个质朴的陕北农民，他明白对不起娃们的娘老子，好好价，好端端价一个好后生。乡亲们全没了说笑；打探，询问，话拙，心像才出锅一般热。

知青却乱了营般举足无措，有人冲着满天星星唱歌：抬头望见北斗星……有人想向什么人出气，又找不到出气的对象，因为不像书上报纸上说的，有阶级敌人破坏。理由明晰得让人心痛：没有经验，踩在朽了的杈上，有经验的农民至少要试探着把脚踩实才放手砍柴。他怎么会有经验？他刚刚十八岁，下乡才半年。经验，人生的和插队的都像老榆树上的嫩芽，才发绿星星呢。有知青宣誓般表态，要继承什么，继承什么？

我是第二次插队了，我是知青的大姐，我的满腹情绪只有往肚里塞，除了那里，也没有地方可以转移，尽管我那时也不过二十四岁，从没有处理过这类事件。我说，胡乱想不出什么好说的胡乱说，咱们都好好的，别再出事，就是最好的帮他。不要再去人看他，除了给组织（当时绝对说的是组织）添麻烦，帮不了什么忙。大家都好好的，听贫下中农的，听大队党支部的。

那年春天景色格外美好，好得没心没肺。冬季雪多，地里墒情足。五月，农活最忙的月份，该补玉米苗了，该插秧了，一料一料秋庄稼该往地里安付了。山也一层层泛绿了，水也一浪浪温情脉脉莹润深情。所有生命所有被生命牵动的活物都满世界疯张起来，知青想闲下来想心事也不能，节气催的不能，地里冒出来的草呀苗呀抓挠得不能，总归要理顺像那天气要一天一天往顺了走的情绪也不可能总执著在一点上，虽然这一点是曾经朝夕相处的伙伴，可是伙伴已不在一口锅里搅马勺了，已经渐渐退出视野存进心田。

他醒过来了，得知自己残疾的那一刻一定很残酷。我不在身边，不知道他如何表现。可以想象得出，他的母亲、老革命的母亲，我们队的知青，医务工作者会用什么样的话安慰他，鼓励他，使他坚定活下去的勇气。这些话，这种场面我们在之前之后的电影里、新闻媒介里见的很多，太多，因此很现成。这些话无疑对当时的他是有效的，他同意按医生所有的方法治疗。

脑袋两边钻两个洞，固定一副铁架子，架子上安一个滑轮，滑轮上坠一个一公斤重的铅球做牵引，试图把错了位的三四颈椎提起，对正，重新长。

他可受了罪喽！

天气渐热，做着牵引的他无法翻身，身下部分长出了褥疮。西安来电报要驴油，说那玩艺管用。生产队二话没说，杀驴，熬成油送去。

又要各种垫在身下的垫子，知青拆旧扯新缝缝连连做好送去。

队里和知青有了一种同仇敌忾，要甚给甚，让做甚做甚。

后来得到消息，西安医院未能把那错位的颈椎对正，十天半月照片子一看，三四颈椎还是错误地没长在一起。

只有上北京了。

他对自己的状况已经全明白了，一股正常人难以产生更难以接收到的情绪暗暗滋生。当时陪着他的一个男知青，一个女知青，女知青和他是一个学校的，十五个南京知青来自十三个学校，同校同学仅有两对。

到了北京，刚开始的不受重视经过努力受到重视，当时任全国知青办副主任的侯隽帮了大忙。他住进积水潭医院的高干病房，特护，吃随意餐，还准备请十几家医院的外科权威医生联合会诊……他面临希望，恢复胸以下知觉的希望。

7月28日，唐山大地震。

积水潭医院接收大量伤员，楼道里也摆着床。多数伤员的伤情同他一样，高位截瘫。他变得不重要了，不是有意贬他，实在是顾不上了。

那丝不被人觉察的情绪破土发芽。

九月的一天，我和那个复转军人大队副书记接到陪住男知青的信，很快，我带两个男知青去北京换早去的两人。我从队里领出钱来，什么换洗衣服也没带就上路了，长途汽车坐到西安，买的硬座又上了去北京的80次火车，风尘仆仆，昏头昏脑，坐在轰轰隆隆的车上还在想信上怪怪的内容。两位同行的小知青看出我心中有事，不来烦我，可是他们吃完一盒饭还不饱时，不得不要求再来一盒。我苦笑了。我也不饱，可是带的钱是生产队的，饭钱没有发票，回去怎样报？明摆着要自己出。自己，我，同样是知青，同样挣工分，哪来的钱？

看到他们年轻壮实的面孔，其中一人还当过南京市少年举重冠军，我苦笑着给他们一人又要了一盒。他们问我呢，我说我饱了。他们不客气风卷残云吃光光，我真怕他们还说不饱，把脸转向窗外。

……我一生气，把房里的灯拉着，说一声，太不像话了，走出房间。这是结局，开始呢？开始怎样的，我现在真的记忆模糊了。我依稀记得男知青信上说，他们轮着看护病人，一人看前半夜，一个后半夜。看护者趴在床边睡，换班的人睡在椅子上。那晚上轮他看后半夜，他睡在椅子上。半夜，他被窸窸窣窣的说话声惊醒，见两个人头挨头极其亲昵得让他无法容忍，他的直觉是出事了，出了同伤风败俗有关的事，特恶心的事……这就是他在挂号信里写给我们的内容。千叮咛万嘱咐不让告诉小知青们。看了这信，我本能地觉得又慌又怕，心砰砰跳。我当时所能做的就是尽量装得若无其事，赶快找两个男知青去换他们。这一切是同大队支书、副支书商量好的，是当时所能想到的下策中的上策。

坐在车上，我可是什么策也没有了，我不知该不该批评他们，凭什么批评他们，他？还是她？他们除了亲昵又能怎样？他可是胸以下高位截瘫呀！他不过要求她多陪陪他，多亲近他，现在看来半点不过分十分合理并且令人心酸。

我那时是一个被革命词句包装起来在男女性方面几乎一无所知的笨蛋，可我却背负着解放全人类的重任，好沉好沉的担子。我想至少要批评那个女知青，理由是，你不应该让他从革命道理以外处得到信心，那会害他，软化他，使他不那么坚强。

到了北京是 9 月 7 日，离那个举国同悲的日子只有两天。

于是，想好的话，打算好的暂时安排被冲垮，只剩下哭，也只会哭了。

我没有看到他的哭。一帮北京知青来京找侯隽要向毛主席遗体告别名额。侯隽批评他们特殊化，在延安说是北京的，到了北京又说是延安的，老乡能像你们这样做么？还是没有改造好。帮他们要到名额。我没跟他们凑份子，我是同北京大学的人一道去的。我到处找松枝做花圈，让知青代表送到毛主席遗体前。

全国开追悼会那天，我想到他，想到他此时的心情——全国人民起立默哀，沉痛悼念毛主席，他却躺着，站不起来，那时，他会彻底地明白失去了什么。

安顿好那两个知青，我该走了。临走我去看他，嗓子干涩，什么话什么道理也说不出来。他也是，目光始终躲着我，好像真做了什么错事。什么错事？我觉的自己不好让他难堪了。再见。

说再见的应该是知青全体，本能地感到，老人家不在了，他提倡的所谓新生事物红盛岁月也将无可奈何花落去了。

而他，连重新开始的能力与权利也没有了。

事情就这么不知如何发展地发展着，时光也就如梭如箭如金如土……老书记要到北京瞻仰毛主席遗容，要去看他，又实在怕看他看他父母。咋办？老书记送上了党员的桂冠。

明知不合适，也找不出话来反对，你还能给人家甚？给甚？

他成了我们队的一名躺在床上的党员。

他家调到北京，他是六个孩子中最小的一个，父母极其疼爱，也就极其怜惜。父亲的头发疼爱怜惜得一年年白了。他的脑子很清醒，清醒地知道发生了什么，渐渐发生什么，还会发生什么。他的上肢略有恢复，大臂带动小臂可以挥打，但手指不行，手指归末稍神经管，那根神经最难恢复。

知青全部退潮了。我队知青九个考上大学，挺不错的大学，其余人退回南京，安排工作。同伴每一权利的获得，都意味着他的失去，让他清清楚楚看得见地失去。知青办解散了，他出院后的待遇转归民政，但比一般民政高得多，每月 200 元，请两个阿姨，医疗费全报，医院里可以升降的床也搬回家，父母单位考虑他的出入，给他家分了一楼的房子。他很有信心四处求医，准备学习外语。我们去看他时，鼓励他做点什么，不虚度，道理总是十分现成。我们清楚地看到，他的胸以上部分胖大，胸以下萎缩；他的精神很好——少年不知愁滋味还是故意做出来的，不知道。

多年后，我见到延安市知青办的人，还对我说过为他花了多少钱，很破例，特别破例，因为他毕竟没有做多少事情，国家似乎光为他花钱了；延安又是一个至今未脱贫的地方。

我能说什么？如果他不受伤，好好的，他可以为国家创造财富，至少，他不会要国家为他花这么多压床板的钱。

之后来往渐渐疏淡。大家退出他的视野，他也退出了大家的视野。伙伴们结婚成家的消息对他不是喜讯，做父做母自然也不是，这都会残酷地提醒他失去了什么，又失去了什么，他已经没有多少可以失去的了。他只有等待，等待科学发达等待他的病有治，其实他比谁都明白，他的身体正在失去救治的基本素质和功能。

怀揣一腔说不出来的情绪，我也就再没去看他。只若断若续地听着那一线微弱的心跳和渴求生存的年轻的呼吸。

像是宿命，榆叶枯黄飘落的季节我回到陕北，众位乡亲纷纷问起他来，那其实是乡亲们感到什么，在唤他哩唤他哩唤他再留留再停停再等等再看看——活着再活着哪怕一天一阵一时一刻哪怕叶子落下再长上那会儿时光，活着。

陕北又一个博大秋天君临了，死之辉煌孕着生之庄严，死是宿命，生是使命。他在此时去了，他去的时辰不错，他是在乡亲们的声声呼唤中去的，他去的不寂寞。

他前十八岁的生命只做了一个动作——挥动斧子一砍，后十六年靠着一砍剩余的生命活着，他的履历表上职业栏里只有一行：知青。从始至终不变。

他受伤在中国两个伟人周恩来和毛泽东去世之中。他活着的意义迷失消解了。为什么？他留下一个无人能答的问题。有人注定为意义而活，我们曾经这样过，可是意义是会变的，会变得面目全非，但感觉不大会变，譬如醋，喝在嘴里是酸的。一阵说可以治感冒，开胃，一阵又说坏牙……等什么都不说了或者重头开始说，我只记得它是酸的。

知青的意义是什么？所有的意义都说过了，知青已经懒开口。但每一个当过知青的人都会记得那滋味，牢牢地记得。

在延安感受三中全会

2011 年春天第七次回延安摄于延河大桥

去延安开创作会

1978 年 12 月下旬，我去延安市参加创作会。会议的召集者是延安市文化馆的柏林老师。身为知青的我，习惯把所有有文化的年长者称为老师，如同我当编辑后，凡投稿者都称我老师一样。

文化馆的主要工作是搞群众文化普及，惜才爱才乐意才长大的柏林老师十分称职。他那时还办着一个不定期的小报《延安文艺》，记得是十六开四个版。我的小小说《烟》发在上边，得稿酬 3 元，我的纪念毛主席去世一周年的长诗也发在上边。长诗写于 1977 年，打算发表后凭此去省上开创作会，由于种种原因省城未能去成诗也未发表。一年后的 1978 年，柏林老师同我联络，要我修改后将诗发出。当时我很恼！诗这东西是很即兴的，毛主席去世一年和去世二年的世态人心完全不同，一年前的我有很多话想说，二年后的我根本就不想写什么纪念文字，哪能一块布做不了大衣就裁裙子？柏林老师嚅嚅解释。我也知道问题不在他，反正我的诗见诸传媒以正视听也有必要，我将诗改后发了。这是我在陕北最后一次发诗，以此与诗作别。

与会者有一部分是北京知青，不完全是在队里的知青，队里知青已不多，写东西不多出色者几无。大多数是延安市的业余作者，最出名最出息者当属高建群。他那时还是个诗人。一首《0. 09 平方公里》写得很棒，是说 10 亿人每人平均 0. 09 平方公里国土，要珍爱要佑护。他的普通话讲得不好，诗是我帮着念的，念时已悟到本人不宜再做诗人，诗会有个突飞猛进的变化，不及早识趣下车，就会被突然加速的车子甩出去。他还有几首很深情的散文诗也是我帮着念的，他讲了他在阿勒泰当兵的事情，不知是否后来小说《白房子》的雏形……

会开得散漫亲切，以交换作品小组研讨为主，还去延安大礼堂看过演出，最爱看歌舞《大生产》，喜欢演员们撒播点种的队形和纺线线前仰后合的动作，还爱听贠恩凤唱的陕北民歌。文化馆有一对北京知青夫妻，孩子萌萌才三个月大，萌萌妈为我们办会务，办伙食办看演出的票，逢家里没人带，萌萌就带到会上来。在市委宣传部工作的北京知青马惠也是与会作者，她每每对那位孩儿妈的挎包感慨：看看，不是奶瓶，就是尿布，当妈多不容易。她已当妈，孩子放在北京，婆婆带，她不带没条件带没能力带。见了人家的孩子特别是知青的孩子总是格外亲切。她在会上报的选题是写夫妻两地分居对人性戕害的小说。

那天，萌萌妈给我们取票，我抱着萌萌去听一位老师——文化馆前辈讲课，为了不让孩子哭闹，影响大家听课，我全力哄逗萌萌，台上讲的什么基本没听，使那位前辈对我误解，以为我目中无人，我总想找机会解释却总无机会，何况人在村里进城太难，但愿时光会把一切消蚀磨平。

当时给我们讲课的还有陕北著名的说书艺人韩起祥，老韩很能讲，经历丰富语言生动，他给毛主席说过书，给周总理说过书，延安历史上很多重大事件他都亲身经历，并编成节目。他的文学活动史很能证明《延安文艺座谈会讲话》的精神。老韩讲完后还现场表演，给我很大启发。后来总想为老韩写点什么却总未成行。

柏林正做一件有意义也有意思的事：收集整理陕北民歌，不怕酸不怕黄尽量原始尽量全。我嘱他收集齐了送我一本，他答应了，可是至今未兑现。

现在想想，人们答应了而未兑现的事情恐怕比兑现了的多，原因也在于时光的消蚀和拖磨……

站在窗台上听广播，直听到脚底冰凉

每天晚上8点半，中央人民广播电台《各地人民广播电台联播节目》可谓当时的名牌专栏。訇然响起的《东方红》乐曲和播音员齐越苍劲的嗓音，一个主权国家幅员辽阔人口众多国家的声音庄重雄浑地围裹而来，让听者不由得眼眶湿润。

12月下旬，日最短夜最长的冬至节令，冬至过后就该属九，一年四季中最冷的时段。6点过后，天已黑定，稀疏的几盏街灯亮起，比街灯更稀疏的是街上的行人。那时延安市里基本没有电视，机关很少有，居民住家没有，旅馆房间更没有。覆盖面最大的是广播，是支在各色土地上的或水泥或木头电线杆上的高音喇叭，是挂在农家屋角的小匣子，是富裕人家的收音机和半导体。晚8点半钟，《东方红》乐曲准点响起，随后是新闻要目：中国共产党十一届三中全会闭幕，会议消息、会议决议、会议公报等一系列文件。

那天晚上的播音员是齐越、夏青？还是葛兰？不记得了，反正是挺庄严挺大气磅礴的声势。房间里没灯，是没发电，是停电？反正房间是黑的没有灯。我先是坐在床上听，北风不停地吹呜呜地吹，把广播里的声音撕扯得一丝一缕，听着不那么连贯。我脱了鞋站在床上，耳朵贴着窗玻璃听，最后索性站到窗台上听。遥远的来自北京的声音随着一股股北风一缕缕尘沙入耳。其实我并没有听清广播的全部内容——直接内容是为彭德怀和陶铸等老一代革命家平反，为四·五天安门事件平反——更不可能理解其重大的现实意义和深远的历史意义，但是不知怎么，我特别感动，觉得黄土高原的日子、全中国的日子将因此发生变化。

广播节目是要重播的，我站在窗台上把重播的内容坚持听完，才觉出没穿鞋的脚冰凉彻骨，活动活动脚，袜子上沾了一层瑟瑟尘沙。

之后，高音喇叭如潮水般涌出那几首陕北民歌《大生产歌》、《翻身道情》和《山丹丹开花红艳艳》。

解放区呀么嗬嘿，大生产呀么嗬嘿，边区的男男女女齐里里里嚓拉拉拉索罗罗罗呔，齐动员呀么嗬嘿；

太阳一出唉嘿哟，哎嘿哎嘿哎嘿……哎嘿嘿，满山红噢哎嘿哎嘿哟；

一道道的那个山来哟，一道道水，咱们中央噢红军到陕北，

一杆杆的那个红旗哟，一杆杆枪，咱们的队伍势力壮……

三中全会后最初的行动者

提起他，话要多一些，时序也要往前延伸一些。

他叫北山，和我第一次插队在同一公社，是与我所在女校搭配的北京另一所男校的学生，与我同年属老三届中的老初二。第一次插队人多，一个公社的知青认识的少，不认识的多。又或许我在宣传队待过，去过别的大队巡回演出，我认识的人少，认识我的人多。北山说他在李家湾水电站当过民工，依稀想起来，他是知青民工中独往独来的一个。分配给他的活路是手拿一根大棍子，站在来往的索道边，等盛满沙石和土的斗车溜过来，他挥舞棍子把斗车上的别子敲开，里边的重物便唰拉拉跌滚地上。有时见他收工后一人敲着饭盆打饭，又一人背着重大的书包走开去。再想，便想不出别的镜头了。他说他那时就知道我——很吝啬地用了个词“知道”。

正式认识是1978年春天，大约四月份我从北京探家返回的路途。从1973年开始的知青退潮大部队已走光，剩下的不是正在办走，病退、困退，就是七七级没考上大学的七八级接着考。留在队里不打算走的人被人视为怪异，要么没路子，要么装蒜。而我应归入怪异一类。没人理解你最初的动机，几年来的变化以及现在的想法，哪怕苦衷。所以我不想开口，特别不想与同口音的人搭话。

这就是我在西安长途汽车站排队等车时的基本心态。

却有人看我，不错眼珠地看我，我转过身去，他又绕到前头看我，那看法颇不礼貌。他终于确定认识我而我也确定认识他，他站在了我的面前，说，你不认识我了吗？

轮到我失礼了。他能叫出我的名字而我却不认识他，一脸的茫然。

我是黑家堡的，糜草洼的。我叫北山！

我不能再装了，掩饰地说，好的北山你能帮我把行李送到车上边去吗？小心，里边有台灯。可见那时还想在农村看书写字还往那里搬运台灯不是怪异是什么……

终于忙乱结束，各自落座，他的座位在我的斜后方，他很兴奋地坐下来，车子启动，他也开始了不歇气的一路长谈。基本是他谈，我听。

他在我上学的那年年底被招干到了县里，现任另一公社团委书记，他是去省城开团代会的，并准备当年下半年去北京开全国第十次团代会，属于崛起的一拨人，而我属于崛起又跌落的一拨。他说到省团代会的精神，说到回到县上的传达，说到农村要落实六十条，减轻农民负担。停车休息时他用脚尖划拉着路边的麦田，说属于深垅浅埋，一种新推广的农业技术，能挡风能保墒，道理如同农村的窗户纸，一层薄薄的麻纸挡住冬天的西北风和严寒……话题转到我身上。他说他和留在县上的北京知青一直关心我的处境，明白我的走红，也理解我的跌落，曾议论过我为什么大学毕业后不回原地却去了延安南泥湾？他说，无论我的处境如何变化，他都认为我是属于献身理想最真诚一批，因为跟得紧，以至于转弯困难，潮流一变，由先锋变成最后。

谈到这个话题，我不能不动心了，但我依旧无言。

半下午时，汽车前出现延安嘉岭山宝塔，我们的目的地到了。风尘仆仆的我要乘车翻九十五里山路赶回南泥湾，他的班车要第二天才有。临分手时他握着我的手说，来县里看我，留下的北京知青不多了。

有了几分凄凉。

后来我们开始通信，信写得很长内容很细，而他多谈工作，天旱盼雨，雨大怕涝，谈志丹问题知青如何向上反映，谈名知青孙立哲的处境，谈曾经的知青领袖心态的变化……绝对讲政治只讲政治。

与他的交往对处于低落心态的我极有帮助和益处。

而后我去过他的村子，回北京在西安车站碰面又未同行。他终于出席了在北京召开的全国共青团十大，见到了邓小平同志，学跳集体舞，参观了国际农机展览……扑面而来的诸多信息，使他前所未有地兴奋和矛盾，家里人希望他回来，女朋友希望他更务实地到县上工作，或者想法往延安、西安等更大城市转……

此时召开的十一届三中全会对他意味着什么？

积极主持分队

连着几年的中共中央 1 号文件都是落实农村政策的，我不记得 1979 年，也就是三中全会后的那个 1 号文件是否有关农村改革。只记得根据上级精神，北山在他任团委书记的公社开始主持分队。

大的说法应该是：落实六十条（这是文革前或者是四清前期制定的有关中国农村的一部大的文件，想必有六十条内容才得此名称），保持农村三级所有，队为基础的体制结构，不能无偿征用农村人力、物力和财力；要调动广大农民的生产积极性，农林牧副渔全面发展，不超高征收公购粮，按1971年至1975年的标准，一定五年不变（据说后又于1979年减征50亿购粮）。

从1958年实行人民公社化以来，中国农村的组织机构是公社、大队、生产队三级所有，以生产队为独立核算单位。可是在文革期间，一度学大寨不顾各地的实际情况，经济情况和觉悟情况，搞穷过渡，一刀切，一夜之间由生产队核算变成大队核算，严重挫伤农民积极性，破坏了农业生产力。

我第一次插队的李家湾1970年搞合队，直到我离开那里上大学的1972年还是明合暗不合。我后来插队的三台庄，因为是学大寨的先进典型，公有制的步子要快许多，在我还没来三台庄前就合并成一个大队，逶迤在一道十五里长的九龙泉沟的三个生产队愣是搬到了三台庄。在我后来插队的三年多，遇到很大的问题就是三个生产队不合，人合心不合。一出问题就扯到原先三个队上，选队干，分自留地，直到进京告状……知青自以为维护大局，站在曹书记一边，谁闹谁是资本主义，就批判谁，到底没批出个结果。知青散伙那年，大队也散伙，三个生产队重新划分开，原在前后九龙泉队的社员拉着架子车上的穷家当义无反顾地返回他们的家园。

当时我正准备结束插队生活，离开三台庄，基本没介入分队，也没过细了解农民从始至终的心态。看着搬走的农户家卸去木头门窗后张着大嘴的窑洞，望着窑洞墙上用老镢发狠掏下的深深的印子，我感到震惊和奇怪，怎么会有那么大的心劲和仇恨？已经在三台庄住了五六年，住熟了，住热了，打了新窑盘了新炕，回去有什么好？到哪不是种一样的庄稼干一样的农活，一切还得从头开始……我发现我并不真正了解农民。

而北山是全力以赴做此事的。

他觉得他掌握了真理：中央的精神；他觉得他符合民心，社员不想搞穷过渡，社员希望生产单位划小；他坚信毛主席讲过的那句话：只要路线正确，没有人会有人，没有枪会有枪……《列宁在十月》中那句经典台词：牛奶会有的，面包也会有的。他觉得插队十年，从底层到农村基层，他从黄土高原一步步走进北京面圣领了圣旨，时代终于为他闪出一方舞台，虽然迟了点，但毕竟有了属于他的舞台，该他大显身手了。

在后来他写给我的信中说，白天社员要下地劳动，他就跟着社员下地劳动，背庄稼，收秋，农田基建；劳动之余做社员的工作，了解他们的想法，传达中央的精神……社员是拥护的，因为符合他们的切身利益，只是耽心，近年来，一分队就说是资本主义，一分就说，此一回怎么会换了种说法？能成么？不会反复么？不会被当做出头的椽子给整烂么？就凭你个毛头小子？还没娶婆姨的知青？不当家不知柴米金贵的知青？我们的瞎好与你无干的知青……北山下工了还要找队干部说，讲政策，讲远景，软硬兼施。队干部要狡诈和圆滑得多。

想必三中全会的第一道阳光是有强度和亮度的。在他和工作队员的努力下，在县里领导支持下，在大背景的辐射下，几个试点的大队划分开生产队了。

他在信中说，此刻已是半夜，刚刚主持完分大牲口，看着社员牵着牛、驴、骡子等走回自己生产队的小牲口棚圈，他才拖着困乏不堪的身体回自己的窑洞歇息，兴奋，睡不着。

我除了分担他的兴奋，帮不了他什么。

后来他家有事情，有关弟妹升学、就业等大事，他回京探家了。

倒 春 寒

春节过后，万物复苏，到了农耕大忙时节。1979 年 3 月的一天，《人民日报》头版倒头条位置刊登一封甘肃某地区地委宣传部干部的来信，信上说他家乡出现分田分地等资本主义倾向，群众想不通……当时覆盖最大的传媒是广播，而广播的内容中最权威的媒体是《人民日报》、《解放军报》和《红旗》杂志。文革以来达到顶峰。署名两报一刊社论或评论员的文章，一般就是中国最上层的声音了。

这封来信是改革春天里的一股料峭春寒。

多年后回顾历史，中国这么古老历史这么辽阔幅员不论搞任何改革，哪怕是微弱改良，都绝非易事，有反复是正常的，没反复倒有点不对。何况任何一项举措都是对着人去的，一部分人受益，一部分人受损。学大寨学得全中国大多数农村受损，也有少部分干部受益，起码是因学得到位学得变本加利学得花枝招展而提拔升迁，你若退回生产队核算，不就是说他合队合错了么？他得到的好处不做废，至少不那么理直气壮值得炫耀，再升迁不也困难了么如果他升迁的欲望特别强烈的话？

据说县里很快派了新工作组，新工作组全面清理旧工作组的错误，让社员提供有关他和旧工作组的错误材料，虽说旧工作组也是上级党组织非常正式地派下来的。社员提供了，是前工作组的工作事实，也是后工作组需要的整人的材料。包括他讲的大实话“谁给社员钱和粮，谁就是社员爹和娘”划分开的生产队重又合上，牵走的大牲口重又牵回。社员心里怎么想，不知道。他可是伤透了心！

他从北京回到那个地处拐沟的公社，在延河穿过的县里算规模较小的公社。春风初渡，吹不散深冬厚厚的积雪和严寒。他突然感到眼前的一切是那么破旧破败，了无生机。残雪下的土地是黄的，沟里消冰化水是黄的，没有青草妆点的山峁是黄的，老乡的面孔是黄的，黄腊腊的。眼前的一切、所有，黄得彻底，黄得苦焦，黄得沉溺其中出不了头不能自拔，他的十八岁至二十八岁青春十年的青枝绿叶铺垫这里抛洒这里，却养不大一棵树，焐不暖一颗心，改变不了巴掌大的面貌。

他曾经做了那么多工作的社员见了他居然躲躲闪闪，不敢与他打招呼，是愧赧告密与揭发么？只有个别人在夜深人静时才敢与他讲话，拉他去家里吃点粗糙饭食。他想说，我为谁？我是为了你们呀！我没招工没上大学没成家是为了你们呀！看着他们皱纹密布的脸，老茧皴裂的手，再想起在北京看到国际农机展览明亮巨大的进口农机，直觉面前是一批过时的生产力的代表，很快就要被时代潮流裹挟而去，他们是不配过新的更好生活，人或为鱼鳖。

新时代已经开始了，他在农村学会的修梯田打坝的本领将一无用处，而新时代所需的文凭、知识、视野，他又一无所有，准备高考吧？早就忘光的初二的文化水平使他没有自信，病退困退属于知青政策，而他已是干部此政策对他无效。他慌了，怕了，彻骨地悲哀了，他觉得自己将被时代抛弃。

大相径庭的道路选择生活态度，使他与女朋友分手。

他觉得再为落后的生产力做任何一点事都是对生命的浪费，他只想离开这个地方，尽快。

时代大潮的起起伏伏进进退退，浪涌的白舌头轻轻一舔，个人的小船就翻了。

乱了方寸

1978 和 1979 年真是很奇特的年份，至少在陕北能够感觉到，特别是知青残部能够感觉到。

陕北延安的知青运动与其他处有些不同，由于此处是知名老区吧，由于周恩来总理的特别关照，由于 1200 位北京干部的辛勤付出……在 1973 年全国冻结招工时，延安地区仍在大批招走北京知青，上大学的名额比例也比其他地区多，特别是可教子女的上大学名额。知青受到重大伤害的案情又比其他地区少。

在这片特别贫瘠的土地上，底层民众对于知青却有着比其他地方更多的暖意和善意。

1974 和 1975 两年，在全国知青都调头后撤时，延安地区又来了上百知青，有应届高中毕业生，有大学毕业生，有工人，有护士，有解放军干部和战士……轰轰隆隆动静不小。这一批人延滞在当地感受到改革初期的体温，也遭受到运动反复的波峰浪涌。

孙立哲，陕北延川的赤脚医生，在土窑洞里，凭借极其简陋的医疗器械，为农民行医治病积大德行广善。后因为政治需要，他在成为全国知青典型的同时，担任了公社、县、地区卫生局的副职，其实并不脱产仍然挣工分当农民。“四人帮”倒了后，当地组织清查他，理由是他在“四人帮”时期为什么那么红？

他得了很重的肝炎，当地医不好，到北京就诊。那些年知青得肝炎的人很多，原因一是累，二是缺营养，再加上心情不好生气。我去他住院的北京友谊医院看他，他的女朋友后来的太太对我说，无论他在病床上有何反映，你都要镇定自若，对他说情况不错。其实他那时情况并不好，每隔十来分钟，全身都要痉挛一下，带动整个床跟着颤动。而他自己是医生，一般虚假的话又骗不了他。

我照女朋友说的办。他问我是否脸色特别难看？

我胡说八道乱打岔，挺好挺好的，比我想象得好多了，我还以为要给你送花圈呢……

而那时他所在的县委组织部门正来人审查他，给他出示了组织结论，其中有这样的文字让他头发花白的母亲悲愤不已：下乡八年，不注意世界观的改造，骄傲自满……

他除了伤心彻底铁心回城，还能想什么做什么呢？

等他多年后留学美国，又回国办实业，有能力做点事情时，他说过，想给延安捐一座现代化的医院。以至于延安地区后任的干部总在打听，孙什么时候回来看看……

还有某北京名牌大学毕业后自愿务农的李姓女大学生，去了延安市最苦的子长县。“四人帮”倒了后她也受到清查。这是个心理素质极好的人。会上，她“交待”完自己的问题，就问公社和县里领导：拨给队里的化肥什么时候到？

还有早就大红大紫又像熟谷子样低头垂落的延长县曾经的知青领袖，“四人帮”倒后，他极力想脱离开倒霉的政治，而政治又总不放心他追着他。他当时说过一句让人反复琢磨的话：我已不再追求什么永久幸福，因为永久幸福是不存在的。所谓永久幸福不过是无数短暂欢乐的相加。与其追求不到永久幸福，不如去争取短暂欢乐……不少人想按他说的试试，但是做不到。永久幸福没有，短暂欢乐也没有。

他后来去了香港，搞实业很成功，尤其与国内的贸易，缘于他对大陆官僚体制的深刻了解和亲身体察吧。

北山不过是多少分之一，短暂的成功使成功感没有尽兴，巨大的打击使失败极为彻底，等他想起回头时，四周几乎没有同行者的身影和耳熟的乡音，围裹而来渐渐涨起的是绝对的孤独、沮丧，这是他人生苦旅中一段乱了方寸的行程。

离　开

清明才过，春意渐起。

生命力最顽强的苦菜掀翻铺白霜的黄土地冒出绿芽，路畔沟边散开碎星星样的小花。鸡叫，狗叫，等着出圈的山羊绵羊叫，井台上的辘轳也唧唧地叫，水桶滴湿的痕迹终于不再结冰了。

1979 年 4 月一个普通极了的山村清晨，我就要结束插队生活，由农村迁入城市，由知青变为国家干部。脱胎换骨——我曾经热血沸腾信誓旦旦，此刻却大为疑惑：脱胎了么？换骨了么？本该造就成个甚？实际又成了个甚？……我饱吸一口空气，那滋味醇厚又像是云母片可层层剥离的清冽美好的空气，涨痛了胸膛。

行李早已举上卡车顶部，用草绳横竖捆了几匝。草绳是一个叫骡儿的后生连夜赶着搓的。骡儿说，知青走我没甚送的，都一样样给搓根草绳。一切都捆在行李里边了，蝴蝶、妮妮、巧娃等女子们做的鞋垫和鞋，写上字的本本，一小袋一小袋炒熟的南瓜籽……都装在里边了。

这是一次不同以往的离别。七年前被推荐上北京大学，那是 1972 年，毕业后回到这里，是 1975 年，眼下是 1979 年。从广播里的三中全会消息，从家人亲友来信及日渐变化的氛围中可以感到，一个时代结束了，一个面目不甚清晰的新时代即将开始，知青运动同新时代无缘。农村已经大队划分生产队，再分组，再分到户……乡亲们欣喜又惶惑。知青还留下做甚？也分二亩地种？上交公粮再卖统购粮，余下的碾米推面做着吃么？

隐约传来惊蛰雷声乍暖还寒季节，我不得不走了。十八岁到二十八岁，除了三年大学，最宝贵的七年青春留在这里，流在这里。不可重复的青春，不会再有的七年，咋会“挥一挥衣袖，不带走一片云彩”般潇洒呢？

多年后，我多次向各色人等讲述这段沉甸甸的日子：插队七年，比抗战就少一年。有一次对一位日本学者也这样说，突然想到对方是鬼子的同胞，顿了一下，还是说了，没错，比抗战就少一年。

车要开了。

乡亲们来送行。围拢跟前的是婆姨、女子、老婆们。我当过妇女队长，派她们出工，听她们哭诉，看她们跳着脚厮骂，吃过她们腌的酸菜，穿过她们做的鞋……我还当过团支部书记、党支部委员、大队会计，干过好事，也做过缺德事，譬如：不让社员种自留地，收缴黑户的口粮……围拢过来的人群中就有我伤害过的人。我知道我欠下的债已无法在这块土地上偿还了。远处是三排窑洞，三台庄因此得名。再远处是阳岔沟、脑畔山，蓝得让人目瞪口呆的天。日头很好，无风。

背着娃娃的二小婆姨说“来”，绰号“二队长”的冷冷大着舌头对我说“来”，人高马大的拓桂莲说“七月来吃煮玉米棒子吃瓜饭”；哑巴婆姨不会说，比比划划问别人，又比比划划对我笑，现任妇女队长张怀香牵着叫丽娃的丑女子说“来”，我知道我同丽娃的合影放在她家相框的最显眼处。

陕北人不兴握手，也不兴挥手，乡亲们用目光送行。那目光的意思是，来啊，一定来。

车开了，车后扬起的黄尘遮没了乡亲，遮没了三台庄。

车上蟠龙山，是那座“高楼万丈平地起，蟠龙卧虎高山顶”的蟠龙么？车过三十里铺，不是“提起家来家有名，家在绥德三十里铺村”，陕北有许多三十里铺、二十里铺、十里铺、七里铺，一种古代客栈的延续吧，存储着三哥哥四妹子至死不渝的恋情和刺破晨雾的赶脚汉的信天游歌声……

我离开了，如同好多年前老一代革命家们来了又去了，老人家东渡北山后再未回头，五七干校的学员一去未返，三万北京知青动静颇大地来了又走了。我来了，去了，又来了，又去了。延安，迎着来者徐徐打开的书页，背向去者又缓缓地合拢了。

延安，一本深邃耐读的书，要想有所获得有所领悟，必得全身心投入。对于来去匆匆的过客，宝塔是矜持、含蓄、高贵的。延安甚至没有对外张扬的纪念品，纪念个甚？延安是不可以缩微，不可以扭曲变形如饰物般佩戴的。

这里古老的北山文明史，

米脂的李姓农民让响箭在故宫牌匾生根，让崇祯皇帝在景山歪脖树上吊的历史，

陕甘宁边区革命史，大生产、边区政府、边区教育、边区文艺活动，

知青运动史，

……

顶着行李的卡车开上平展展的洛川塬，开过黄陵山，几道急转弯，车要出金锁关了。前边有什么在等候？车水马龙，市声熙攘，万丈红尘扑面，不再注意月亮的圆缺，不再说腊月正月、初一十五……

我不知道要为这离开付出什么付出多少，我只知道一份永久的思念留在身后，像优美悠长的梅笛在静夜里吹响，拂过月下坐果长出三只耳朵的荞麦地，拂过哗哗唱响的玉米叶子玉米脑缨，拂过绿叶丛中开满黄星星样碎花的枣树林。

我只知道我还要回来的，来读延安这本书，

我还会回来，响应那山那水那有情有意乡亲们的呼唤，

我还会回来的。

陕北人

哭 刘 老

1978 年夏于南泥湾九龙泉水库

一句话的悼词

刘老死了，1984 年秋天，大地之父把一年的果实铺排贡奉完毕、地净场光之后，才接回了他的儿子。

陕北，南泥湾，八十七岁算绝对高龄。

几个月后我才知道刘老的死，否则，悼词不含糊该我写。因为我做过刘老的邻居，也曾占有南泥湾一最：最高的文化——大学。有人管那叫做“文化结实了”。

我同刘老的交情，自1973年起。十余年间，我的身份变了几变：大学生、农民、出版社编辑、报社记者。刘老还是刘老，还住在南泥湾那孔黝黑的接口石窑，还当他的农民。他的不变陪衬了一些人的变，证明多变的世上还有一种叫做坚定的东西。任何抉择都不后悔的我，对刘老总抱有几丝相形见绌的愧赧。

1977年春节的正月初三，我到刘老家串门。地理上，我插队的三台庄同刘老的南泥湾队膀挨膀；心理上，我俩挺近乎。一时知名度相仿，常坐一辆车赴会，常围一圆桌就餐，我要帮他辨认餐券上的“中”或“晚”字，更主要的是脚踩一块土地，这块土地的命运消逝了我们中间半个多世纪的年龄差距。

初三去串门，一为给老汉拜年，二为听他讲往事：刘老是大生产运动赫赫有名的三五九旅的副连长哩！“四人帮”倒台不久，我一个最强烈的感觉，没有更多更真实地了解历史，是很吃亏的。

见我来，刘老很高兴，忙招呼刘奶下炕拾掇年饭。刘奶坐在炕沿上，左脚勾起一只套鞋，“反了！”刘老吼她。刘奶用右脚勾起另一只，“又反了！”刘老的吼声压抑着笑。刘奶生气了，索性站到地上，细细辨认，穿好鞋，出门抱柴火。

“这是个聋子，”刘奶拉着风箱对我说，红火晃着白头发，“谁晓得他在省城咋同人家拉话，天上一句，地上一句，净打岔！”

“像你拉些外国话，管鸡叫‘九’。”刘老颇不服气，没牙的嘴嘁嘁着。

年饭照例是庄户人一年中丰盛而又雷同的饭，初一初二，在我们庄的老乡家填塞了许多，坐在刘老的炕上已不十分馋；何况还要听讲，还要记录：刘老讲他的大生产。

刘老名叫刘宝斋，河南人。家乡穷，没地种。二十岁逃荒出来，给人家揽工糊口。1937 年，三五九旅在山西扩兵，刘老参了军。参军那年他四十，四十岁入伍从戎实不算早，可走入人生的不惑域界还要为真理而献身，的确怀揣一股子叫人钦敬的劲儿。刘老三八年入党，四一年随部队开进南泥湾。部队撤离延安北上南下转战陕北时，刘老已近五十岁，便留了下来。从那会儿直到——喏，坐在热炕头，靠着被垛同我拉话，直到最后闭上眼睛的那一刻，刘老再也没离开过南泥湾。

那年正月初三之前和之后，我听刘老讲过许多次大生产，一些轰轰隆隆的情节我不记得了，或许记在本子上便不往脑子里存。脑子里留下的是一些零星、像暗夜里萤火虫一样发光的东西。

1941 年春，三五九旅进南泥湾，三十里铺到阳湾拢共六十里地，部队走了整整五天。山高、梢大，要用马刀和刺刀开路。从血腥战场上来，到杳无人迹的荆棘深处去，一支供给乏匮至极的部队，靠什么一脚脚前行呢……

部队把山坡洼地上的树木放倒，堆成堆，临收工时，点火烧荒。想象之中那场面颇诱人，贝蓝色的天空，黑纸样的山影，金红的火由山脚一路跳跃上去，黑纸样的山燃旺成一只只大灯笼，面对褐红色的半个天空，闻着好闻的柴烟树枝味，看野羊狼狐四处逃窜，会有苍蛮、悲壮的心绪涌上淳朴的战士胸间吧。

“烧了荒的地很壮。”刘老说。

那当然！成千上万方木料化做草木灰，当年的庄稼肯定差不了，第二、第三年也不成问题。再往后呢？十年八年、三十年四十年后南泥湾的生态呢？别说刘老没想，恐怕大生产运动的发起者也考虑得不多。结果（这结果快得吓人），大生产运动写在纸上，是历史光辉的一页；写在土地上，是方圆几十里无树，地气阳了，天气旱了，娃娃们只能从电影银幕上感受森林的蓊郁了。

庄稼丰收，吃粮不愁。刘老讲一个连一顿饭下一斗米，炊事班往往下斗半。吃不完，喂猪。

吃饱喝足该练兵了。天不亮点上火往山坡投弹，有个卫生员脸被打肿，指导员牙被打掉，再不敢天黑练了。

光有粮不行，还得有钱。部队在南泥湾孟酒沟种了一沟大烟，用多余的粮食酿酒，烟酒贩到国统区能换钱。“为这事常同机关的打架。连队要挣钱，机关要收税。一次往河东贩烟土，货上了船，船帮站一圈端刺刀的战士，看谁敢挡……”刘老颇为自豪地说。

“整风整错不少人。我们连一次杀猪，猪血煮洋芋，许多战士吃了吐。有人说卫生员是特务，只有他能弄到毒药。卫生员供出指导员叫他干的，两个人都成了特务。下一次杀猪，我试着尝了点猪血煮洋芋，果然也闹肚，但也死不了人。卫生员指导员又不是特务了。”

“王震旅长脾气暴，可是不毁人。一个连队跑了四个战士，抓回来要枪毙，刚好王旅长在。问他们怕不怕，战士说，打日本不怕死，被自己人打死，怕。王震把他们放了，叫人把指导员捆起来，因为指导员没带好兵。指导员跟在王震旅长的马后边，到另一个连队当指导员。”

“难的时候真难，当连长的哭过，背着人到沟里哭。高兴的时候真高兴，演戏、唱歌，唱‘风在前，马在后……’”

刘老讲着，不像讲给别人听，而是自己在回顾、回味。窑洞里，炕暖，被垛软，一阵阵困意袭来。闭眼前，我想问刘老，为什么

1973年我当大学生开门办学采访他时，他没讲这么多有趣的事？那次见面，他给我的印象：黑大袄、旧皮帽，不大的脸盘满是深黑的皱纹。以至于我的目光时时被硷畔下一片霜绿色的洋白菜夺去。我还想问他，那根用黄蒿秆做的烟袋锅子哪去了？什么时候换成野羊腿把骨的……

一度，南泥湾客很多，汽车喇叭满沟响。凡是到延安接受传统教育的人都要到南泥湾一游，到了南泥湾都要听讲大生产，刘老成了必请的神。听讲的有外国左派共产党、到华旅游大学生以及友好国家政府官员。国内的青年工人、军人、学生不计其数。

刘老总是那一身：蓝涤卡制服棉袄，袄袖里露出鲜红的绒衣——地区外办给置的，一顶大皮帽。总是那样开头：毛主席号召大生产，王旅长带领三五九旅开进南泥湾……结尾根据时尚略有变化，时尚批判的对象必是反对毛主席大生产运动的坏蛋。后来，便不怎样讲了，后来干脆不讲了——历史的尴尬或者叫尴尬的历史吧，只是不该把不体面的表情留给个人。有人说：刘老老讲错，“四人帮”倒了，他还用“四人帮”的语言，得让他参加学习，跟上趟。于是刘老被请去参加各种文件的学习，只用他的耳朵，不用他的嘴。

其实他根本用不着跟什么趟儿，只要把脑子里以往装的五花八门的趟儿统统丢弃，自自然然，本本色色，就是正而八经的趟儿了。

政协开会还请他。

好在刘老劳动了一辈子，不会被土地遗弃，山川田野四季变化缤纷着充实着他暮年人生。他按月拿民政局给的优抚款，却仍旧干活。下不了地就看场，能干多少干多少，我去公社办事回来路过南泥湾的场，有时晌午了，见刘老还没歇，挟一扫帚，或端一簸箕，蠕蠕地动。身后是山，身后是地，身后是黄黄的麦秸堆，身后是矮矮的场房。刘老蠕蠕地动，比对着话筒讲演自在自如。

一年秋天，队里收罢红小豆，刘老去山上净地，连捆带捡整起一背蒌，老汉背起就往山下走，他忘了老，老可没忘了他，从碾盘沟到山下他家窑前足足歇了八歇。上大学的女知青提出，要带点土特产孝敬城里的娘老子，刘老没吭气，二升红小豆给女知青倒了个干净。为此，刘奶冲我叨咕了许久。她没讲女知青贪，只讲她老汉憨，歇了八歇。

探亲回来，我给刘奶带回一顶黑大绒帽子，耳边一朵黑大绒花。给刘老带了两盒带锡纸带把纸烟，刘老吃了一支便收起，留着待客。

哦，插队那些个岁月，物质虽乏匮，人情却浓酽酽地浸渍人心。

我记不得刘老发过扎根南泥湾的誓言，他用他的一生长成一棵树，年轻时，给黄土塬支一篷绿荫，年老时，给蓝天幕映一副铜枝铁干的剪影，殁下，给他心疼爱抚的人留一捧剥辟燃烧的好柴。

他不过是撵着他那些先他而去的名字上了九龙泉石碑的伙伴们去了，到另一个世界去团聚。当然，他闲不住，挟一扫帚，端一簸箕，还在干活儿。

于是，我的悼词只有一句：刘老，老留在南泥湾！

问　老　曹

老曹没名，陕北山村一个大队的党支部书记，现在，连书记也不当了。老曹有名，叫曹怀秀。

他问我，问我好。他不知道这问候会带到隔山隔水千里之外的京城。他不是讨人喜欢才问的。他问我好。

我有什么可问？诸事平淡，不满意和不满足，尚在努力，没有值得夸耀之处。但是，这么一位非亲非故非同事非同乡的老人念叨、牵挂着我——五年前离开的插队知青，很使我告慰：过去的生活没白过去。

五年前离村的时候，老曹送我，只送到硷畔。他要去公社开会，开大队划分生产队的会——那是变革初起的年头——不往远送了。前一天，该说的话都说了，他代表队里送我个本本。照例，扉页写上几个字，小学校长那笔三类苗一样歪歪倒倒的字，右下角盖上大队红红圆圆的章，章子盖得很红很完整。想象得出盖章人盖章时的姿态和表情。还送我一个特大号茶缸子，够盛二斤水，白色搪瓷地起绿叶红花。如果没有插队，我不会喜欢那样的花色，嫌它“怯”。下乡后，知道亲近土地的农民偏爱鲜亮颜色，我也在不知不觉中喜欢了。缸子太大，没盖，不合用。老曹却以为，缸子大了渴不着。乡下城里，渴总归不好受。割麦的五黄六月天，我一早上山前要喝七碗米汤，渴怕了。

“还回么？”老曹手扶自行车把问。

我说：“回。”

老曹笑了，多有不信。庄稼人判断标准，看实的，不听虚说。

两年后的春节，我自费回村过年。老曹请我吃年饭，请我喝酒、吃菜。酒是家酿米酒和九龙泉六十度土烧，菜是八碗：炖肉、丸子、素鸡、炒肉……盘盘碗碗大都离不开个肉。我不喜喝酒，照规矩抿也要抿一口。不吃肥肉，专挑豆芽子菜。斯文得拈两片片糕，掰一疙瘩黄米馍馍，就撑得盘腿坐不住炕了。

一天叫吃五顿饭，我在村里待了六天，初六，我上路了。

“还来么？”老曹村头问我。

我说：“来。”

老曹信疑参半，“同学走光怕是不来了。”

半年后，出差绕道，我又来了。

爬上村前猪打滚狗吐舌虚淌淌黄尘乱扬的斜坡，出了一脸油汗。老曹见我，笑了，信了。知青走得半个不剩，不看乡亲不看他，回来做甚？他忙拉我回窑上炕，婆姨不在，他给我擀面。面和软了，煮好捞到筷子上短短的，盛在碗里粘成一坨，浮面烧一层油汪汪的炒鸡蛋。旁边同样一老碗候着。

我说吃不了许多，不比插队受苦那会儿。

老曹笑了，眯着眼问：“忘了抢我的吃食？”

抢吃食？咋能忘。我从他老汉手里抢过无数，煮玉米棒子、酸蔓茎、红亮亮樱桃、绵软的杏、冬至的爆玉米花、清明的花馍馍……抢的时候，有理有力。

有一次，我去他家办事，推开窑门闻见肉香，忙问："煮甚了？"

老曹婆姨说："半后晌四家人分了只死羊羔，不晓得煮熟了没有，你尝。"就手给我盛了一碗。

头半碗我连甜咸也觉不出，羊羔肉挤挤拥拥往嗓子眼跑。后半碗刚吃出点味，倒没了。老曹兜头往碗里又扣了一勺，我三扒两下吃光，那味道——香一辈子。

第二天早起，我到井台绞水。老曹问我："夜黑地的羊羔肉你咋能咬下？我从夜黑地直煮到今早上，尔刻还咬不下。你该顶个生吃了么？"绞满水，他担上走了，感叹道："娃娃们凄惶的。"感叹磨盘样沉，井水样清纯。

老曹问我好，是不放心我，他喜愿我样样项项都好，生怕有一星半点不好。

插队那会儿，我们踩着薄雪花进沟拾柴，天黑定了，人没回来，急坏了曹老汉。他走出村，反穿皮袄，官路边候着。我推柴车推得头晕眼花，猛不丁见路边蹴着个白糊糊人影，吓得泼骂起来。老汉当下没言传，后来对旁人讲："小高可把我骂结实了。"下乡七年，那样结实地骂人，我也就这一回。

农田基建兴修水利，爬坡掏冻土，他不放心我们，怕被冻土砸着，自己拎一把镢头上去了。微驼的背，罗圈腿，右手拇指一个大肉瘤。"嘿嘿"地，动作不快，却有力有效。三年过去了，我们也可以把镢头抡得"嘿嘿"地，满像那么回事，碰巧了，还能放下桌面大小的冻土。老曹显见得老了，拔一棵油菜，要往手心吐三回唾沫。

一年初秋，女知青小向深夜拎一盏马灯进阳岔沟观察虫情。老曹听说了，急忙派人寻回来，黑着脸在社员会上美美批评一气。可是，灾难并不因为他格外留神就不降落到知青中间。猪场的小柳给刚下猪崽的老母猪砍青榆叶，从七米五高的土崖上摔下来，颈椎骨折，胸以下高位截瘫。

老曹糟心透了！要抢救病人，从队里用架子车把小柳拉到公社，又从市里飞往省城；要镇静炸了窝的知青小组，要安抚家长。他不知如何补救这个损失，好话，钱，都是虚的，不能给小柳的娘老子赔一个活不拉拉的小柳，老曹利用职权用党员的桂冠相赠了。

我不知道该如何评价他的决定，或许不这样做，不把什么都安排好，知青会成熟得快些；可是没有了他的关照，知青中的意志薄弱者或许会感到世界冷漠，失去生活勇气。我无法评价他的所为，我的人生经验不够。我只知道他是好人，他凭良心办事。否则，他干嘛问我好，我早已不是接受再教育的知青，他也不是再教育小组的组长了。

我问捎话的来人："老曹身体咋样？"

"好着哩。"

"精神状态如何？"老曹恕后生无礼，用了个文绉绉的词。

"乐呵呵的。"

哦，乐呵呵的，我还以为他乐不出来，他愁眉不展，愁肠百结。

老曹是多年的学大寨先进队带头人，出席过省里的会，事迹上过省报头版头条。那个年月，他有常人私心，也有一般庄稼汉不具备的思想觉悟和政治荣誉感。他是按上级指示办的，他是身先士卒干的。之前，他未为自己捞一星半点油水，清白得令人难以相信；之后，他不把罪责胡乱推给谁，默默地承受，默默地代人受过，默默地该干什么干什么。

三中全会以后，生产大队划分生产队，生产队又划分作业组，眼瞅还要往小划分。老曹转不过弯子了，因转不过弯子干得不那么热情积极。六月我去看他，他指着分队后搬走人家的窑洞，窑洞门窗拆去了，窑壁留下原住户发狠掏下的老镢印子；他指着院里一片开蓝花的三角地，滋味莫辨地笑笑，摇一摇头。

我认为，老曹是过去时代的产物，大半辈子扑在了过去的史册上，新农村、新生活、新功德、新喜悦应当属于更年轻一辈。我担心他会想不开，因想不开窝在心里窝出病。老曹原来身体就有病，克山病、柳拐病都不轻。我写信去，劝他把眼界放宽，少管事，别太认真（倒显得我比他还老成）一些子废话，请他有空到省城来玩。

老曹没来玩，似乎也没有太转不过弯子，就又乐呵呵的了。他没必要装出乐呵呵的，他不是面对记者，他的乐如同他的问候，是发自心底的，不是做在脸上的。

我似乎又犯了把痛苦夸大的小知识分子毛病。

愿他总那么乐呵呵的。

老曹问我，我也问他：老曹，你好么？身体咋样？日子过得咋样？咱村那些喝着清凌凌底沟水，吃着金灿灿塬上谷米的婆姨、女子、后生、老汉们好吗？

请把我的问候捎到。

扇儿扇儿落一落

一

又到了蝴蝶满坡满谷翻飞的季节。

二

陕北人管蝴蝶叫扇儿，很好听，很形象，对吧？还有两句陕北儿歌跟在后边：扇儿扇儿落一落，老娘屁股撅一撅……这后一句不雅，也不押韵。但若用陕北方言去念，韵是押的。至于雅不雅，似乎唱歌的人从不想它。

大学毕业插队南泥湾很久以后，我才听清后一句歌词——可能歌者怀疑城里人对粗俗的承受能力吧。但我始终不理解这两句歌词的意思，兴的是什么？比的又是什么？它们显然不是结束，也不像是开头，它们不如另一首儿歌来得爽脆利落，气壮山河：

太阳太阳照我来，

我给你担水饮马来。

三

我说的蝴蝶是人，一个属鸡的陕北女子。

蝴蝶大名郭秀兰，但她更喜欢自己的小名，更喜欢活活泼泼翩翩跹跹黄黄白白追逐红红绿绿的大自然的精灵。

蝴蝶是我的老师。我插队南泥湾三台庄时，村里有两个女子挣十分的工分，蝴蝶是其中一个。许多农活是她教会我的：犁地——陕北叫揭地，很形象，用犁耧把土地表层揭开，抓粪、背庄稼、打连枷、锄头茬糜谷……她还教我搓麻绳、纳鞋底、腌酸菜，用破布片缝制出精美得让人不舍得上脚的鞋垫。

后来我也挣了十分，我知道这十分有照顾的水分。蝴蝶的十分是实打实的。

譬如清明，我们那道九龙泉沟早晚寒凉袭人，稻地结一层薄冰。蝴蝶要和男人一道破冰下水整秧田，并不管她是否经期。譬如往山上拉粪，满满一车搅了土的羊粪死沉死沉。她总是拉老杆驾辕，让我在一旁推车。再譬如背庄稼，男人多大一背，她也多大一背，远远看去不见人，只见刷拉拉响或黄或绿或紫红的山。

同工同酬的结果，她一来月经就肚子疼，疼到何种程度我也缺少体验。只见她脸蜡黄，捂着肚子蹲在地上，半天动弹不得。妇女病是陕北婆姨女子常见病，易得难愈，何况久病不医呢！

我也当过蝴蝶的老师。

蝴蝶担任我队团支部委员、党支部委员、妇女队长，少不了要去公社、区、县参加团、党、妇女的各种会议。她回来后传达，往往脸憋得通红，鼻尖冒汗，半天说不出个整句子来。

一次庄里来了卖布的。蝴蝶娘要买一尺黑条绒做鞋面，递过去五尺的布票人家找不开，娘让蝴蝶回家换一尺的来。蝴蝶去了又来了，布票递过去，卖货的急了：咋价又来张十尺的？蝴蝶娘脸面挂不住了，喝斥自己的女子："你咋不看看不看看？"

我急忙搂住蝴蝶的肩膀，说："我教你识字，今儿晚上就开始。"

我找出一个本子，第一页写上自编的课本：

我叫郭秀兰，

家住南泥湾，

要努力学习毛主席书，

做一个好社员。

挺有时代气息的课文。多年后的现在想来，宛如历史久远的文物。

蝴蝶学习认真勤奋，但收效甚微。

那会儿生产队收工迟，天黑到底才回来。回来吃罢饭，洗罢碗，煮好猪食，喂饱猪，把磨道样永无尽头的家务事做得告一段落，月儿西斜，夜已过半。蝴蝶尽管认真，尽管勤奋，架不住夜一般厚重的瞌睡弥漫围裹而来。她困极，睁不开眼，磕头一般连连点盹，脑袋直奔炕上的枕头。很快，我也照此办理。

所以，她总在学第一课，我也总在教第一课。好在免费教学，蝴蝶娘时不时提供点炒豆子什么的，否则该有拖延学时多收学费之嫌。

四

蝴蝶早早许配人家——陕北农村又一风俗。男方家在本村，延安念罢高中的回乡知青，两家老人皆属村里能干精明的殷实户，算得上门当户对。若无变故，等到了岁数，男女双双去公社文书那里领回——陕北话叫割回——结婚证，择吉日摆八碗办喜事，生儿育女传宗接代，像他俩的父母和父母的父母一般。

谁知事情起了变化?

那回乡知青在村里小学教书，一个下乡女知青也在那里教书，相处久了，话稠了意密了，自然而然有了好感。蝴蝶父母和那回乡知青父母谋算得万无一失，忽略了十分紧要的男女之间的好感，等他们发现时，一切已无法改变无可救药。

村里民间舆论大哗，有谴责回乡知青负心，有埋怨女知青插足，有兴灾乐祸蝴蝶父母丢人现眼。蝴蝶却似浑然不觉。

回乡知青和女知青考上西安的大学比翼欲双飞时，蝴蝶还去那后生家拆洗被褥，缝补衣衫。只不知送没送工艺品一般的精美鞋垫。

离开两人的结局应了老人老话：善有善报，恶有恶报，这一对人未能结成和美夫妻，面对扩大了时空，各自重新做出选择。蝴蝶仍似浑然不觉。

蝴蝶争气，自己找了团支部的另一名后生，能干、聪明、乐观个好后生。一天，好后生骑自行车翻越高高的蟠龙山，到95里路远的延安看日本电影《追捕》。回来后他把个杜丘在嘴边挂了好几天，却一字没提真优美。

两人结婚后，生了一个儿子。蝴蝶生儿子时血流不止，昏死过去，从此身体大不如前。

这些事都是我离开农村后听人讲的。几年后有机会再一次回村，见到了蝴蝶的儿子。儿子长得像娘，高颧骨，细长眼睛，虎头虎脑，淘气，也霸蛮。

五

一天，我接到插队女友的信，通报了琐事近况，末了写了一句：蝴蝶死了，生第二个孩子，难产，大出血。孩子活了。

像被钝器打过，我有点懵，又有种不真实感。仿佛什么地方撕撕拉拉地裂开，牵筋牵络地疼。山涧雾霭般升腾一腔震惊，人撞上震惊时往往无言……

扇儿落了。

蝴蝶，你飞得太狠了太狠了，才早早地累了，早早地落了。远远地响起一个童声儿歌，我认准是那个霸蛮的孩子唱的，那个娘死了他活着的孩子唱的：

扇儿扇儿落一落，老娘屁股撅一撅……

成千上万只蝴蝶撞击着脑海，撞击着情弦，幻化出精彩至极无奈之极的人生。

小三的月亮

点灯熬油的队干会总算开完了，小三笑眯眯问我，不是想吃猪肝花么？

我迷迷瞪瞪点头。

跟我走！

于是，我跟上他，去了。

那是一个白月圆大的夜晚，遍地月光如水，清冽得让人噤声。看那月亮劲头很冲的样儿，不是古历十五，就是十六。方才结束的队干会上，影影绰绰有谁说起，逢五的集日要去做甚？我光顾着叨空小睡，去做个甚？没听清。

天和地都睡了。圪蹴在地球肩膀上的小村庄也早早阖上乏困的眼窝。散了会的队干走进自家窑院，有狗的懒洋洋吠个两声，那家主人低声吼喊，狗！没狗的连灯也不用点，悄悄脱鞋、上炕、解衣、拉被，飞快沉入睡乡。庄稼汉的梦，像有声有色庄稼地，寸觉值千金。

漫铺月光灰白色仄仄小路，只剩下两双年轻的脚，踢踢踏踏走。小三回他家，我去他家吃猪肝花。不记得什么时候发表过这种馋嘴声明，小三听见，并记下。

顾了馋，便忘了困。典型的插队知青举动。我抬头看天，云儿细瘦星儿稀疏。唯有那轮光光的独月在地面极展阔处似走非走，似瞅非瞅。

月亮你走，你有腿么？

月亮你瞅，你有眼么？

小三家在后村，脑畔山阳面的半坡上凹进去一块平地，是窑院；崖面凿出两孔土窑住人。那年小三虚二十五岁，还没娶婆姨，和他娘、他二哥住一起。院内东西还有两孔偏窑，一孔是他小三将来的新房，一孔堆放笸箩簸箕连枷杈把等杂物。

梯形小院，半是月色，半是月影，像一幅线条单纯的黑白木刻。卸了轱辘的架子车老杆朝天，肃肃地靠墙而立，那睡相看去不怎么解乏。

小三家窑窗晕着灯光。推门进去，浓浓的肉香扑鼻。公社邮局开摩托送信的小二，在；隔壁院的大小，也在。小三娘案板上切肉，小四找出一瓶零打的白酒，小妮用擦碗布揩去瓶口上的浮灰，一家人竟没一个睡的。小三家半前晌杀了一只猪，半后晌把一扇半猪肉给公社供销社交了，留下的头蹄下水晕油和一条后腿，一家人在尽可能抻长的日月里慢慢消受。今晚算小油肚肠，不敢敞开吃。敞开吃，得吃多少？吃剩的所有要统统切成等大的块块，炖烂在锅里，重重撂上几把粗盐。盛肉的褐色瓷盆需放在仓窑一个保险处，等有客来，挖一勺子，油锅炒菜香嘴臭屁股。

谁没在农村插过队，谁没见过农民从集市上抱回来猪娃，怎样经年累月一把树叶一筐草一捧糠麸一瓢泔水地喂养，谁也就不懂得——猪，在物质生活匮乏的农户占有怎样地位。

熬煎它不吃食，又犯愁它吃得多；耽心没把它劁好，生怕它害病难活……一家人的手几乎天天在那糊满粪泥的脊背上乍量。总算长成克郎子了，总算上膘了，总算到它挨刀的日子了。它老兄泼死没命的嘶叫，比过年戏班子唱秦腔的大锣大鼓还要诱人，弥漫在血腥气、粪臭气，蝇子麇集小院里的喜悦比给老人过生日更实在，更鲜活。

一家人巴巴地看着白生生的多半扇猪出村，又巴巴地盼着空车回门，迫不及待追问，验上了？几等？得到回答和想象中相差不多，这日子就算美好圆满了。剩下便是琐琐碎碎的后事了。

最当紧的，下个集日要抱一只猪娃回来。听说尖耳朵的洋猪长得快，就是不好喂，挑食；大耳朵的土猪倒是好喂，又怕长得慢，赶不上给小三办喜事。该给小妮扯几尺做布衫的花布，给小四买双解放鞋，小三娘要二尺黑条绒做鞋面，其余除了日常用的灯油钱和盐钱，都给小三留下娶媳妇用。

交猪有奖励粮，黄腊腊的玉米粒子应该是猪饲料，其实多进了人的肚。碾子上串下的玉米皮皮才轮得上猪吃。奖励布证没用，庄户人新衣少，布证却多，送知青一出手就是八九十丈，其余花花绿绿贴满自家窑墙。

弟兄几个轮流对瓶口喝酒。小四小，喝一口，喊叫辣喉咙，帮他娘烧火去了。小妮不沾酒，本分地做着女子手边该做的活。大小把瓶子递给我，我不喝，只顾心满意足在盘子里翻找硬硬的猪肝，一筷子一筷子往嘴里入，清风流水般的家常话过耳，竟没一半句羁留在心。

外人都说小三娘有后福，虽说中年丧夫，可四儿一女都拉扯大了。成年的三兄弟，小二最俊，最出息，端上了公家饭碗。小三个子最高，受苦最多，最孝顺他娘，在队里当支部副书记。大小那年不过二十七八，年轻人的活力已被榨干，背都有点驼了。小四像一畦开春的麦苗，小妮像一枝待放的桃花。比起拉扯七个女子的寡妇金铃娘，小三娘算是有福的。福气并没有带来富裕。小三二十上说婆姨，至今还没结婚。无非女方嫌他穷，嫌他家置办不起几只鸡（机），没有两孔像样的石窑，扯不起四季的八身衣服！小三最近相亲带回些希望。这次他是穿上知青的蓝涤卡布衫，戴上知青的手表，骑了亲戚的一辆新自行车去的。听说明年春节能办事了，但愿他把婆姨顺顺当当娶进门。

忽然，我听见小三说，哎，我就熬煎没吃的，你呢，他叫我，你准和我们想的不一样，你该不愁没吃的么……

我愣了，一时竟不知道说什么好。表白，委屈，懊恼……这个小三，这个能干不能说的小三，这个嘴笨心眼实的小三，这个参加了几期识字班，至今只能认出报纸上大字标题的小三，这个爱看电影，却搞不懂《杨门女将》中人物关系，爱唱歌却永远跑调的小三——一句谈话，竟把我这个文化和智商高出许多的人挡在那里，怎样也迈不过去了。

我想说，比起那些没插队走后门当兵的，比起那些去农场兵团吃商品粮的，比起那些到鱼米之乡南方插队的同代人，我们不是更多见识了穷困和苦难，更痛切地体察了没粮吃挨饿的滋味么？

我想说——

白天最长的夏至，太阳仿佛钉死在天的一处，总也不见挪动。锄谷子锄得实汗淌完了淌虚汗，粗糙的饭食消化光了，肚子像个空布袋；锄把变成铁，锄头子镀了铜，沉甸甸地伸不前去，心里发飘，脚下发虚，两眼发绿发黑，只想一屁股坐地上再也不起的罪，我和你小三不是一同受过么？

知青装玉米的洞子露了底，离第一场分配还有不少日子，拎着麻袋到队里仓窑借粮，我们那焦燥不安，心慌意乱，发愁拿什么还的模样，你小三不也见过么？

早熟的红眼洋芋能吃了，青绿的红豆角角能吃了，嫩苞米能吃了，面南瓜能吃了，我和你和所有知青所有乡亲不都长出一口气，觉得又熬过来了，又饿不死了，被愁绪压弯的眉毛不是又像狗尾巴草一翘翘地舒展开了么？

我想反问小三，哪点不一样？你说！脑子先自浮出了答案。

知青灶的泔水总比社员家稠，

知青自留地的苗苗儿总比社员家稀，

知青总不如社员会过日子。推下细粮便蒸馍烙馍天天过年，麻子出了油顿顿炒菜。没有细粮没有油，胡乱凑合也真能凑合，并以此为一种洒脱。

没酸菜吃了，知青可以端着老碗满村要；没青菜吃了，知青可以担着筐担到部队菜园里摘；没粮吃了，知青可以向队里领导、公社领导以及上级知青办去喊去叫；再不行，还可以不揣粮票回家探亲，白吃白喝上几个月，总有退路，总有逃路，总有躲避处。

小三呢？脑畔山上有他爷爷的坟，父亲的坟，脑畔山下是他刨食的坦露在阳光和月光下的黄土。他无处躲无处逃，压根没想过躲和逃。

知青把下乡当做一种献身，一种舍弃了许多私利的了不起举动，要求注目、尊重，至少是理解。小三把劳动当做生存的必需必须，是本能和天职。谁去注目、尊重，或是理解？

知青几乎没人打算在当地解决个人问题。

他小三不管好歹，一定要娶个女子做婆姨，给他伺候老的，抚育小的，燃旺他家这一脉香火。

是不一样，骨子里，灵魂里，在汩汩流淌的血液中。

知青不是城里人，城里没有知青户口。知青不是陕北人，黄土地没有知青的根。知青是遵照伟大领袖的最高指示来结合的，不怕吃苦受累饿肚子长虱子结合的，小三却说“不一样”，不愿填平中间的沟。或许不该填平不可能填平？就像我和你小三不该一样也不可能一样罢……

我嘟囔着，说一串连自己也难以说服的话。小三没听，他根本没在意这句脱口而出，多少带点自嘲的话会在我心底激起久久不平的波澜。要不怎么叫缺心眼的小三……

天不早了，我该回了。推开小三家窑门，冰凉夜色扑面，月亮斜睨着。小三把我送到院子拐角处，嘱我有空常来。

那个月夜一年后，小三死了，就那么突然从拉糜子的架子车上滚下来，死了。

那天早起吃饭，他问婆姨，窝窝为什么蒸得小？婆姨说，省火。没有一点害病难活迹象。事后也查不出死因。可能是没吃的饿肚子的苦日子造下的隐患吧。

小三一年之内红白喜事都办了。

他是那年阴历二月初一结的婚。临开介绍信领结婚证时，他还不知道女方的名字。

不晓得叫个兰英啦，还是挑凤？球！写上个姓于的。

姓于的女子都跟你呀？管公章的我在介绍信“于”字后边留两个字的空。

新婆姨不叫兰英，也不叫挑凤，人家叫于朵花。

于朵花未能当娘就守了寡。小三出殡时，挑幡、摔盆、烧纸的，是他侄子。新旧参半的追悼会很是隆重。我写的悼词，大队书记讲了话，小学生献了花圈，花圈挽带上写着小三大名：王永光。二十六岁的王永光急匆匆走完自己人生之路，安睡在脑畔山他爷爷和他爸爸身旁。

于朵花不甘守寡，丧事后两个半月，她走了，走向远天远地处扮个未婚女子另嫁了。小三这一脉香火终于断了。

出殡后三天一个白月圆大的夜晚，小二四岁的女子臭臭扭达着小腿不知害怕上山了，许是惦记供桌上的食物吧。回来后，她对奶奶说，三叔叔的扁食没吃完，还给臭臭留着哪。

小三永远占有我脑海中一个月亮，它叫“小三的月亮”。喜爱在阳光下生活劳作的我，学会在月光下思索，这是人性步入成熟的标志吧。

四季的回想

春天的苦菜

1975 年写大学毕业务农申请

春天到了，绷紧一冬的土地回暖变软长出青草，笔者不由想起其中一种。

不是“天街小雨润如酥，草色远看近却无”的草坪草，没那么雅；

不是“池塘生春草”的草，没那么小家子气；

那是城里稀罕乡下寻常漫山遍野勃勃生长的苦菜。据《本草纲目》草部十六卷载：苦菜春初生苗，深冬始凋。叶狭长有锯齿，面深背浅，花黄根紫。补充笔者插队识见，苦菜初生者鲜绿，随日子渐长日晒雨浇，撑伞铺裾向高远处招摇，体越大色越深质地坚挺，茎叶断处有乳白汁液，沾手即黑。

笔者插队还在人民公社体制内，大田干活儿很多社员出工不出力，队干放话叫歇——，婆姨女子忙不迭开始自家营生。腿脚利落者挎筐举镰顺田埂跑出好远，一歇至少半筐一筐苦菜，下一歇摘根整理，收工锄头子挑着筐子已沉甸有货。懒动者总归纳几行鞋底，搓几根麻绳，都有工分之外的收获。一句俗语形容当年社员上下工动静之不同：往来走啦吊死鬼拧神，往回走啦闯王进门。生动！

下乡才知，苦菜人猪同食！

前期程序相同：洗净，切碎，大铁锅里开水焯（陕北方言与"炸"同音），再用冷水泡，目的是除去与生俱来苦味。

人吃，苦菜汤里放上洋芋再放少许米面，盛碗里放少许粗盐、辣子、野韭菜、小蒜统称调和，吃时注定稀里胡鲁动静颇大震得窑顶掉浮灰。也有把苦菜和上玉米面蒸窝窝，出锅后绿是绿黄是黄，多半第二天送地里的硬实干粮。

猪吃则大部苦菜加很少量糠麸，泛着绿沫子的猪食大马勺舀进猪石槽，猪吃那叫一个香，等仔猪撑开身架——俗称克郎子，再上精粹些的饲料。

一到春天，陕北婆姨女子的手指就成了黑色，要黑到夏再黑到秋。一年笔者插队的三台庄开赛诗会，一姓刘老汉即席赋诗：嘿嘿你这个婆姨真叫怪，人家开会你捡苦菜……笑翻一窑人。

一株苦菜，颠覆笔者一代对社会的认知。

上中学曾演过旧社会忆苦思甜节目，满脸悲苦高唱"苦苦菜呀根根黄，天下穷人救命粮"，可怎么在新社会，在1935年就红了的老区陕北还有人吃苦菜？大吃特吃？哪儿出了毛病？

当时还颠覆了很多，重建了很多……

在笔者的青春记忆里，苦菜是陕北大地报春的角色，四季常有的风景。

后来看本草，说苦菜学名败酱，蒸食后味微苦而有陈酱气，故名。苦菜乃易得之物，乃手足阳明厥阴药，善排脓破血。在草部十六卷同时排列有迎春和款冬，好美的名字。

许多年后笔者到鄂尔多斯市采访，午饭上了一桌农家菜，有荞面碗坨、凉粉、河捞，还有一碟凉拌苦菜。待客方说是人工种植，四季可食，降三高，减肥。

从来的黄土地

高红十与曹书记（中）在地里

黄土地上的农民是不会自杀的一群，这是我插队七年由渐悟而顿悟。

刘老汉的儿子是个憨汉，娶了个婆姨是半憨，生下个娃又没奶水，成天哭嚎，嚎得一排窑洞人听得心烦。刘老汉又当爷又当爸又当娘，他拿米糊糊喂娃，喂活了娃，也喂大了娃。时常见那宽大的驼背担水，担茅粪，担生产担生活，担日月担光景，像是马上要压塌，却又终于未塌，有时地里干活歇歇，他的被皱纹围裹的眼窝放着博爱的光，还会调侃捡苦菜的婆姨：嘿嘿，你这个婆姨真叫怪，人家歇歇你捡苦菜。众人哄笑。那婆姨骂他一句：死老汉。他好开心。

会计婆姨眼看不行了。她好的时候也是病病歪歪，像棵没指望的三类苗，一旦难活（陕北话：生病）下，真不知能不能熬过这个冬天。村里人见她的老汉儿女出出进进请医生抓药，满面愁容。于是，有嫉恨她能干的婆姨淡化了那份嫉恨，有口舌刻薄的人开始讲她的种种好，有嘴馋的人等着吃那顿抬埋死人的好饭食……开春了，柳绿了，桃红了，河清了，炸雷响了，一种叫“大嫂放火”的鸟儿频频地叫，欢欢地唱，竟把那家窑门叫开了。那家婆姨脑门子扑着火罐子印，越衬着脸色像白纸一张，走起路来风摆柳，风摆杨柳把众人看痴。她又活过来了。她对众人说：她可不想死，她可想活哩。

昌儿和妮妮在高粱地里被人捉了。昌儿已娶婆姨，妮妮待字闺中。两人都是团支部委员，我是支书。依了我，就撮合成他们；依了他们，也同意我。可依了他们的父母，依了旧多新少的乡俗，结果——昌儿娶了婆姨，妮妮订婚给外乡人，遂有了高粱地里那一出。

妮妮嫁了，但不是嫁给订婚的那家，跟上个洛川卖苹果的汉子走了。

昌儿依旧原班人马过日月，那额头多了几道皱纹，心里呢？多了什么，还是少了什么，无人知晓。

他们都没有想到死，想到自杀，想到跳崖跳井子服农药吊颈子——总之死法比活法多。

任何一件事搁今天一个城市青年知识分子身上，我不知道会是何种结局，至少感情意志脆弱者会选择死吧。这两年，因失意失恋，因高考落选，因人事关系紧张，自杀的青年还少么？

黄土地上的农民是不会自杀的一群，因为他们长在黄土地的缘故。

春天撒下种子，也撒下满腔的希望。夏天撒下汗水和雨水。当秋风掠过黄土高原梁峁塬头的时刻，当秋雨扑打五彩缤纷的沟谷的时刻，就会有收获。颗粒无收的时候极少，区别在于丰俭亏欠。若歉收，更要把那籽种好好保存，以换取来年宝贵的收成。

黄土地，那是一本储满人生道理的大书。

黄土地上的农民一年四季一页页翻这本大书，悟这本大书，照悟出来的道理去做。

我不后悔，生活

过四十的人生，于大事，不曾悔过。

究其原因，生活本身铸就了一颗不悔的灵魂。

记得小时候，我可爱后悔了，为了铅笔尖那么大点事，会悔一个小时、一顿饭，有时甚至整整一天。

期末考试得了全班第二名，后悔交卷前没有仔细检查。“慌啥呀你，这下第一叫那小破男孩得去了吧，活该！”

五一节在北京北海公园跳猴皮筋，老师嫌我胖，由跳的拨拉成抻皮筋的，我这个后悔：“今后，一定不吃那么多碗饭了。”

后悔最多是出生太迟，无法倾听门里边大人神秘的谈话，无法看懂许多沉甸甸的大书，无法参加惊心动魄的打仗，当不成英雄了，多亏！

凭着一本小红书《毛主席语录》，我们投身到史无前例的文化革命中去，后悔的事越发多了——

一九六六年八月十八日毛主席在天安门检阅红卫兵

小将，我个子太矮，竟没能看清城楼上的毛主席！

“啥？今年又不让串连了？早知道去年跑趟西藏，不，越南。这下后悔也没用了……”

军训时下乡，走路没车，口渴没水，下雨天又没雨具。一身泥浆涮成满盆浑水，后悔紧拽着抱怨，怨旁人，怨老天，怨运气，还——怨命，年轻轻的就会说：“命真不好，倒霉事都叫我赶上了。”

什么时候变得不爱后悔了？

让我想想……

许是延安的小山风悄悄地捎走啦？

延河的长流水哗啦啦冲跑啦？

再不，搅着籽种撂进土里？

顺着木锨扬到天上？

更没准，跟上黄灿灿的玉米、白生生的棉花，坐着胶皮轱辘大车吱呀呀吱呀呀滚到很远很远的地方去啦。

记得下乡第一年春季的一天，窗纸发白，公鸡打鸣，我们扛着老镢头（陕北农村一种挖地的工具）睡眼惺忪进了山沟，队长说：“你们每人要挖够三亩地，不然的话，你们吃的粮哪里来？”

也不知走了多远的路，仿佛出了我们大队又出了我们公社，迎面一道地势陡峻、野草茂盛的山坡，去年的黄蒿瑟瑟地摇，平浅处泛出新绿的草芽，甜丝丝沁凉的空气把一脑瓜的瞌睡虫全赶跑了。我们感慨着公社社员的工分比公家人的工资难挣，边抬胳膊晃膀子举起老镢头。

“嚓”，一镢头下去，闲话废话关进紧闭的嘴唇。每逢举起，腰、背、大臂、小腕统统绷紧，每逢落下，可稍稍放松，马上又要统统绷紧。一会儿工夫，用力的一线酸涩难捱。知青用的新镢头没有开刃，进土不利，出土沉甸甸地沾上一层，要用树枝石片不停地刮扫；烦了，就使脚踹。过来过去几趟，小知青们个个被赶得气粗脸涨，脑门汗晶晶的，身边社员可逮着“便宜”，能站住，用镢头子把土疙瘩捣烂，能伸长脖子四下里张望，噢——气出得多匀哪！

我嫌球鞋进土顶得脚难受，脱下来扔一边。白皙的脚踩在黄褐色、潮湿、暄软的土地上。

“女子，不敢脱，眼下的土还冰着哩。”老汉诚恳地劝阻，可他自己的一双赤脚击碎了他话语的全部力量。

太阳敛去露水，用暖融融的大巴掌抚着人脑顶。我的动作一点点纯熟。“嚓嚓”的镢头挖土的间隙中，听见有人说：“这女子干活卖力哩！”我心头的得意劲像头发丝样扯着鼻沟和嘴角。

吃晌午饭时，老农把鞋递过来，我没接。

红日西坠，阴影爬上山顶，沟谷里荡起凉气。那其中的一股顺脚底上升，过电样，穿过大腿直射小腹，“咕噜咕噜”翻腾起来。我绷着一脸好汉气，慢条斯理去寻鞋。队长刚说：“回——”我便兔子样往回窜蹦。妈呀——脚下哪里冒出这多弯弯这长路，终于……

晚上，一个锅里搅稠稀的伙伴边给我灌热水袋，边冲我砸风凉话。我笑眯眯地没有反击。胸腔里像揣着个大被套，温暖又充实，哪儿有后悔插足的地儿呀？就像秋日里的蓝天，寻不见一片云彩瓣。

多年后，我回到这个村子串门。几位社员不约而同问起：“还记得老马婆沟光脚片子挖地么？”

"哦，你们还都记得。"我满足地笑了。脑子里活现一个光脚、挽裤，头顶镢刃闪亮，四周土疙瘩横飞的"疯"女子形象。多年了，经过生活严格地筛选，一些难过的场面不全凭这股"疯"劲去闯么？难怪脚心时时发痒，渴恋那块黄褐色、冰凉、潮湿的土地呢！

第二年冬天的一个夜晚，女知青窑洞里。

"今晚上公社有电影，咱们看去呀！"油灯火苗照见一双弯弯的月牙眼。她叫周勇，建国后成家的父母取勤劳、勇敢、伟大的头一个字为未出生孩子的名字。原以为老二是个男孩，谁知，是个一丁点都不勇的女儿家。

"去，当然去！"我心痒得慌，窜下炕，衣角兜歪炕桌，惹翻一片白眼。

"谁说公社有电影？"京京问。

"义娃。"

"小娃娃讲话常常是靠不住的，没准不演。"京京很有先见之明地推推眼镜，重又把头埋进工分本，一五一十地算起来。

"大冷天的，演我也不去。"王华不屑一顾，加速了手上的织针。

方才有些心活的小白停止了屁股的挪蹭，自嘲地笑笑，退回黑影，继续刚才的发呆。

常见可悲的场面，人类的惰性不知贻误多少奇迹的发生呢！

我和周勇穿戴齐全，风一样旋出窑门。

"先讲好，没有电影也不后悔，咱们再走！"一根指头竖在鼻前，我严正警告周勇。

"一定不后悔，向毛主席保证！"

这么郑重，我叹了口气，顺手从柴火堆抽出两根木棍。

阴历月末的夜晚，没有月亮，星星也疏。黑暗像扑打滩头的海浪，层层涌来。耳鼓灌满“唰拉唰拉”的脚步声。为了排遣夜行的冷寂，我们没话找话说。

“还是白天好，用不着留心脚底下。哟——”周勇趔趄着感叹。

“废话，白天能演电影？”

“当然，当然晚上也，挺好；如果没有狼，就更好了。”

“狼？倒是别撞上地主特务什么的。”

话题有点瘆人，我俩闭上嘴。立刻，白天想不起，晚上不愿想的种种可怕事情在脑瓜周围“营营”转开圈子。快说点啥，好打破这劈头盖脸的沉寂。

“你说公社会演啥片子？”周勇声音发虚，冻的。

“纪录片吧。”

“纪录片也好。记得那回放北京庆九大的片子，红娃爷爷管江青叫老毛婆姨，多逗。”

没等乐出声，“嗖”地一条黑影窜来，我俩陡然站住——敢保证比北京三军仪仗队站得还直。攥柴棍的手掌心汗津津的，后脊背空旷冰凉。

狼？狗？

黑影并未发现我们的“注目礼”，自顾自朝最近的庄子轻捷地跑去。

不愿听到第二声“嗖”了，我俩放快步子。十里路，撂身后，眼前一点灯光明。

京京的话不幸言中了！

公社果然没有电影，那盏灯是油矿的抽油机，“光当光当”磕头一样抽着油。

我瞅着她——一丁点也不勇的女娃，她也瞅我。我们摊开四只棉手巴掌，呵呵傻笑；然后把棍子一摔，调头往回走。仿佛我们原来就不为看电影，而为了赏赏夜景，为了听那一声“嗖”，为了抽油的磕头机，为了机上的一盏灯……

回到女知青窑洞，受到的“欢迎”可想而知，意料之外的似乎有只手将我俩缓缓托起，能够居高临下，透过几张得意的面孔，看到很新醒、很广袤、很深阔的世界。

从那以后，好像再没有后悔过。

所谓后悔，其实是一种自寻烦恼。曾经沧海难为水。少见，则多怪；多见，则少怪或不怪了。

那一年端午

和北京干部老樊合影（二排左二）

那一年端午节，我还当知青，还在陕北。

陕北的“端午”是要过的，如同清明、中秋、冬至，内容简单，形式不能马虎，是要“过”的。为了江上龙舟的缘故，更为了一顿名正言顺的口福。

老乡过端午，主体是吃粽子。这一点倒南北方一致，没听说那草裹米的物件有曾用名。不知是黄土文化南下，还是楚文化北上，待学者专家们考。

我只知陕北的粽子与别处不同。个大，七八片苇叶才包一只，一只能装半斤软黄米，边装边用筷子捣实，塞上洗净的红枣，再用马兰草扎紧，摆在那里活脱脱小娃娃的小枕头，憨厚可爱之极！

大个粽子费火煮，锅盖上压石板需煮半天。压了石板的粽子跑不了，婆姨女子边收拾摊场边铺排过节的菜谱：小葱拌豆腐一青二白，素油炒豆芽菜半里地外闻见香，水壶灌满散装烧酒沙沙地响……该叫的叫，该请的请，别忘了给知青送几个。

下乡第一年端午，老乡包办，一家喊一个知青，连吃带拿，到末了，碗也不用洗。我说的端午是下乡第二年，第二年知青小组已体制建全：有管灶的组长，有管学习的副组长，有自留地，有鸡有猪。放大了的一家人却和一家人过日子的方式不同。

那天一早，知青组长发话：我把黄米泡上了，帮忙的人也请好了，下午全体误工，包粽子。

我不记得答应了没有，或许为了掩饰后边的错误有意忘记。总之下午我没误工，而是揭地，垒红薯梁子。

队里给了我一头老牛，平堰堰的川地好诱人。偌大地块我一人脱鞋光脚赶着牛往前走。你要是没揭过地——陕北管犁地叫揭地——没跟在牛后边见犁耧翻起黑汹汹的土浪，脚趾缝没冒出过凉丝丝的暄土，你就别扯什么叫舒坦。

干活儿的地界离脑畔山不远，离井台不远。山边有雪白的杜梨花，井边有挂果的青杏树。

得咴——上……咴！

下来来来来来……

噢——回来！

拦羊的嗓子回牛的声，天地人牛一幅画。

此时我早忘了桶里泡的黄米、请来帮忙的婆姨，忘了小枕头样的大粽子。

天擦黑，我卸了牛扛着耧往回走。暮色绷紧，炊烟袅袅，新月悠上了柳树梢。

肚里的诗还没作完，撞上知青组长煞神一样的脸。黄米泡酸了。他说。帮忙婆姨等不及走了。他说。成心是怎么的？他说。

我不说，我是知青小组副组长，我无话可说。

我不管了。他说。管不了啦！他说。谁有能耐谁管吧！说完他把账本摔在炕上。

有什么了不起？你不管我管。正是年轻气盛二八佳龄。

后来那黄米喂了猪；后来我管灶管账管得挺好；后来青春病犯过几回小组重新和谐团结。只是无法回答老乡提问：干活儿种庄稼不是为吃么？咋到嘴的吃食又糟蹋？

老乡问的既形而下又形而上，我们无法回答。

啊那一年端午……

看 电 影

一

我插队那些个年，看电影是陕北农村一大乐事，

插队的队开始没电。水力发电，没有水，虽然延河穿县而过。柴油机发电，供不起柴油，虽然离我国开采最早的延长油矿仅 60 里地，正因为矿老，老得喷不出油，只有用抽油机抽，抽出来眼泪水一般金贵的油哪舍得给农村发电？将就使唤煤油灯吧。有罩子的灯亮，没罩子的不亮；罩子是要花钱买的，一角三分钱一个灯罩，24 个鸡蛋才卖一元。罢了，灯罩不用了。于是高高的灯架，圆圆的灯托，小小的灯壶，壶嘴一缕浸油的棉线——古老古老古老起自苍颉造字。看那“灯”字，分明一边火光一边灯架的象形。火力发电，没有煤，陕北神府东胜大型露天煤矿的开采，是改革开放多年以后的事了。

插队的队没电，全公社 24 个生产队统统没电。听

不上广播看不上报纸。知青从万家灯火的京城来，在白天阳光晚上星光月光，一豆灯光映三五点泪光的无污染岁月里，开始脱皮掉肉脱胎换骨失魂落魄的田园生活。

那些个年，可数的开心事不满一巴掌。除了看信，看电影是知青最诚的念想，最高的奢望。

二

某天有了电影，场上支起白布，像远方飘来一朵吉祥如意的白云，放映毛主席接见的纪录片。记不得缘何接见何人，反正有穿军装的毛主席他老人家在，还有江青。

知青为毛主席而激动，为人大会堂的穹顶而激动，为一屏半扇北京风光而激动。

乡亲们的观感与我们不同，有人大大咧咧：“看，老毛婆姨。”有人比比划划：“看北京的窑洞有咋样稠。”令人哭笑不得。

后来，说公社地界有石油，后来，打井采油的工人花撒于延河川道，看电影的机会渐渐多了。

黑白片《白毛女》，电视一般袖珍的幕幅。早就知道全部情节，早就会唱全部插曲，还在田头为乡亲们比划过白毛女出山洞的姿态——那也要看！上川十里地岳口队演，看去！下川十里地葛家圪台放，照看不误！看一回感动一回。我知道那感动并不为杨白劳惨死、大春参军和白毛女得救。为了什么？难以说清。

三

记得夏天某日，河对岸桃李坪队放《红旗渠》。会唱那首“劈开太行山，漳河穿山来”的主题歌很久了，并知道河南有个因红旗渠出名的林县，因此分外想看。

电影要天黑定才放，夏天日长夜短，日头落稳要九点过半。知青饭罢趟河而过，欲雨未雨的天哼着轻雷打着小闪。听说上游下雨了，上游下雨下游涨水，发洪水的河无法趟过，我们务必于发水前看完电影原路返回。

电影靠脚蹬发电机发电。几名男知青轮流蹬，付出体力不亚于干半天活且不记工分。男知青挺乐意，边蹬边荤一句素一句同旁人扯蛋，多一眼少一眼看那旌旗微拂的幕布。

我抱一小女子盘腿坐地上，小女子四五岁，或许只有两三岁。只记得她的分量极轻，不知何时已酣睡在我的怀中，柔柔的黄头发随鼻息撩在我脸上，怪痒怪熨贴让人灵魂出窍飞升。她娘说娃脏，说娃身上有虱子，说抱着累，要接过去。我不给，任柔柔的黄头发吹拂脸上，任灵魂遨游于电影场场、桃李坪庄庄、大白幕布前痴迷观看的大小人人中间。

电影机呼拉拉转动，战天斗地的场面一幕幕走过，那支好听的歌千等万待不出来。场上有了些不安。乡亲们从河边传来一惊一乍的消息：快下来水了！快了！等不及了！回，回喀！

我遗憾极了，把小女子还给她娘，起身往回走。走到河中间，歌儿来了，“劈开大行山，漳河穿山来……”蹬发电机的脚疲惫至极，歌声如没规矩的流水，缺五音少六律跑着调来跑着调去，好难听好难听。

幽蓝幽蓝的夜空撒满晶晶莹莹的籽种，那拦牛后生织布女子相望不相见处，哼着轻雷打着小闪。我过了河，水未下来；第二天早上听说，水一直未下来。

23年了，我抱过的小女子一定做了婆姨又当了娘。当她抱着娃（或许也是个小女子）看电影时，会记得那个抱过她的女知青么？人说记忆的波长是对等的，你记得她，她便记得你。

四

第二次插队在那个赫赫有名的南泥湾，八路军三五九旅大生产的地方。一同插队的南京知青带来一部小型电影放映机。那是多事之秋的1975年，生活步履艰难地向前迈进，南泥湾有了电。

离我们三台庄五里地是公社，现在叫乡政府，也是农建师所在地。一道九龙泉沟住着一个营三个连，解放军每个连都有放电影的机会。我们：知青、后生、女子、新婚还没有养娃娃的婆姨看电影的瘾倒越发大了。

只要听说有电影，众人下了工不吃饭就往电影场上赶，于是公路上走着一支好壮观比电影还要动人的队伍。破衣烂衫，不跟脚的鞋踢踢腾腾。五里地一刻钟就能赶到。几个年轻女子最爱同我做伴，我能从信用社、邮局、供销社借来椅子。有时借不来，或者借不到那么多，就搬两块砖头，要么干脆脱下一只鞋垫的屁股底下。有一回看《列宁在十月》，白布里边冷，白布外边也冷。看着看着下雪了，我们的双脚一直插在雪里把电影看完。场上时时有跺脚声响起，像棍子敲麻袋，像连枷打麦。

“四人帮”倒台了，禁闭的旧片复映，乡亲们只当新片看。《上甘岭》、《朝阳沟》，有故事，好懂好看。《杨门女将》费点劲，主要搞不清人物关系。婆婆（柴郡主）咋和媳妇（穆桂英）一样年轻？

焦赞是个花脸，一时半会儿找不到五官在哪里，便说，脸上贴了一张扑克牌。以后再看电影让我讲解，我试着翻译成陕北方言。

科教片好办。青蛙只管翻译成蛤蟆。《红楼梦》就难了。“倾国倾城的貌”，翻成“就像米脂的婆姨一般好看”，多愁多病的身——总不能翻成“绥德的汉”吧？“银样蜡枪头”，翻不过去索性不翻。

还要解说大特写。一鼻一耳两眼——那是人脑袋。

“那人被砍头了？”有求甚解者钻了牛角尖。

记得有一桩不愉快事情。那天在公路对面三连四排看电影，电影场边上晒满当年新收的稻子。我队一姓郭社员对场上稻子的兴趣大大高于电影。趁黑暗，他脱下外裤，装了满满两裤腿稻子背上就走，被哨兵拦住。我身为队干部领回了人，还得连连向年轻的四排长道歉，心里好不自在。倒不怕破坏军民关系，而是觉得丢人。当时竟没想一个简单的道理：有吃的郭姓社员会去偷么？学大寨学到脱裤子偷稻子的地步，该怨谁呢？

大学招生开始，知青有了走的意向。大队派小学校长刘保堂学习放电影，以便接知青的班。刘保堂很自负，以为是除了知青之外的大知识分子。学习倒不怎样用心。轮他放片子时，每每头颠脚倒，待全场大哗，才关机倒片。他吸溜一下长长像粉条一样的鼻涕，骂一声：“球腥气！咋价日鬼的？”招惹起满场观众欢欢势势的笑。

知青走光以后，大队分成生产队又分成组分到户。队部几个长条花椅都分到户了，不知那台电影机分给谁，又怎样使用？

我离开南泥湾时，小学校的学生正往山上背石头，说是要砌一个能接收电视节目的台台。我村一个会唱歌叫三桃的女子身背四块红砖在路边走，见我，手不闲，没招手，只用会唱歌的眼睛与我告别。

五

南泥湾到底是有名的地方，不光放过电影，还实地拍过电影——《延河战火》。为了拍战争大场面，调动了47军一个师。主战场外景地在金盆湾。一师人进山不能光拍片，还帮着九龙泉沟的驻军平整土地。

那是个时雨时雪寒冷的春天，一道沟净是住人的帐篷，我们村连闲羊圈窑也号上了。平地的场面像拍电影一样好看！整个南泥湾地界才两千多人，一个师，怕不上万？且穿着一致，出入列队，走道唱歌。村里娃娃女子和狗全疯了，那两天。

一师人不久就出沟了。春天，道路翻浆，大车小辆滚滚来去，九十五里山路全部压烂，养路工一直由春天忙到秋天。

所平地是生土，当年庄稼长势极不好。玉米稀疏，秆细棒瘦，只能喂牲口。

新片拿来放映时，观众大失所望。衣服太新——像是没有下过水；脸红脸白——个个都像样板戏的郭建光；故事太假。那时我已经开始找回名牌大学中文系学生的眼光。

乡亲们也说不好，一无才子佳人，二无悲欢离合，没红装净武装。总算见识了一回拍电影。仅此一点，够我可爱的乡亲们拉搭许久许久，为四季平淡的日子注入一点意趣和与外面世界沟通的信息。

七 里 村

我到那里插队，三万北京知青到那里插队的时候，只见一片黄土。

黄土与穷字结缘，好厚好厚的缘分。除了土里刨食，不知道还有其他风景与故事。

春天到了，我们在延河边、公路边劳动老乡叫受苦。官路上开来一辆汽车，车上顶一个扁圆的大罐。谁家腌菜盛粮都用不了那么大的罐。人们放下手里正在做的活路，痴痴地看着老乡叫照，全体人员的目光一直把那物件从视野的这头照到再也无法延伸的那头，好在那是厚脸皮的钢铁，不然它会羞死。

那是油矿上的车。

哦，油矿……

马司的车；

怕是李司的，456 么，马司车是 455。惯熟得仿佛他家亲戚朋友。

提醒了我们，黄天厚土还有一个同样土里刨食不是生产队的部门，一个离我们最近代表城市文明的地方，令人神往的地方。

往后，看油罐车成了我们名正言顺偷懒歇息的理由；镢把子或锄把子拄在下巴上，立定，伸腰展腿，目光舒卷，看那绿绿的、活泼泼的小兽，带一川一山一河生气，桃红柳绿，井子清亮，大人娃娃欢喜莫名。

该去那里看看。心里蠢动着欲望，并把这欲望付诸实施。

某日，几个知青跳到当路挡车，挡一辆油罐车杀向它们他们的大本营——七里村。

春天了，春天使我们为了不值得快活的事情快活，为了应该生气的事而宽宏大度。我觉得那并不高大的井架散发着一股气势，满是油污的工作服显摆着大大咧咧的劲头，几乎是噪音的钢铁撞击突出了物质文明冷森森的力量，一锄一镢无法攀比的力量。想不仰望可不抬头就无法看清井架的顶端我们抬起了头，天空端地蓝，翠蓝，无鸟。

去澡堂洗澡。好久没洗澡了，我们满心热情扑向热气腾腾，可热气腾腾中的工人明显躲着我们。嫌我们衣服不干净了？怕有吸血的小生灵？嫌我们身上长疮了？怕传染上她们？一口一个乡下人，惹怒了我们，也逗笑了我们。乡下？在北京人眼里，七里村才是名副其实的乡下。听听那名子——七里村……没人挨我们更好，一人一个水笼头，哗哗如瀑。

嚼着糜子面饼干，搭上回程油罐车。背离污染和噪声，渐远磕头不止的怪物，走向荷犁牵牛的黄土地，走向并行却决然不同的人生。不再是城里人了，而是两栖动物——插队知青。差异，城乡的，工农的差异感，由肤入腹，笼罩全身，愤愤，悻悻，快快……

再没去过七里村。

修梯田，打坝，多交公粮，合队，我们离山那边的大寨近；近在炕头上的匣子里，近在墙上的标语里，近在举手投足的模式中。

我们离七里村远，离大庆更远，发配到远远的心田视野外边。

不梦想知青也会挪动，会有招工的好事降临。去汉中，没有我，因为父亲没有“解放”，动了几天的心重又如止水。可是队里另一位女知青心焦如火，直把自己烧出癔病，退回了北京。

又一次招工是纸厂，总觉那纸厂生产的不是正经玩艺，名额也少，便没动心。别人去让别人去。口说还想在农村多待些日子，其实是在等好些的地方。

何况大学开始招生。

第一年大学招生走了三名知青党员。其中一个知青下乡后改名志延，于是有人戏说，这下是否该改名志清？她上了清华。

我下乡没改名，没志延，也就没资格志清，悔也迟了，便不悔。

又一年冬天，七里村油矿来招工，北京干部问我去否？心里的尺子开始拉动。

七里村固然离此处近，可是它那小模小样，似乎盛不下心大的我，它离家远，离好的世界好的日子远，离我想象的窗明几净书声朗朗更远。何况那里人曾经口口声声说我们是乡下人，我同他们有仇。

结果我没去。我的一个好朋友去了。

套用古人诗词海内存知己，天涯若比邻——油矿存知己，七里村若比邻。朋友处成了我们进县城落脚打尖的地方。朋友的细粮全做了客饭。朋友的劳保手套和肥皂也扶了贫。

我终于在第二年春天接到大学录取通知书。离开之前又去了朋友处，吃了她八两米饭，一个炒洋竽丝，抹抹嘴走了，再没回头。怕朋友心酸我也心酸，怕分手后无聚只有长散。渐远磕头不止的怪物，渐远钢铁撞击的噪音，渐远了，七里村。

那个地方存进我的心，当然不在心当中，而在天边地角的远方。

二十年后，以记者身份回延安，采访之处有那久违了的油矿。如今矿局迁往延川永坪，便去永坪。心情大异，景色也全非。没去七里村，但直觉里眼前的地方生，那远远的，不曾照面的地方近。听人介绍起熟熟的名字，心便一怔，一热，一酸……

雾雾的眼前秋风潇洒，秋水凝重，秋叶缤纷，秋意从脑顶灌到了指尖。

往事如歌

宣传队出发上路（手举毛主席像者）

往事并不都如歌。

有曰往事如梦。梦中故事乃现实生活的延伸与叠加，剪裁与编辑。哪天某位持梦者向旁人讲述梦中故事时，你若刚巧是那个听梦者，请别当真，也别全不相信。

有曰往事如风。那又太过笼统。哪里会有风那么利落的身手来去不留痕？人对往事的记忆真能像风扬过的五谷轻飞重落，像风割过的创面光滑平整，没有丝丝缕缕夹缠，没有片刻迟疑与寡断，人生或许会较为简单，也或许因为简单少了许多滋味。

也有曰往事如屑。大多数人生大多数时日可能当真如此，平庸、琐屑，拎不出个，揉不出形；本星期记不得上星期干嘛，今儿个忘了昨儿个吃啥，日子转身即老旧，害怕。

够得上如歌的往事当很浪漫很抒情很难忘也很珍稀。

某年我还当知青，在有名的延安南泥湾一个无名的生产队插队。讲好当年新春佳节正月初四乘车返京探家。谁知一场雪从腊月三十一直下到正月初六，飘棉扯絮的大雪披山埋沟，视线所及皆白，条条山路封严实，即便汽车轱辘绑上防滑链，也没有哪个司机敢玩命上路，更何况延安到南泥湾九十五里路还要翻越高陡崎岖的蟠龙山。

我无所谓，等着上路的知青无所谓。反正冬闲季节，地里场上皆无活，大人娃娃只抓挠一个活儿：过年。

并没顾及京城家里人惦念，家里人原以为初四到家，好吃的都在盆里盛着碗里扣着，留留仍不见归家人的影子，便把那留不住的年货和加倍的耽心装进肚里。

初八才见脏稀稀的长途车露面，我和同行的知青伙伴拎着沉甸甸的土特产上路，拉着半车人的汽车哼哼唧唧开上蟠龙山。

回想起来一路险情不断，可怎么记忆中竟没留半点不开心的芥蒂？缘于霸满视野的惊心动魄，缘于山山壑壑的雪景绝美，美得让人胸口发紧。那一刻所有与美沾边的词语登时失明失聪失效毙掉。

只有歌了，那个辰光只有歌声与自然对应，不是一首歌，而是两三首、七八首、一排一连一旅一师集团军轰炸，平生会唱所有歌子倾巢出动——青春豪迈的歌与清纯大气的自然相对相融相谐。

时光迈步90年代初，一次西北之行的笔会把素不相识的十来个作者攒在一起，先刘家峡水电站，又武威-张掖-酒泉-敦煌走遍河西长长的走廊。拜谒了莫高窟的千佛，攀爬了鸣沙山的沙岭，尽兴返回路上遇到路段塌方，火车受阻，汽车被截，要想返回兰州只有绕道景泰、白银，凭空多出六七个小时的车程，注定要走夜路了。

大家已别无选择，既然如此，不如快快活活接受上天的安排。

戈壁上一轮大圆月亮升起，随月亮升起是车中人的歌。有刘家峡水电站的人唱起当地花儿，曲调尖利歌词含混令听者联想丰富；有研究卡夫卡的学者唱起美声，歌子与月亮有关，也与太阳有关；年轻人唱起流行歌曲《弯弯的月亮》；我们几个年龄相仿者唱起老歌——文革当中的歌，歌颂毛主席的歌、《长征组歌》……在大月亮的照耀下，摆起歌子的擂台。一时间人人都成为歌唱家，很棒的歌唱家。

那是一种缘呢，月缘，歌缘。

往事并不总是如歌。能从过去的日子中筛落如歌的记忆，是好事。过去的日子教会我这样的本领——把不开心的事情沉淀心底，让开心的歌声覆盖上面，唱好每一首迎面而来的歌，唱好人生这首并不怎么好唱的歌。

相信自己

一个月瘦星稀的夜晚，柴车翻倒在油坊沟半山。

那是恢复高考后1977年初冬，延安市南泥湾公社三台庄大队知青齐齐地不再出工，齐齐地捧起久违了的书本苦读苦背，令早就说“知青扎不下根”的乡亲们频频摇头。

所有的道理——贴在墙上、写在箱上、热血沸腾在胸中、高谈阔论在口中的道理都抵不上那个十月转向了的潮流。知青是矛盾的，矛盾得茫然又盲目。年轻使他们本能地追着潮头走，成为毛泽东所说“先锋与桥梁”。

既然时代的价值观倾斜向知识、大学，既然知青曾经是学校里不错的好学生——既不是五分+绵羊，也不是二分+狼，更不是打乱了的重组，他们何不在即将开始的新鲜大潮中重新定位自己，展示一下不弱的实力呢?

于是起早睡晚点灯熬油地读书背书，于是四下找参考材料参考题去蒙去做，于是……终于精力难以集中在书本字行上，才发觉肚子饿了。

“没柴了，现有的柴无论如何对付不到考试。”管灶的知青小组长发话了，“总不能饿着肚子背书吧？”

于是那个早上，四辆柴车拉进十五里远的油坊沟。

沟底的水，日消夜冻，我们的裤腿被打湿。

近处的柴已经没有，我们爬上高高的山顶。

……

等四辆车装满柴禾往回走，又翻倒在半山时，便是那个瘦月稀星的时刻。被沟水浸湿的裤边已结成薄冰，走起路来互相拍打劈啪有声。肚子饿得前心贴后背，早上吃的玉米窝窝早消化光了，累——陕北话叫“熬”——每个骨节都瘫散了，恨不能倒地就睡，连哭或笑扯开嘴巴的力气都没有了。

咋办？四车柴，十二个人，前路尚远，连油坊沟口还没到，且无人接应。

“歇会儿吧，谁还有吃的？”

“我还有一个窝窝，一个萝卜。”

窝窝被火烤热，掰成了渣儿；萝卜切成好几块，知青吃着别有风味的晚餐。黑黝黝毛茸茸无动于衷沉默围裹的大山，冷峭的山风，高高在上清白的月牙。

“会有狼么？”

“还会有特务呢。”我倒真希望发生点什么刺激一下疲乏到极点的精气神。

“月亮好凄凉。”

成，还能找出“凄凉”这个词就还有力气。

“走吧，等着算咋回事。已经天黑了，还想等到天亮么?”

众人默默，拾拉绳，扶车帮，车轱辘前后歪咕着，终于向前滚动了。

在一个下坡拐弯处，一辆车又翻了。

没有人再说什么，把车扶起，把柴一根根捡起装上，把大绳扎紧，拉车，扶车，车轱辘又向前滚动了，只有腾腾的脚步和呼呼的喘息相伴。

当我们把四车柴拉出沟口拉上公路时，天儿，悄悄地飘起了雪花。远处，有了手电光和人声，是附近的三连驻军接我们来了。此刻，才感觉后脊背寒凉似水。

“干嘛不丢下柴空车走，万一出了事怎么办?”三连指导员大声骂我。

我能理解他的心——前不久，我队的一名知青为了给下猪娃的老母猪喂青榆叶，结果从两丈高的土崖上跌下来，高位截瘫，终身残疾。我懂，因为我是第二次插队。我应该比那些小知青有经验，懂利害，会把握。我没有争辩，我已没有争辩的气力。

肩上的拉绳被接了过去，手边的车子加快了速度。有二八佳龄的战士小伙子帮助推车到底不同，战士真棒，有人帮助真好。

可是如果我们没有把车拉出油坊沟，拉上公路，后来这些事就不会发生，所以，我们更棒!

雪粒沙沙，车轮辚辚，细诉着一个道理：人生会碰见一些以为过不去的坎，那个时候请相信自己，把报怨别人，寻找帮助的气力积攒起来，请相信自己，你会成的，你会很棒，你起码会把翻倒的车子掀过来，装上柴禾，拉上它继续前行。

米脂的婆姨绥德的汉

笔者下乡插队的陕北流传两句民谚：米脂的婆姨绥德的汉，清涧的石板瓦窑堡的炭。

陕北人对头一句的注释：貂蝉是米脂的，吕布是绥德的。米脂的婆姨绥德的汉怎样算长得好呢？形容人长得好是“棱棱鼻子老花眼，浑身上下没拨弹”，意思是高鼻梁双皮大眼，从头到脚挑不出毛病。笔者下乡时，乡亲们补充说，北京中央警卫团和仪仗部队都从咱绥德拔兵哩！给陕北人挣足面子。

如果头一句算人文，后一句就是物产了。“清涧的石板瓦窑堡的炭”，怪哩！只有清涧溪河边的青石板可一层层揭开，正好给新窑上窑檐。陕北话“炭”指煤。1935 年底，瓦窑堡镇召开共产党的重要会议，制定了抗日民族统一战线，毛泽东做了报告，瓦窑堡因此名垂史册。1939 年，为了纪念与刘志丹齐名的革命烈士谢子长，县名由安定改为子长，县址由安定镇挪移至瓦窑堡——足见革命对此地影响甚深。子长煤好，有说用报纸就能引燃。

绥德、米脂、清涧地面游走着一条有名大河：无定河，都说那地方水土好，桃花水——不知指春三月河水飘着桃花瓣，还是喝了那水脸色艳若桃花？笔者下乡却听说绥米一带苦焦贫寒。有民谚佐证：穿得好嘛走得快，肚里头装些子酸白菜。

笔者没去过米脂去过绥德。接待的绥德师专女老师说，解放初绥德师专的毕业照片一定要在北京天安门广场拍，足见对教育的重视与高抬。

绥德有名小吃叫油旋。做法是温水和白面（加少许盐、碱），和好醒一个时辰，在油案上擀为长片，抹上化开的熟猪油，边擀边拉薄，撒上葱花、盐、花椒粉，卷成面团，压扁成饼，上炉鏊抹猪油翻烙，待见火色后排入平鏊之下炉圈内烘烤至熟。其色泽金黄油亮，层层饼旋薄如羽翼，外酥脆里绵软，油香扑鼻。

女老师请笔者吃油旋，还一盘子炒了七个鸡蛋，直吃得吃不下放筷子，老师一旁直叹气。

当年那点出息！咋睡的不记，就记住个吃。

因人文物产出名的四县，除了子长，统统属陕北最北的榆林地区，眼下叫榆林市，当年因为贴近北边的毛乌素沙漠太过穷困，连北京知青都没安置。

现在不同了，黄土梁峁下有了煤，又有了石油，那里的人很快富裕起来。榆林北边的神木因全民公费医保闻名全国，多大的财政气魄！神华集团、上市公司……已属于另一语系。

米脂的婆姨绥德的汉真成了悠远悠远的传说……

黄土如诗

小演唱红花送给谁（左二）

惊蛰过罢，惊雷未敲，席卷黄土高原梁峁塬台的春风便起了。先是吹嘘窑洞外窗台上的薄尘，再撩拨庄稼院未压实的秸秆，见麻木的人类依旧无动于衷，恼火地摇醒沉睡一冬的树枝子，咔吧吧叫它们醒来醒来，愤怒地将所有不踏实不沉着的轻薄物连根拔起，托举上高天，戏耍飞扬在阔的空间……

天成了黄的；

地成了黄的；

河流更是黄的；

一方黄色水土养育一方黄皮肤人，策划吟咏豪放婉约兼有的千古词章。

黄土如尸

1969年1月，你去陕北黄土高原插队。

插队，一个需加长注的中国特色专有名词；

成千上万青年大迁徙的路线图；

令当事人总是难忘血脉贲张百感交集的穴位；

或许，也是读解一种文化的秘码。

都是后话了。

去的那日，天正下雪。开头不疾不徐，后来如花如蝶。雪带来寒冷清新，也给贫脊的土地涂脂抹粉。堆砌路边枯瑟的玉米秆变得随和可亲，虬轧的枣树枝干变得委婉多情，远处黑黢黢的窑洞门窗因了雪的妆点变得憨厚可亲。

冬天的黄土地是死寂的，死寂如尸。唯有活泼飘曳的雪花透出丝丝缕缕生机，黄土地用有限的善意与诚意为你的心理承受铺垫了几级台阶。

那时你不懂，那时你混沌如蛋不开窍，懵懂如雾不清澄，你不懂天意，不懂地气，更不懂人心。

那时，你只觉得令天地皆白的雪花瞬息万变苍茫空阔难以把握；

你只觉得被车头吃进去、又被车尾吐出来的道路深邃莫名；

路边悬崖上垂吊着冰溜子像是不怀好意的枪矢瞄准车头和人头；

你只有拼命扇热心中的柴薪给自己加油，给自己打气。

到了。“扑通”，你从卡车跳到如尸的黄土地上，那脚印就是你未来日子生死不保契约上撳的手印，白白的、深深的脚印手印。

插队的日子就这样开始了，从你17岁开始，从脚印开始，在如尸的黄土地上，一日日，一月月，一季季，一年年……

一共七年。

人吃黄土一辈子

一位大字不识大智若愚的陕北老汉，主持一个26岁后生的葬礼。他黑棉袄第二个纽眼里系一根驱邪的红布条，他从容不迫，有条不紊，指挥若定，颇有大将风度。眼见棺木一寸寸入土，黄土一锨锨扬埋、封口，堆砌成丘。此起彼落的哭声，彼落此起的纸灰如翩翩黑蝶。他老人家开口说了一句令你惊悚震撼至今的话：人吃黄土一辈子，黄土吃人就一口。

人吃黄土一辈子。

为了吃食，庄稼人窑里运筹，地里抓挖，场上簸扬，碾上磨上日鬼，锅里碗里捏个。从早到晚，从春到冬，从死到生。生下是奶，死后供桌上首先摆放吃食，一碗青油，一碗油糕片片，一碗剥了壳的煮鸡蛋，一碗白萝卜馅的扁食又叫饺子。日子好些的人家还有酒。

你下乡插队才明白，婆姨女子把个五谷杂粮能鼓捣出多少花样。

荞面河捞、荞面凉粉、荞面碗坨 。有这样两句信天游歌词：荞面 圪坨羊腥汤，死死活活相跟上。

洋芋（马铃薯）擦擦、洋芋饭、洋芋囫囵——知青叫它“洋芋哭了”；

黑豆钱钱、黄豆钱钱、钱钱饭；

出了油的麻汤下米煮，香极了的麻汤饭；

杏仁压烂了和上米煮，杏仁饭；

小米捞饭、小米粘饭、米汤；

黄米捞饭、黄米馍；

油馍、油糕、糕角；

玉米窝窝、烫片片、玉米馇馇、玉米仁子饭；

……

吃的念想增长了婆姨的技能，粗粮细做；也开启了她们的智慧，花样翻新。

一种像野韭菜花那样的植物，采摘回来，晒干、压平，捏成圆坨坨挂起来，炒菜时放上一点，满窑香。乡亲们叫它“泽木”。

榆树皮和一种叫沙蒿的灌木籽压成面，过箩，擀杂面时放一点，面长不断还不乱汤。

腌酸菜时放上辣子、芹菜、蒜瓣，不起白沫还滋味绵厚。

苦菜开水捞、清水泡，掺上玉米面烙饼子，和着米煮饭，已经闹不清它算菜还是算粮。

最喜九月九重阳后，瓜菜早熟，饭时揭开家家的锅盖看吧，闻吧：煮玉米棒棒、蒸洋芋蛋蛋、金黄的南瓜、绿英英的豆角……那蒸汽那香味是天爷地爷恩典给庄稼人的。“又饿不死了。”庄稼人的心落稳如磨盘。

你和你的知青伙伴，对于吃——出于蓝胜于蓝。

老乡吃的东西你们一样不拉；老乡不吃的东西，你们也吃。

狗肉，老乡不吃，你们吃。

狐狸肉，老乡嫌臊，不吃；你们说不臊，吃。从肉下锅尝到肉半熟、肉没有、肉汁也没有，还抱怨狐狸咋那么瘦。

乌鸦肉，那玩艺也能吃？老乡问。咋不能吃。于是，拔毛、开膛、下锅煮，成了滴水不漏的进口货。

还有母猪肉，生了蛆的肉……

当你在玉米林里扯动锄头片子，任玉米脑缨纷披肩头，任玉米叶子割烂手臂，任太阳榨干体内最后一点气力；

饿，你和你的伙伴尝到心慌慌、眼茫茫、屁股沉腿软的饿滋味后，你才初步地贴近了土地，体恤了民情，了解了中国。

一天，你在家做饭。

知青轮着做饭。起先是每人一天，临时凑合观点使交班人锅朝天，碗朝地，第二天接班者去缸里舀水，差点没把腰闪了——空的。于是规定每人做三天饭，交班时，两口缸必须水满缸沿，柴破好，面磨好，米碾好，盆盆里面起好搭上笼布放在灶台。做饭才不再是难事。

轮你做饭那日黄昏，下地的还没回来，饭菜已基本妥帖。你往灶火口续着碎柴，轻轻拉着风箱。呼——嗒，呼——嗒，风箱为暮色垂落打着舒缓的拍子。

突然，在风箱节奏间隙你听到一种声音，清脆的竹板敲击的声音，有人声和着竹板声正对着知青灶房。

你纳闷，出去看。见一个黑袄黑裤的汉子，年纪不大，中等个，精瘦，脑门上白羊肚手巾拢得极标准又极标致。黑袄黑裤的底襟袖口沿着翠蓝色花边，活像舞台上的戏装。凭着初级陕北话水平，你听出他说的大概：你家的门前红光照，你家有贵人做大官……好玩好笑，一窑下乡受苦的知识青年，前途未卜生死未卜，做大官？哪挨哪啊？你还来不及听懂他的全部莲花落词，他已向你伸出手，手是黑的：大姐，打发上一口吧。

咋回事儿？你愣了，房东大娘告诉你：这是个讨吃的。说了半天是个要饭的。

你觉得受了欺骗，你不想给他，年轻轻的汉子为什么不劳动？我们从城里来早出晚归挣点口粮容易么？不给。给，不成了助长他好逸恶劳么？何况窝窝还没揭锅。

你转身回窑。那汉子不气不恼不屈不挠，依旧打着竹板说，说。说的什么你一句也没听清。后来，你听见房东大娘说：拿上这些，款款走吧。别在这要。他们是知识青年。

这期间，你发现陕北乡亲无论怎样穷，无论怎样吃不饱穿不暖，来了要饭的都打发，缘于一种保不齐哪天沦为同类的人道忧患么？

竹板声远去了，竹板声走进暮色再不回头，十年，二十年……

民以食为天。

清明，这是个借死人吃活人的日子。陕北风味是花馍馍。麦面要串去土涸上水磨上推了二茬的，细箩子箩过雪花样晃眼白的。若总量不够支应，就往里兑上些白马牙玉米面，蒸出的馍馍好看，且个个裂嘴开花。

给长辈男人吃老馍，老即大的意思，一个馍半斤，甚至半斤以上。

给长辈妇人做的冠，你始终没闹懂是否早年女人头上带的一种帽子？

未成年后生吃老虎，望其虎虎有生气，出大力流大汗拉满车担重担……

女子娃是抓髻，你以为是线拐子一类工具。

再有多的面，就用红枣、黑豆、梳子齿、染布颜色做成猪娃、鸡娃、狗娃、花嘛朵……心里想什么手里捏什么，等一笼笼热气腾腾呼之能动的花馍馍揭锅时，那审美便高于果腹实用了。一串串挂在窑里，挂上许久，给长年昏暗的窑洞带来短暂的眼明。

中秋。

八月十五吃月饼。陕北管月饼叫玄黄，取天玄地黄的古意吧。一个村有几户人家有那种做玄黄的模子，木匠雕的。一个模子四个圆凹，凹处刻着五角星、桃花等凸出的图案。和好的面拍到模子里，再扣到锅上烘烤，面饼就成了花花的月饼。在陕北黄土高原，中秋的规格不抵清明。清明，同人有关的事，虽然沾点鬼气；而中秋纯粹天上的事、神仙的事，若没那么多细米白面闲情逸志，天上的事神仙的事就免了。

冬至吃炒货。各样五谷收归场上，簸扬干净又背回窑里。尝尝新吧，为娃，也为娃他爸、娃他妈。炒麦子，炒麻子，炒玉米……炒家跪在锅台，手握一玉米茬在锅里搅和，边搅和边给自己加油助兴："爆！爆！爆！爆！"锅里的炒货真就爆开了一朵朵花。那几日，家家窑里声味俱厉生猛火爆。

最后该做酒了。一年到头的汗水、泪水、血水、露水、雨水、雪水聚成酿成发酵成醣化成了酒。好稠好稠的米酒，不是奶，不是蜜，却包含了奶和蜜的滋味。庄稼人用米酒犒劳自己，冲淡抚平日月光景的苦难和艰辛。

有了酒，离诗还远么?!

黄土如诗

去陕北插队之前，你看过地图，拙劣的地图上一条弯曲线边的一个黑点就是你要去的地方。黑点叫李家湾，弯曲的线叫延河。

有河就有河水、水灵、灵秀、秀美、美妙。

河边的一切已经化做无法说清的浑然，浑然的声浪，浑然的色块，浑然的感觉。敲不碎，撬不动，也化不开。

一支梅笛撒着无头无尾无缘无由的曲子，幽幽咽咽，充满时间，也弥散空间。

刺破浑然记忆的是一株小草，乡亲们叫它燕子草。细长茎，互生细长叶，开马兰那般紫盈盈花，花瓣纤细可人，大约是无香的。陕北的花你不记得什么有香味，燕子草反正没有。纤纤细细生长在春天的地畔、堰边，让人看见就眼明就心疼，惊异粗犷的黄土地竟拥有如此尤物。

在你的记忆中，黄土地拥有的美好都是纤细孤独的。

山丹丹，生长在背洼，绽红在背洼，从不扎堆结伙，一棵棵遗世独立。

黑桦，树皮像黑亮的电光纸，黑中泛紫，开云朵样花，招雪片样蝴蝶，很少大片成林。

陕北艺术的心尖子——信天游，更是不能够合唱的，一合唱，则韵味全无。

不信，你听：

上河里那个鸭子下河里那个鹅，一对对毛眼眼了哥哥；

发一回山水冲一层泥，想一回哥哥脱一层皮；

青石板栽葱扎不下根，妹子离了哥哥活不成人；

前沟里的糜子后沟里的谷，哪里想起你哪里哭；

三十三颗荞麦九十九个棱，哥是妹妹的心上人；

鸡蛋壳壳点灯半炕炕明，酒盅盅量米我不嫌你穷；

白日里想你穿不上针，黑夜里想你吹不熄灯；

黑夜里想你吹不熄灯，长下一个枕头短下一个人；

半夜听见哥哥鞋底响，一舌头舔破两块窗；

风尘不动杨柳梢摆，热身子趴在冷窗台；

……

多少年后，有人在大都市演艺场声嘶力竭地吼喊：一无所有……管那叫信天游。你不以为然——早走味了。那吼喊那声嘶力竭那眼乱的灯光耳乱的沙锤电吉他架子鼓心乱的旋律，是为了取悦大把花钱的款爷款奶奶。黄土地上的信天游可是谁也不取悦，只取悦自己孤独的心，安慰送三哥哥走西口的四妹子，安慰赶牲灵驮盐无人相送的汉子，安慰自开自落辛酸苦焦的兰花花，相伴色调单纯的地与天。

河边的日子，像条河；

一程一程地往前流去。

够得上豪放派词章的是：捞河柴。

三伏天，一点三马勺、三点一大锅的老白雨过后——

黄土高原山山洼洼无处不水无水不黄。凡水道上立足不稳的物件统统被水舌舔走，大至拖拉机、架子车、整棵的木头，小至猪、鸡、羊、柴草……有本事捞河柴的人到了大显身手的时刻。

往往还在山上锄地，就看见水头子来了。水头子是浑黄的、霸道的，高昂出清水两米多，疾速扩展河床，锐声啸叫势不可挡。那些会耍水的汉子们嗷嗷怪喊，倒拖着锄头往山下跑，跑回自家窑里寻筐担、大笊篱，直奔河边。每人选一块平坦些的回水湾子，大干起来。干兴奋的男人末了末了就要精尻子——光屁股了，除了自家婆姨，别的女人是无法上前的。

那时你不懂，你不懂规矩与禁忌，见有人拖着锄头跑，水性很棒的你也跟着跑。男知青坏坏地笑，你不明白，继续跑；男队长吼你，你以为是看不起妇女，还是个跑；直到房东大嫂一把扯住你，在你耳边说了几句，你才红着脸极不情愿地住了脚。

远远地，听着那些男人在河边大呐二喊，你的心又痒又渴，手下的锄头不知锄去多少苗，留下多少草，想象那些激动人心的场面，想象一堆堆小山样的河柴，想象的边缘被撑得没有折子，生疼生疼。

黄土如诗，用眼看，用心读。

七年，一粒棕黄色琥珀佩戴在你的履历上。

并非每一个插过队的人都有此缘，有此福。

四季回想

翻遍唐诗无好春

谁知道陕北的春天怎么来的……

“江春入旧年”。他可没有那般勤快，懒，过了春分才掀被窝下炕找鞋。

“二月春风似剪刀”。掠过黄土塬头的春风倒像是铡刀，威猛，粗犷。

“春潮带雨晚来急”。急就好了，知青就可以不出工在家睡觉、写信、补破袜子了。偏他不急，阴险地从塑料布破口钻进，打湿后脊背寒凉袭人。

“春眠不觉晓”。这句还差不离，“春睏秋乏夏打盹，睡不醒的冬三月”么。春的睏，不仅生理，更是心理，他意味长得怕人热得怕人睏得死去活来怕人的日子就要到了。虽说那日子到来已是夏天，真入夏，心理感觉犹如杖刑最后几下，咬牙闭眼便可过去。春天，无异宣布刑期才刚开始，那睏劲十倍沉坠难熬。

……

翻遍唐诗三百首，竟没有我对陕北春天的独一份感受，窃喜之余，渐次嚣张。

春分，应解做春天的分娩，风是雨头，屁是屎头。遮天蔽日的老黄风刮起，敲打残冬的脚后跟，摇撼昏睡一冬的树枝子，呼唤大地上所有生灵醒来，快快醒来！

清明雨细密地下，宛若老婆婆吱咛咛纺出的线线儿，柔韧绵长。风消雨住时，搭眼望去——

咦呀，谁家货郎跌散了挑担，枝儿呵，叶儿呵，花儿呵，朵儿呵，虫儿呵，雀儿呵……一股脑抛撒出来，乱七八糟，晃花人眼。

陕北的春天就这么个来法。无论其懒，无论其乱，都端着五马大的架子，不管人心焦，不和人商量，不容人拒绝，愣兴兴直戳戳地来了。

于是，有了犁地，挖地，剜洋芋，点籽儿，育红薯秧土里刨食一系列活儿；

于是，田头地畔有了苦菜、灰条、刺蓟、打蔓蔓儿花等去秋谢幕今又登台的花花草草；

娃娃家胳膊腕上的菜筐子；

婆姨家被野菜染黑的指头子；

后生女子春山春水般的眉眉眼眼；

老汉家的腿疼又入骨扎深了一指，咳，多浓呛的叶子烟也拦挡不住。

洗出来的夏天

手巾脏了，缸里舀一瓢井里水，压在盆里洗。

衣裳脏了，收一筐子支两椽子，压到河里洗。

庄稼地脏了，缺颜少色不中看，锄头子压住，雨水洗罢汗水洗。

据说，漂白布越洗越黑，家织土布越洗越白。一匹夏天是洗出来的。

早起，汗便水帘似地淌。洗鼻子洗眼洗脖子，脊背吹干又溻湿。抬头看天，日不挪窝。低头瞅地，垅不到头。庄稼人管头发分缝叫垅沟，管灯芯绒叫垅沟呢。十恶不赦窒息想象的垅沟。我径顾分辨垅沟里的庄稼：单棵是谷子，丛生是糜子，红脚是玉米，霜叶是高粱，长毛是豆子，摇脑是麻子……锄头子点过，汗水洗过，净净的了，绿绿的了，舒眉展眼俊俊的了。

夏天苦，苦得人噤声。只有“大嫂放火”贱招儿似地叫。

幸好，还有几丝微风，一伞绿荫，两只变得出梦的鞋。幸好，还有一铺凉炕，十冬腊月不放火的凉渗渗炕。睡下，吮去一身暑热。

老乡说，娃娃家，不敢睡凉炕，会作下病的。

我心想，身子要比柴禾贱。不是有支歌“年轻人，火热的心”么？我们用火热的心对抗凉炕，对抗同样火热的太阳。

长长的，没有终局的对抗——一天，一个夏天，七个夏天……

我没躺下。早上进沟，挺得像扁担，晚上出沟，直得像锄把。我没躺下。七年，没有像扁担锄把一样躺下。

端一老碗米汤呼噜噜喝，夹一筷子洋芋丝嘎吱吱嚼，天边的颜色叫人想哭又想唱，一句骂人话含在嘴边。

山后的太阳天外的太阳向我请安，我也向山后的太阳天外的太阳致意。我说，明儿你歇吧，换了风来，换了云来，换雷公电母雨婆来。

悲　　秋

一进秋天，总想哭。

为梁峁塬畔褪色的青纱帐哭，

为潇洒飘逸，决生死于反掌之间的秋风哭，

为比星星圆大的月亮和比月亮稠密的星星哭。

为被庄稼簇拥，找不见的场房哭，

为四角总也垫不平的秤台哭，

为洗净揩干虚怀以待的酸菜瓮和窑檐下晒太阳的压菜石哭。

为飘零如蝴蝶的天边落叶哭，

为霜打过不再涩嘴的杜梨、山楂、菅子哭，

为山沟里小路上天不亮背着绳子疾走的庄稼人哭。

为秋天殁下的老人哭，哭他们坟上没有青草，

为秋天落生的娃娃哭，哭熏蒸他们的是新粮甜香，

为秋后准备妆新的女子、后生哭，祈求他们的幸福比秋后蚂蚱久长，

为自己一切感觉化做清纯沉郁的泪水哭，哭逼近的仲秋和消逝的青春。

一进秋天，被无名情绪蛊惑，总想到哪座高山上大哭一场。

但我不会哭的，没工夫。若被人发现眼角泪花，我会说“灰迷了眼”。

懂得哭的意义，并不真哭出来，是我秋天的收获。

多思多雪的冬天

陕北老乡说：九月九，家家有。实际情况莫若说，十月尽，家家有。

九月十月统统指阴历陕北叫农历。

插队那些个年，人民公社三级所有，队为基础，秋收后总要先打扬簸晒公粮购粮吧；

总要留足公积金公益金籽种和牲口料吧；

总要完成人民公社和比人民公社大的上级布置下来的兴修水利农田基建任务吧。

若节令等人，一宗一件完成还来得及；若不等，半天雪，便盖住满沟放倒还未背回的庄稼。有一年冬天，知青和社员冒雪在沟里剥玉米，手脚冻裂了，玉米也冻得使不得了。

幸好并非年年如此，人不容人，节令还饶人。

但不拘怎样忙累，已是广播体操最后一节——整理运动了，君不见削瘦的山削瘦的水已跌入悠悠深潭，早变得舒缓、雍容、大度了，君不见生活节奏和人们声气都暗暗奔着一个盛大的典礼去了。

知青小王爱爆玉米花。那个下乡时箱子上写着“心红似火，意志如钢”的小王，此刻跪在锅台上，手拿一玉米茬在铁锅里搅和，口中装神弄鬼般念念有词：爆爆爆爆……锅底的玉米果真噼啪乱跳，爆开一朵朵花。爆完玉米，爆豆子、麦子、麻子……这会儿无论到谁家，谁家都会端出一簸箕半升“爆物”劝你大嚼，讨个日子火爆的口彩吧。

杀猪，虽说是白刀子进红刀子出的残忍事，但谁家也不拒绝那呼啸声带来的喜气。

推糕磨豆腐生豆芽酿米酒……腊月二十三祭灶，大年三十迎回来。

一过年，知青便成了红人，这家请，那家唤，短短天光叫吃五顿饭，四季油水一个年里攒足。

不白吃。一年的正月十五，知青回请全村老乡。几盒纸烟，既无锡纸，又不带嘴；两斤黑糖块，政治夜校上撒给众人。我还写了一首诗——如果那也能叫诗的话——把心里存的好词愣往上用，其中四句类似汉大赋的铺排：

白生生馍馍裂开嘴，
黄腊腊油糕冒油花，
圆溜溜圪坨碗碗里转，
长长价河捞锅锅上压……

念到此处，全窑哗然，弥漫的一片亲情涌起高潮。

我爱多雪的冬天，像田里的一畦麦苗和檐下的一溜冰凌。我爱在无人踏过的雪地踏上清晰的脚印，爱摔一跤跌落的红头巾，爱红头巾上笑，爱笑上的高天淡云。

我爱冬天长长的静夜，长长的静夜里一盏小小的灯，油灯下的我看书写字，冬天的多思胜过春天的多情。

信天游和诗

黄陵山翠洛河川美

黄陵山翠，
洛河川美，
阳关大道通陕北。

青苗苗毯，
菜花花毡，
汽车飞过了金锁关。

锣鼓点闹，
锁呐声高，
红纸纸鞭炮上云霄。

眉梢梢乐，
心窝窝热，
脸擦松枝彩门下过。

宝塔山笑，
延水河跳，
延安女儿回家了。

明光光席，
平展展炕，
白羊肚手巾窑洞里晃。

河捞长来
油馍馍甜，
过年的饭食一股劲端。

酒碗晃啊，
泪花花亮，
知心的话儿山泉水淌。

千里打雷，
万里扯闪，
到哪儿也没忘了咱延安。

睁开眼想，
睡梦里念，
就盼着回乡这一天。

女子家笑，
后生家叫，
老书记拍腿说声好！

桃花谢了，
李花儿开，
头一桩大学生回乡来。

北京的娃，
延安的女，
好娃好女党哺育。

六月的白雨，
九月的霞，
从此咱汗水流一搭。

白纸上描，
高原上画，
十年一幅新天下。

厚囊囊底，
密匝匝帮，
老妇联递过来鞋一双。

明仓仓镰，
亮瓦瓦锨，
磨快的农具送手边。

天一样高，
海一样深，
牢记亲人火热的心。

长征万里，
革命到底，
一颗红心永向毛主席。

写于1975年8月大学毕业务农前夕

信 天 游

一

信天游做为陕北民歌的总称，有着大致相仿的格式：一句兴一句比，两句一段，一段一换韵。有的偏重叙事，如《兰花花》、《三十里铺》、《走西口》；有的偏重抒情。大部分信天游是边叙事边抒情。

细分起来，还可以分为男人唱的和女人唱的。《揽工调》、《白马调》、《赶牲灵》——男人们唱的，叙述他们扛长工打短工的苦，从一月上工能数落到腊月完工。赶牲灵去三边驮盐，一个人和一群哑巴牲口走长路。清清冷冷的驴蹄子，凄凄惶惶的铜铃铛。一眼又一眼望不见人，几天不见人。没有歌做伴儿，会闷得发疯。那山峁圪梁上就起了歌声。先高高扬起，高音直撞到山顶上的白云；又跌落下来，像山水样跌到幽深幽深的谷底；转过一道山梁，又一道山梁，那歌也就极尽曲折委婉之能事，回回旋旋，跌跌宕宕。词随着眼光走，曲由着心气来……

正宗信天游是属于女性的，属于淌过爱河的少妇——年轻婆姨。早婚的传统，女子一懂事便成了婆姨，生活铸就了她们孤苦无告凄婉哀怨。信天游所能表达的多是一阵阵无望的倾诉和一声声无答的呼唤。发自没文化的女性之口，语言极朴实；也由于它是年轻女子的杰作，词句又极灵秀、娇好和传情。不同于东北的二人抬、二人转，信天游是永远的独唱，听众只有自己的心。歌唱给灶里的火苗、炕上的纺车、窗外的风沙、双扇扇木门上的铁环听；唱给涧畔上的小路、树上的鸟、井子里的水听；是唱给四季风景、艰难岁月、高原长川、天公地母听的心韵心曲心声。她不背自然只背人；因此，她表达的情感又是大胆、不怕羞丑和叛逆的。

信天游的基调是悲苦愁怨，却不绝望。难熬的光景，依旧有歌声在高高塬上唱响，那世世代代不断头的歌便是歌者不灭的生命火光。

见景生情，景移情随，寓景于情。信天游比兴和换韵的原则是自由。见什么唱什么，什么都可以入歌。看上去兴什么不当紧，与比在后边的情事也没有必要的联系。但若没有了兴，所诉之情事便难以表达到向往的浓度。兴的部分承担了打开空间、渲染氛围和提示感情流向的任务。表面不搭界的比和兴有着极强的逻辑力量。

信天游是古老的民间文艺形式，若要溯源，可到《诗经》。

《诗经》第一首《关雎》：

关关雎鸠，在河之洲/窈窕淑女，君子好逑。

不是标准的信天游么？

信天游是地广人稀北方大地的产物，同内蒙爬山调、青海花儿一类。

她不同于江南小曲：采桑、采茶、好一朵茉莉花……抒情天地只在园子里，假山缝里，亭台楼阁中。阴柔水灵，却拘泥小气，无大嗓亦无长腔，生怕大嗓门惊着别人和吓着自己。

二

1935年，陕北红了，信天游也红了。

何其芳等鲁艺教员学生搜集整理旧式陕北民歌，主要是情歌。他们上山下乡（姑且用此词），抄录了歌词、曲谱及流行地域。收集了《揽工调》、《赶牲灵》、《打伙计》、《兰花花》、《三十里铺》、《走西口》……信天游独辟一辑，实在是做了一件功德无量的好事。那其中已有了革命内容的民歌，如前所唱刘志丹，及《打宁夏调》十二个月的刘志丹：

正月里来是新年，
陕北出了个刘志丹，
刘志丹来是清官，
他带领队伍上横山呀，
一心闹共产。

收集整理同时便有创造。旧式的兴不变，比变了，变成革命词：

前沟里下雨后沟里晴/什么人留下个闹革命，
黄米干饭豆芽子菜/我把你红军没错待，
你妈生你人人爱/长头发剪成短毛盖，
……

抒情类歌曲较为唱响的有：

红军共产党天心顺/全中国的老百姓都当红军。

高楼万丈平地起/盘龙卧虎高山顶/边区的太阳红又红/咱们的领袖毛泽东。

并有了那首最高音《东方红》：

那位陕北变工队的农民汉子李有源再也想不到，他随口唱出的歌子后来会跟着毛主席进北京，用大交响乐队演奏一点也不显得单薄。在十年文革中，它有了史无前例的声势和排场。

革命的新信天游，不光抒情，也有叙事。其代表作长篇叙事诗《王贵与李香香》，李季也因此成为诗人。

囿于不安定的年代，囿于一切文艺活动的功利都是为了发动民众投入战争，延安鲁艺一代人，用旧瓶装上的新酒滋润、醇香、激活了一段时间一方土地的人心。他们的历史使命完成了，追随新的指令出发了。

陕北信天游在高音区持续一段，又跌入低谷，归于沉寂。

三、

不到三万北京插队知青里，出了个叫梅绍静的女知青。北大附中高二学生，差一年就要考北大。史无前例一到，她去了延安地区延长县七里村插队。她做知青的时间不长，在黄土高原呆的时间不短。二十年后，她才迈进早年入梦后来连梦也不入的北京大学。22 年后，辗转回北京。

做知青的时候，她写了两首未见新奇的诗《庄严的时刻在今天》和《出诊》。后者为她的长篇叙事诗创作提供了契机。一年半后，她离开七里村到延安无线电厂当工人。这种职业的变动和距离的调整对她的诗歌创作极为重要。她开始写长篇叙事诗《兰珍子》，用诗讲述一个女知青当赤脚医生的故事。

可谓天时地利人和。天时——知青运动作为当时被肯定的文革成果；地利——黄土高原的生活有其独特的魅力；人和——新信天游既是符合延安文艺座谈会讲话精神的民间形式，又有较高的艺术性。《兰珍子》很快出书了。

“槐花瓣瓣满院撒……”这是兰珍子诗的色调、基调、情调所在。

随着文革结束，新时期很快到来，新诗歌在思想解放、文学解放、文化解放中狂飚突进的啸声最初对梅并非福音。她缭乱，失措，慌，还有怕。害怕诗离她而去，害怕她与诗只是相逢却无相知的缘分。青年、知识分子统统往现代文明现代信息密集地聚拢——知青高考回城，五七战士回城，右派平反回城，梅绍静却悄悄地从陕西师大中文系退学，回到耳无乡音眼无旧友的黄土高原。

有几年没听见她的动静了。

又一个春风拂面的季节，她用单纯明丽的声音试唱开了：

欣喜地看着人们/把种子撒进犁沟，/想起我小的时候/提着篮子去拾秋，/一路走一路对姐姐说：/烧豆豆，烧豆豆……从今后/让我也在这里种点什么吧/让它发芽/让它开花/让它结上豆豆……

梅绍静从诗的垄沟走进诗的高原，一发而不可收拾。

我的心在高原/在雄鸡叫成一片的晨光中/在阳光下的垄沟里/在腾起蒸气的笼屉上/在那吆牛的呐喊声中/在小饭罐的米汤里荡漾。

这是我的延安，/等了我整整一个夏天/现在正用吹过千沟万壑的风/ 轻轻抚摸我的脸庞的延安……/我的脸像迟熟的糜子一样/在这抚摸中殷红殷红的了。

同性相吸。梅的诗更多倾心陕北的婆姨女子。从这些高原女性身上，她悟出多少人性和人生的真谛啊。

在《母亲》这首诗里，她写了母亲那长长的长长的叹息，“这声长叹多像那个早晨空中的雁鸣啊，沉沉地，沉沉地落在我的脚底”。她写了母亲的叹息给予女知青心灵的藉慰，佑护她走向成熟，“又是一年返青的日子了，我回应着你/ 你每一个日子的光亮都丰满着我秀穗的心”。

在《她就是那个梅》里，写了同母亲的女儿重名的女青年对母爱的感戴深情：“你拉着我的手一股劲叫梅啊，/你慌乱中的呼唤又催出我多少眼泪/可是那天以后，我好好地活下来了，/像颗野果子，我也包着兜活着的滋味！”

终于，梅终于打通了从古及今信天游的通道，点燃了一缕独特的心香。

由于生活的改变，心中的歌无需再背着人唱。女诗人写出来是要走进宽广的人生世界，引起众多心灵共鸣，因此保留了传统信天游的真挚大胆，摒弃了反抗叛逆，增加了热情明亮，减少了缠绵哀怨。

当然，旧有的比兴格式被打散了，句段更为自由。但你细细品去，那一两句，四五句的散漫段落里，依旧有着传统信天游的韵味和节奏。

下面是《日子》，梅绍静的代表作。

日子是散落着泥土的小蒜和野葱
是一根根蘸着水搓好的麻绳

日子是四千个沉寂的黑夜

是驴驮上木桶中撞击的水声

日子是雨天吱吱响着的杨木门轴
忽明忽暗地转动我疲惫的梦境

日子是一个含在嘴里止渴的青杏
是山塬上烈日下背麦人的剪影

日子是那密密的像把伞似的树荫
正从我酸痛的胳膊上爬进地垄

日子是储存着清甜思绪的水罐
正倒出汗水和泪水来哽塞我的喉咙

至此，梅绍静可以在骄傲地宣布“这是我的延安”的同时，说一声“这是我的信天游”了。梅绍静要感谢高原，高原养育了她。高原要感谢梅绍静，她给予了它诗意的表现。自打陕北红了以后，再没有一个人像梅绍静这样一心一意为高原歌唱，歌唱它幽深醇厚的苦难，歌唱它扎实宽广的欢乐。

梅绍静要感谢信天游，牵着它的衣角她走进高原文化辽阔的天地。信天游要感谢梅绍静，因为她的辛勤劳作，使这一古老形式获得了新的感染力和生命力。

四

人散曲未终，未终也终。

由于梅绍静诗风的演变——不可能不变。辗转迁徙途中，钢筋水泥都市，飘忽不定的心态，信天游又到哪里落脚生根呢?

由于渐少有人写诗和读诗，诗知趣地退出了。信天游更是冬眠得不知何日立春。

何况任何一种文学艺术形式的复苏与再生，需天时地利人和，缺一不可。我见过零星所谓新信天游：楞格铮铮西服红领带/年轻人长得实在是帅。手捧米酒沙发上坐/路遥的人生彩电里播……实在不敢恭维。照猫画虎而已，是猫，不是虎。

几年前，流行歌坛上大刮西北风，有歌曲标榜是信天游

同是宣泄，信天游是唱给自然听，唱给自然里的自己听，除了自己谁也不取悦。场上歌星除了自己不取悦，谁都取悦。

信天游张口就来，自编自唱，信奉自由，自由是天，信着天游。场上星们对自己的嗓音缺少自信，靠十八般兵器，声光色一起起哄，才敢打狼般登台。

突发奇想，让星儿们不施粉黛，不带乐器麦克，到哪座大山里唱。唱得大山回声认可，才许叫信天游。否则，爱叫什么叫什么，别打这块金字招牌。

知青后

关于《理想之歌》

高红十和谢冕教授于北大五院

　　红日
　白雪
　　蓝天……
乘东风
　　飞来报春的群雁。

从太阳升起的北京启程
飞翔到
　　宝塔山头，

落脚在
　　延河两岸。

欢迎你们啊，
　　突击队的新战友；
欢迎你们啊，
　　集体户的新伙伴；
欢迎你们啊，
　　我们公社的新社员。

喝一碗热腾腾的米酒吧；
老区人民的情意
　　酿在里边。
吃一把红彤彤的大枣吧；
陕北的枣儿啊
　　蜜一样甘甜。
看你们
　　白羊肚手巾红袖章，
高原上
　　又开放一片
　　　　山丹丹。

凤凰大视野要做工农兵大学生节目

2007年3月5日至9日，凤凰卫视中文台在晚8点黄金时段“凤凰大视野”栏目播出五集专题片“我的大学——记工农兵大学生”，其中第二集，在悠扬的信天游乐曲声中引出上20世纪70年代很有影响的一首政治抒情长诗《理想之歌》，文章开头摘引的就是长诗的开头部分。

2006年8、9月间，凤凰方面就与《理想之歌》的创作者分头联系，先从北京大学中文系教授谢冕处打听到四位作者的下落，又一一将约做节目的电话打出。电话打到我的单位，我推托的理由是：工作忙；未说出口的想法是不想被陈年旧事打扰。似乎其他三位作者——张祥茂、陶正、于卓也因种种说出说不出的理由，使采访未能顺利进行。

2006年12月6日，接凤凰大视野栏目记者、编导穆媛电话，说工农兵大学生话题仍旧要做，准确点说一直在多方联络分头采访地“做”着。工农兵上大学从1970年开始，至1976年结束，共招收七届学生94万人，我是1972年春季入学，属于第三届，我参与创作的政治抒情诗《理想之歌》在工农兵学员和社会上的影响，不能不在本片中有所反映，要较为客观、真实地反映也不能不对几位作者进行面对面访谈。

我问穆媛，你们打算把工农兵上大学放在什么背景主题下说呢？

她说，放在教育的大话题里。山水林田路狮子老虎狗一番摆事实讲道理过后，穆媛在电话中说，听说你已经退休，不能再说工作忙了吧？

此消息属实。我想了想，同意先见面聊聊。

这中间与同为《理想之歌》的作者张祥茂通电话，交换看法。

他也被联络要求采访。他的态度是，与其让别人说，与事实相距甚远地说，不如自己说，至少给历史留下个真实东西。

此话没错，但他老兄显然对传媒的操作不甚了解。媒体关注到这个话题首先从制片人的兴趣出发，然后考虑到这个话题会有一定社会关切度，也就是说播出来得有人看，有不少人看。在对社会负责的同时，也对得起广告赞助商的真金白银。所以，节目中会让当事人讲话，讲你想讲的话，但这些话服从整部专题节目或隐或显的主题，经过剪接编辑后会留下些什么，被采访对象基本无权过问了。结果可能与当事人预期相差不多，也可能相差甚远。

如果希望"相差不多"，就需要正式开拍前与编导尽可能沟通，让他或她大致知晓你所讲述的事实发生、发展过程，了解当时发生的理由、发展变化了的现如今看法。也就是说，沟通当中你要努力把一件事讲得令人信服，至少对他或她具有说服力。此片编导的年龄与我相差三十多年，让他们了解出生前的一段特殊历史，并非轻松容易事。有了沟通的基础，在节目的剪辑阶段，哪怕囿于节目播出时间限制，把圆形不得不剪成三角形，但每一角的转折处会尽可能圆润，不那么生硬。

别奢谈理解。眼下理解已成珍稀，误读比比皆是。误读的结果无论好坏都要被采访的当事人承担。

令人感慨的是，我们头在当代，脚丫子已经陷进历史的泥沼拔不出来，离开文革日子无多，一些史实已云山雾罩地走样。

与穆媛交谈后，正式开拍是过了年的 2007 年元月 10 日，正逢三九，天气却不太冷。上午在北大拍摄，拍我们当初住过的 32 楼，老图书馆，办公楼礼堂和百年大讲堂（当初叫大饭堂，七二级入学典礼在此召开)、结冰的未名湖……32年过去，北大变化太大，当初的景物存留极少。

下午在室内进行访谈，时间大约6个小时，从下午2点到晚8点。中间短暂休息。绝大部分是我一个人在说，说得口干舌燥，大灯烤得面皮红热，可以说是体力活儿加脑力活，不轻松。凤凰编导提出的主要问题有，插队的记忆，记得下乡第一天怎么过的？上大学经过，接到录取通知的心情、报到的详细过程；《理想之歌》创作前后，当时和现在的评价。为什么大学毕业又回去延安？等等。

前边讲了，采访进行6个小时，内容N多，不可能一一列举，采访重点是《理想之歌》，就讲它吧。

《理想之歌》是四个人写的

理想之歌四作者 2011 春节聚会

左起高红十—陶正—张祥茂—于卓

以往一些文章把《理想之歌》的写作归于我一人，其实不然。除我以外，《理想之歌》尚有三个作者，他们是：

陶正，男，去陕西省延川县插队前系清华大学附中高二学生。长期担任北京歌舞团一级编剧，中国作家协会会员，曾荣获全国优秀短篇小说奖。

张祥茂，男，去内蒙古自治区丰镇县插队前系北京初中六七届毕业生。现在中华全国供销合作总社任局级干部。

于卓，女，去北大荒兵团前系北京六九届初中生。在《科技日报》担任过记者、编辑、编辑部主任。北京作协会员。

我去延安地区插队前也是北京初中六七届毕业生。

我们是1972年春季入学的北京大学中文系文学专业学员。北大中文系1970年首招工农兵学员，1971年未招，我们1972年入学，是中文系的第二届，工农兵学员的第三届。我们这届学员入学前在各地进行过简单的文化考试，文化水平全部初中以上，不像以往各届，有小学文化的学员。

《理想之歌》是我们四人创作的，谢冕老师指点过。

责任编辑是人民文学出版社的杨匡满和孟伟哉。

1973年暑假前，中文系文学专业刚刚分出创作班和评论班，我们四个都是创作班学员。那个暑假，我去内蒙古建设兵团看妹妹。妹妹的连队驻在乌海市下边一个叫黄白茨的地方。

7月30日，我在兵团接到妈妈打来的长途电话，告知北大有任务，文革初期停刊的《人民文学》杂志拟于当年十一复刊，复刊号需要一首长诗，等我回去参加写作。此事是谢老师通知的。因为是暑假，外地学生都回家了，只找了几个家在北京的同学。

我8月初赶回北京，很快与陶正、张祥茂、于卓及那两位责编碰头。责编讲明诗歌的要求：为《人民文学》复刊，也为即将召开的党的十大和四届人大献礼。主题是歌颂党，歌颂祖国，歌颂青年一代的成长和理想。

据责编讲，此事也找过一些刚刚复出的老作家，他们表示，还是让小将们写吧，小将们有虎气。当时我们既兴奋又紧张，因为从未接受过这么重大的任务！《人民文学》哎，可是国家级文学刊物，能在上边发表作品，对我们几个大一刚过，大二还没上的学生是件难以想象的事情。我们生怕能力不及，写不好长诗完不成任务。大致绺了一下内容，我们就回家各干各的了。记得一开始分给我和于卓是写歌颂党和祖国部分。分给陶正、张祥茂是写青年一代的成长和理想。几天后碰头各念各的，征求意见再分头改。

记得我写歌颂部分，用现代话语形容叫“宏大叙事”。写到最后已经没词儿，脑袋再也转不出大词儿。四位作者哪一位都不轻松。

9月初，我们将完成的两大部分初稿交给杨匡满，杨编辑很快看了，不满意那个歌颂的，决定放弃；让我们全力以赴改年轻一代的成长和理想。思路一下子变得单纯了，记得张祥茂写的那部分题目就叫《理想之歌》，我们一致同意用这个题目。我们还确定用第一人称写，“我”是一个共和国同龄人，延安插队知青，也许我们中间有两个——我和陶正——延安知青的缘故吧。

改完这一稿，我们就开学了。一开学就领受新任务，下去采访，写书。当时很正规的提法是：带着战斗任务组织教学，开门办学，走以社会为工厂的道路。

张祥茂带一小分队赴云南，采写知青先进典型上海的朱克家和北京的辛温。

于卓带一小分队赴山西平陆，写毛家山知青小组。

我、陶正和另两个同学、一个老师，一个张思德老战友分赴陕西、甘肃、四川，采写毛主席名篇《为人民服务》主角张思德。人民出版社准备出书。

领了任务就下去了。当时听说《人民文学》又不复刊了。我们有点遗憾，但没觉得多么亏，只当是练笔，练了一回大手笔。

出　书

1974 年初，杨匡满又来找我们——我记得以后都是杨编辑来找，孟伟哉编辑不怎么来——告诉说，《人民文学》暂不复刊了，但筹备复刊期间收到不少诗作，决定择优编书，我们的那个《理想之歌》还想收进去，请我们再改改。

此时北大正逢肃杀冬季，不光气候节令上的，而且是政治运动上的，批林批孔已紧锣密鼓，文学专业创作班少不了参加批判和写文章，果真之后就派下来写《法家小故事》。那个《张思德》还没有完稿，与编辑反复沟通多次修改，修改原则不完全从生活真实出发，而是服从政治需要，当然要往高拔。往高拔的文字要想写得不那么生硬，也需要说服自己接受这一创作原则。比如，写张思德最后牺牲一节，全书的重点章节。我们采访中得到的素材有两个版本，一说是张思德给炭窑挖烟囱，炭窑很小，只能呆一个人，蹲着，用小镢头朝上挖。因为下雨，土质疏松，结果炭窑塌落，张思德被埋。另一版本是两人在炭窑里摆放待烧的青冈木，另一人姓白。当窑顶塌土时，张思德把战友小白推出去，自己被埋牺牲。直觉让我们相信前一个版本。

采访中我们到过张思德烧炭的安塞县楼坪乡石峡峪村庙河沟的深山老林，也看过塌落的炭窑，很难容身两个人——我们看到的那孔窑极大可能不是当年埋张思德的。张思德牺牲时不过是中央警卫团一名普通战士，当时毛主席还没有在追悼会上讲演，《为人民服务》文章还没发表，抗战还没胜利，新中国成立还没提上议事日程。所以不大可能有那么超前的保护革命遗迹的意识。此书在我离开北大时还没出版，只记得讨论稿中已倾向第二种版本，即推战友出窑。

谁手头心上都不轻松。改《理想之歌》纯属额外任务，只能占用业余时间。一个全身心投入上管改的工农兵学员，哪里又有什么业余。

丢手吧？实在不忍，毕竟花费好大心血了，何况直觉这是个东西，是个比大批判文章有价值的东西。挤时间改吧。

那时，张祥茂还在云南没有回来，我先动手了。

我这回主要做的工作是绺出了顺序，之后其余人接受了我绺出的顺序：

第一部分，老知青迎接新知青到队，新知青问老知青什么是理想。

第二部分，回忆下乡之前“我”所受方方面面理想教育和影响。

第三部分，下乡，贫下中农帮我端正了理想的航线。

第四部分，批判形形色色非无产阶级理想观。

这中间，我们又改了无数次，用一句玩笑话形容：整个一复辟反复辟斗争。你改去我的，我又改去他的，他再改去你的……最后真是弹尽粮绝、黔驴技穷。我用陕北话大叫：没脑水了！没脑水了！最后的修改过程有两个见证人：马惠和沈小兰。她们也是延安插队知青，正在人民文学出版社修改反映知青生活的长篇小说，同样改得好苦。我记得我给她们大声朗读过，读一遍，嗓子都哑了，别人感觉怎样不得而知，反正我们挺激动。

1974 年 4 月，《理想之歌》最后交稿了。看得出来，编辑并不十分满意，但我们已是“死猪不怕滚水烫”，爱咋咋，爱谁谁，只求别让我们再动笔了。

8 月，接到杨匡满打来电话，书已付印。

9 月，该书正式出版。第一版是绿色封面，没有图案。《理想之歌》成了书名，排序在目录最后，可能因为篇幅最长缘故。据杨匡满后来介绍，该书第一版印了 10 万册。《理想之歌》的署名是：北京大学中文系七二级创作班工农兵学员集体创作。

集体创作道出了时代的真实，现在可以叫历史的真实。该诗确实是四个人集体写的，这样写作是否合适，作品质量是否受影响属于另一个问题。我们当时、之后直至现在没有为此署名产生过任何疑义和异议。当时如果署了个人的名字，个人承受不起，也为时代不容。

细看全诗，应该说陶正的东西更多些。他是我们中间最年长者，古诗词读得多，上大学前，就和后来成名的路遥、谷溪合编过诗集《延安山花》。凡后来公认的佳句几乎都是他的。

前边说过《理想之歌》的题目最初是由张祥茂起的。

“乘东风飞来报春的群雁”这句，我记得来自于卓那稿。

还有你三我四就不大分得开和记得住了。不管谁多谁少，全诗代表我们全体的意思是不错的。时代变了是时代的事，当时我们可是很投入很倾心，真想把她写得更好。

那时没有稿酬，我们也压根没想到稿酬这当子事。每个作者的报酬是两本书。出版社送来的书不止每人两本。可是我们班主任说，你们不应该在这本书上有比别人更多的特权。我们觉得有道理，便心安理得地每人自取了两本书（一本给了下乡的妹妹，另一本不知辗转失落何处）。

选　择

最后一学期，同学开始考虑毕业去向。一个念头在我心底萌生：回延安，继续当农民。从念头冒头，到终于成行，这中间的故事和心路历程可写一部长篇。

1973 年暑假分到创作班后，我跑了不少地方。

西安、临潼、延安、安塞、甘泉……回插队的延长县黑家堡公社李家湾队看老乡，老乡惊讶更喜欢。他们用大枣红薯喂得我盘腿坐不住炕。

甘肃天水，金黄的柿子挂在叶子落尽的树梢，漂亮的苹果很便宜。

四川，广元、仪垅、南充、绵阳、成都、重庆……正逢桔树结果的时候，正逢野菊花田边地畔怒放的时候，正逢太阳像月亮月亮找不到的时候，船过三峡正逢没修葛洲坝的时候；

京郊农村平谷；

三百米地下的京西门头沟煤矿；

心涨得很大，小的器皿盛不下，小的风景盛不下，只有在大大的地上宽宽的天下跳动，它才舒其展畅其快得其所。

未名湖边三个寒暑过去，该毕业了，铁打的校园中一名流水的兵一抔兵的流水，这水这兵将流向何方？

据说我们这届分配的单位不错，有说我分到某市级机关，也有说留校。想想看，在灰桌灰椅旁过运动频仍的灰色人生？似乎不那么适意随性。

并未全部打碎的 17 年教育积淀；

时代的价值观、人生观；

同龄先进分子的感召；

未冷的青春热血 A 型性格；

特别是不想被按部就班地安排。让自己试着选择一次，成么？

多因一果诸般合力促使我于 1975 年 6 月递交了毕业后回延安务农的申请。

黄土地那边马上有了接纳的回声。

一切不过是大气候下的小气候，孙悟空在如来佛手心撒了泡尿。“这一刻”的“这一个”而已。离开这一刻——时代，离开“这一个”——个体选择，都无法解释我当年的所作所为。

于是，溢出常轨的走向使我的人生长旅有了某个独特的区间。

人，不该活得独特点么？

送行和走向高原

临行前我收到很多礼物，富有时代特色的东东，记起的有：

很多大同小异本子，大红大绿的塑料封皮，内页有彩插，彩插多京城风光。本子扉页写大同小异的话，话语表达大同小异的意思和意义。30 年后本子没用完。很想把本子和题字给送本给人看，看他们会为几十年前的话脸红或茫然么？

校方送了一把铁锨，锨把上绑一大朵喜兴的红绸花。锨头直，没开刃，进土不利。锨把粗，不好握。下乡后修水利平梯田半个冬天就报废了。

校方还送了一把镰刀，刃口长长刃口弯，割麦割谷割玉米都很好使。只是把子短，割山地糜谷还行，割川地要大猫腰。此镰刀跟着我从北京到延安又西安，好像跟回北京，眼下便寻不见。

某话剧院的女士送一副垫肩，上印红字“任重道远”。下乡后曾用它担水担粪，老转到胸前像个围嘴。只好当个道具收起来。

某位栋梁心极重的学弟送我几句话：历史的筛选是严格的，是纯钢，是残渣，还要在实践中接受考验！镇得人够呛！他晚我一年毕业，去了东北中苏交界处的一个小山村。三中全会以后进了国务院某政研室，官至副部。后来莫名下野。是纯钢？是残渣？找到他很想问问他。

外班女生送一双高腰军鞋。下乡踩雪打湿放在铁锅里烤，被烤焦一大洞。写信告诉送鞋人，她寄来又一双新鞋时说，下回能否换换样，别老是鞋。

低年级 11 名女生合送一个喝水杯子、一块擦汗手帕。

一个日本女留学生叫万里子，送一方大手帕和日本北方四岛中一岛的明信片。

某班男生骑自行车驮来捆箱子的草绳。

同班一女生帮我补了一系列的破衣烂袄。

学校革委党委送行。送行的饭由校党委书记陪着吃，陪得直不好意思吃，不似如今的我最不怵的除了说，就是吃。桌中有一盘硕大的鱼，什么味，一点不记得了。

黄陵山翠，
洛河川美，
阳关大道通陕北。

青苗苗毯，
菜花花毡，
汽车飞过了金锁关。
……

以上文字是我当年写的一首信天游体的《回延安》，多少反映了大学毕业回延安时的心情。

我是坐飞机走的，第一次坐飞机，机型是小飞机。兴奋之余又有点慌。登机手续顺利办妥，飞机正点起飞，一下子把我带到太阳下边云海上边。

飞机在太原稍事休息，又升上高空。

黄土高原来了，秋末冬初的黄土地好黄，怎么几年绿化竟未留半点痕迹？

飞机下落，黄土山峁接近，倾斜，飞机终于呼啸着落地。苍茫冷峻的高原风聚拢过来，掠了一眼，又毫不在意跌跌撞撞远去了。

我是 1975 年 11 月 7 月——我 24 岁生日那天回的延安，落户南泥湾公社三台庄大队。我是当天傍晚到队，一辆吉普车开上村口坑坑洼洼的土路，连人带行李卸下就开走了。第二天一早，我在窑洞门口刷牙，一个拢白手巾的老汉围着我转了半天，说，那九个呢？我一嘴白沫不得要领。后来才看到村小学校墙上贴一红纸黑字标语“热烈欢迎高红十同志来三台庄插队落户！”这位识字老汉为标语做了不当断句：热烈欢迎高红，十同志来三台庄……以为我带着另九位加我十位青年来此叨扰。后来我对多人多次讲此典故，结尾是：一人是我，九人是我，十人也是我！

此一插又是三年多。这期间我做过大队党支部委员、团支部书记、妇女队长、大队会计，实职是大队会计，此方面生活极为丰富有趣，我的中篇小说《那早起有雾》（收入《哥哥你不成材》小说集，作家出版社）有所记录反映。

1979年4月，我被陕西省高教局按专业归口重新分配至陕西人民出版社文艺编辑室，和后来的知名作家贾平凹一个办公室。延安地区当农民的大学生前后约十几个人，除了我是北京大学的，还有清华大学的李红耘、北京师范学院（现为首都师范大学）三位同学早我几月到宜川插队、兰州铁道学院等，也全部按专业归口政策重新分配工作。我始终觉得，陕西尤其陕北的各级领导对知识青年有着极大的善意，无论是1970年派遣上千名北京干部协助管理知青，还是1973年全国停止招工而陕北知青依旧被招工招生，加上我亲历的1979年对毕业务农大学生的专业归口安排，都体现了这种善意和包容，这点要时时感念在心。

我下乡之后的《理想之歌》

1975年底，《理想之歌》被中央人民广播电台编辑成配乐朗诵。1976年1月，《人民日报》全文刊出。这一下影响被放大了。当时几乎没有电视节目，电台就是覆盖面最广的传播媒体了。不少知青后来见到我都说，是从广播里听到的这首诗。

由于我大学毕业当农民的选择，受到新闻媒介的关注。我在毕业务农申请上写道：《理想之歌》不光写在纸上，也要落实在行动上……这也是后来传媒把我认为是《理想之歌》唯一作者的原因之一吧。

1976年4月，《理想之歌》的书第二版出版。第二版是根据《人民日报》上的版本收书的。这一稿由北京同学做了一些修改，加了紧跟当时形势的内容，如，刚发表的毛主席诗词：世上无难事，只要肯登攀等。书的封面也改了，白底，有了延安宝塔的图案。86000字，4又15/16印张，两张插页，定价0. 34元。

1982年，日本九州大学教授岩佐昌暲先生写了一篇文章“文革时期文学的另一面——高红十和她的《理想之歌》”。我在大约三年后从谢冕老师那里看到这篇文章并请人翻译。说实在话，我为文章入情入理分析和独到见地感动。因为至今，国内还没有人做这样的研究。

摘录其中几段做本文结束吧：

“70年代初期的中国，由1200万年龄接近、感情体验共通的青年组成了上山下乡集团。《理想之歌》首先是这一集团的文学，是这一集团确认自我价值的文学。

“一年后的十月（1976年10月），“四人帮”被逮捕，高红十正在陕北的一个山村务农。欢庆胜利大规模集会的锣鼓声和鞭炮声也一定传到了黄土高原。我无法推测，她那时想了些什么，但我现在可以确信，她一定听到了鞭炮声和锣鼓声。在她听来，是把她推向主角的时代的结束，是宣布产生她作品的上山下乡集团开始瓦解的送葬曲。

“并不是每一代人都有自己的歌，但是高红十这一代人有着自豪奋进的《理想之歌》。这是一首未完成的悲歌。如果把这一代人被历史毫无道理地抛弃后的困惑、激愤和悲哀写进去，这才是一部完整的歌。《理想之歌》的未完成性，象征着文革时期文学及其承担者的命运。”

老三届的危机

老三届人，一个什么命题？

老三届人，除了履历表意义的六个年级毕业生，又有什么特殊的含义？

老三届人的价值在新时期如何体现？

在老三届人的命题下该做怎样的文章？

苦难风流。

的确，我们吃了很多苦/受了很多难/经见了很多风险/流了无数的汗……

那又怎样？

老一辈革命家不是还有各式各样掉脑袋的花活危险，比咱们的经历更具刺激性和可读性么？

后一辈人将在世界经济发展的大潮中遨游，无疑更多趣味风流和信息快感。

我们呢？我们的价值是什么？我们的优势在哪里？我们究竟把握着什么定海神针保证我们不被时代抛弃？

三长两短的命运，海角天涯的性格。有贼心没贼胆。自己累别人看着更累的尴尬生存状态。还没活好，就要活老的感慨。被轮空被淘汰的危机……猫追鼠样追着我们。何况历史有过甩出一层人照样前进的先例，何况中国少的是机会，多的是人。

清点一下老三届的队伍——舞文弄墨者多，虚张声势者多（不含贬意），纸上谈兵者多。由于缺少数理化的扎实基础，缺少自然科学的熏陶，面对多学科互补信息爆炸的电脑时代，出类拔萃者几无。

再来看看干实业的：明星企业家、下海炒股的大款、国际工程的承包商、拿世界大奖的发明家、名时装设计师、水稻专家……有多少老三届人？

说句不中听的，很有现代意识现代手法有声有色的犯罪分子中有几个老三届呢？

让社会怎么从正反两方面重视这一层人呢？

老三届人，没有“潮平两岸阔”的过去，也不会有“风正一帆悬”的未来。青春期赶上个有负人人的文革，中年又赶上1000人抢100个馒头的时代。总是坐末班车还被车门夹着，的确亏，而且惨。

危机的老三届人怎么办？

是回头看抱残守缺？还是诉苦报怨？别价，千万别。这年头什么话都有人听，包括谣言，就是没人听诉苦报怨。诉苦报怨的结果是使诉苦报怨者如祥林嫂般无趣难堪。

老三届人的文章该如何做？

一份忆苦会的发言，一张请求社会给予理解给予应有待遇的集体呼吁书，还是自我品尝苦难的菜单？

不是。

它应该是人活半生日上中天一份清清醒醒的自我小结。人活半生，可前瞻，可后顾。日上中天，最少阴影最少失真。四十不惑，早该不惑，没时间惑了。

我以为，老三届人的价值在呈上启下，是历史长链中一个足够坚韧，足够灵活的链环。老三届的价值是开放和兼容。兼容上下两代，兼容多学科知识，兼容各种伦理观、道德观、价值观、人际关系，生产和生活方式。

你若有实力参与100个馒头的竞争，就去争。在光明正大的竞争中，不让老，也不惜少。争得了，就干好它，干漂亮它，干出个老三届的样来。

更多的老三届人要在快变的形势中迅速定位，调整好心态，各尽所能，无论干什么，干好它，干漂亮它，干出个老三届的样来。

老三届人要充满自信，任何人的青春不是任何人否定得了的。我们的付出与所得溶化在血液中、基因里，倒不必总挂在口头上。

老三届人要少唱咏叹调，多唱进行曲。因为我们已没功夫叹息。

我们从北大荒，大草原，黑土地，黄土地，红土地走来，我们应该具有与大自然等高等阔的视野与胸怀。

老三届人，出发；老三届人，上路；昨日的先锋与桥梁是改革开放新时期的骨干与中坚。

白纸黑字的往事

京城入秋后溽热几天，笔者和数十位朋友在京郊平谷金海湖聚会。朋友是陕北插队知青，当年同一公社同一水库工地毛泽东思想文艺宣传队战友——可窥那时突出阶级斗争，人和人之间称战友烙印时代特色。战友于1971年底分别，再聚首已过36年。谁也没想到会再聚，再聚已白头——在座不少黑发显见是与化学药剂亲密接触结果。再聚再聊从当年开始，少不了欢笑与唏嘘。

江青语录留下了

孙女士当年在宣传队主要饰演老大妈，脑子好嘴快，不仅背熟自己台词，还会应对记性差，糊涂“老大爷”台上的胡言乱语，一场场演出有惊无险圆满收场。

孙女士早退休，现为社区秧歌队骨干，身材练得那叫一个好！她说她和姐妹们险些把傣族舞、筷子、扇子、红绸舞舞到法国巴黎的香榭丽舍大街——后因别的区秧歌队要么扭得更好，要么与办出国人更熟络，总之孙女士语焉不详结果是赴法未遂，还在等待澳大利亚悉尼或者英国伦敦。这几年春节咱国不是都有社区秧歌队上那些地方扭，把中国年的喜气广布世界么？

聚会上孙女士拿出一个巴掌大小本，36 年前宣传队解散时队员给她的留言。没什么人写自己的话，每人抄一段语录。有抄林彪，有抄列宁，有抄江青，最多是毛主席语录。

宣传队解散不久林彪完蛋，留言本上林彪语录被黑笔道划去。估计之后再没翻动这小本，于是江青语录赫然保留首页，干干净净，未被涂抹。

送　礼

聚会时有一节目，每人准备一小礼品，封包好，互相送，看谁准备了什么送给了谁。被笔者讥笑为：当年无胆小资眼下放量中资老资。

出手到手的有咖啡壶，卡通娃娃，护肤霜等。笔者送给每人一本自创小书。唯钟先生说他不送这些。聚会结束时他会送一特别的。他送的是打印好，用黄笔绿笔重点标示的《基金投资收益表》，一种每月投入 1000 元的基金产品，表上列出低、中、高收益率的按年收入数额。他说希望在座为自己老年做一些实际考虑。

有人嚷嚷，钟先生是否某基金公司“托儿”？

当然不是。

插队时，钟先生某日去别队知青处串门，听说管知青的干部要把著名走资派子女罗某姐妹和邓某姐弟调离黑家堡公社，发配到更为边远农村。那天天下大雪，鹅毛大雪，沟里山上一片洁白。钟先生冒着大雪连夜送信，让被迁移者赶快逃，能逃多远逃多远。

管知青的干部下到村，对象早没了。

钟某又于某日听说延安知青即将有招工安排。其时他已到延安，下车后返身买票上车，对路上车上每一个像知青的人说，认识不认识都说，要招工了，知青要招工了，快回队，快回生产队！逮谁跟谁说。

眼下送基金收益表虽不是一回事，与时俱进的礼物包含一脉相承良善动机：为了别人好！

台湾反标和电影锣鼓

钟先生说的一件事，与笔者有关。

插队某日，某拦羊老汉在山上捡到季风汽球飘飞散落的“台湾反动标语”。书签状，竖长条，繁体字，彩色印刷。上半部一蒋介石头像，下半部庆贺蒋连任“总统”内容（时间久远记忆可能有误）。

按常理，拦羊老汉捡到带字的纸都给知青，谁让知青全称前两字还是“知识”？知青看了新奇无比又刺激无比。之前尽管全国人民批蒋、反蒋，咒骂恶攻蒋介石，可谁又真的看过蒋介石头像，特别近期头像？文革批一款塑料凉鞋，鞋底暗藏一“介”字，说是反革命借鞋底花纹以实现国民党反动派反攻大陆的痴心妄想。知青以新奇加害怕心情把玩拦羊老汉捡到的东东。看完留也不是，撕也不是，末了末了看一眼丢进灶火，烟飞灰灭。

1976 年天安门广场事件后，笔者在陕北也捡到过同样原因送达的“台湾反标”，头像换成蒋经国，内容呼吁水深火热大陆同胞弃暗投明云云，总之读者读后吓够呛！后话。

钟先生说拦羊老汉除了反标，还给了他一封高红十（笔者）信，信写自北大，笔者正在那里当工农兵学员。拆开看是一份手抄的大右派钟惦棐之奇文《电影的锣鼓》。钟先生是钟右派的儿子。天可怜见！钟先生为此文吃N多挂落，受N多苦，竟然没看过此文。笔者上大学当它是反面教材，猜到钟先生没看过此文，手抄下来，寄给他“奇文共欣赏，疑义相与析”。

探亲时，钟先生将手抄文带回家。乃父要看，说记不得写了些什么。

聚会时钟先生说当年纳罕，高红十信怎么和台湾反标混一起让拦羊老汉捡到？后一想，八成粗心的邮递员骑车乱颠颠掉了，叫拦羊老汉捡到，敬惜字纸物归原主。

钟先生后来招工进厂当打铁的锻工，他给乃父写信，称自己“骨瘦如柴怎能打铁？”乃父回信，“你见过几个打铁的肥头大耳？”

记得中苏关系紧张时，笔者正在乡下当知青，上级派下来为了战备学习外语任务，知青热情响应，同样热情的还有李家湾村一名憨汉，“憨汉”现代语言应该叫“智障人士”，憨汉对学习怪里怪气语言极度亢奋。笔者记不清是俄语还是越语，反正有一短语（类似“放下武器，缴枪不杀”）像汉语发音“兔喝面汤”。憨汉一遍遍说着“兔喝面汤”，满脸绽笑！是啊，农村晨昏不变日复一日的更迭，能有打仗——人老几辈才有的事情发生，记着工分学绕舌头的“兔喝面汤”，想象兔子吧唧着三瓣子嘴喝面汤，超好玩！

那感觉可归入“少年不知愁滋味”吧。

应　　该

“应该”是我们、许多人时常挂在嘴边的一句话。

说此事应该怎样——肯定语气，如同铁箍箍桶不容怀疑；

说此事不是应该这样那样吗？怎么没有这样那样？生气、愤懑，甚至孱杂着悲怆；

这个世界当真有个“应该”么？——过去应该怎样、现在应该怎样而将来又应该怎样？

人们感官接收到的只有过去是怎样现在是怎样。无法判断那“应该”是一种必然现在是一种嫁接错了的偶然？还是“应该”不过心造的幻像而眼见为实才是真正的“应该”……

以上这番话太过绕嘴，更绕脑子。

没办法。

当M君在一个午休时间到我的办公室讨开水，讨过开水后坐下来随嘴问一句：50年代的人真的那么傻，真相信一亩地能打万斤粮食么？

我语塞。

身为名牌大学中文系硕士生年纪不过30岁的M君的潜台词是：他们“应该”没有那么傻那么无知，他们是假装的；当时“应该”有很多人不相信传媒的宣传。

我不知道，那时我尚不懂人事，但身为兼容并包上下两代人的我辈可以感知并不太离谱地揣摸出当时人们特别是年轻人的心态。

五十年前，他们对眼前的所有照单接收全部相信，相信共产党，经历了28年战争磨难，弱小的星星之火终于燎原，从一个腐败政权手中夺取一个国家的领导者——何况那么有魅力——应该是正确的；把工厂交给工人，把田地分给农民，工人农民喜极而泣，那泪水应该是真实的；新中国成立初年，逢五一、十一走过天安门的游行队伍欢呼声应该是发自内心的。即便发现现实与宣传有出入，怀疑也是怀疑自己，动摇也是动摇敌对分子——这就是50年代初期年轻人心态的“应该”。

对“应该”的怀疑、动摇、破灭是个十分痛苦的过程。

有人如天打五雷，瞬间轰毁整幢建筑，

有人又如洪水浸泡江堤，一浪浪一涌涌舔塌长长堤防；

……

我一辈都曾有过这个过程。

30年前上山下乡，所有的“应该”变成万花筒里跌落的碎片，攥不成把，拼不出形。我们问了多少“应该”：解放20年的中国农村应该不是这么贫穷？贫下中农应该不是这样自私？贫农的孙子应该不和豪绅的孙子在一起玩？办丧事应该破旧立新，怎么还摆八碗请吹手占用晚上的政治学习？贫下中农应该积极响应党的号召学习大寨赶大寨可怎么下地干活打不起精神？辛辛苦苦早战晚战应该产量提高怎么收成不见增加肚子越来越饿？

我们拿着书本上的白纸黑字，拿着学校、家长、社会灌输的道理发问，如同一把把碎石掷上天穹，天不承接天不语，纷纷扬扬粉粉碎碎跌回到地面，砸在发问者脸上头上身上心上……

刚刚出土的慧根承接了它们，拌和着汗水泪水雨水血水，大脑沟回渗出的汁水，痛苦如大粪发酵。

坐在早春的田埂边，看星星花一片片绽放，闻不见香，香的是粪。听青蛙聒聒试唱；

夏季的雨水如醍醐灌顶，云层后的阳光又如破疑解惑的青锋利剑；

杀伐决断的秋风吹得地净场光，我们惊讶四季的青绿由尸横遍野到颗粒归仓，何为始，何为终；何为因，何又为果？

那雪白极了！伶仃脚印和桶边滴水从井台一滴滴一脚脚走到知青灶房；

30年灯灭鸡啼——无语意境。

该与不该，悟与不悟，悔与不悔，明明灭灭俱在其中。

没有应该怎样，只有实际怎样，

凡存在的都是合理的。

没有公平，只有不公；没有必然，只有偶然。

面对30年后年轻光鲜热情鲁莽，不计后果如我辈当年的年轻人，我们时常“马踏青苗”，兜头一盆冰水，迎面一个巴掌，用以上道理去“教育”、“匡正”他们，如同当年我们的师长。

其实他们是急于长大成人，如同幼苗出土，急于拱开头顶上的所有：土坷垃、大粪、厚些的积雪；他们急于出来，急得有些蛮不讲理。

等他们长出来了，看得见分辨得出，才会懂得肥料、雨水的可贵，阳光的可贵；懂得冰雹、霜冻的可怕，有意无意伸过来的锄尖更可怕。

可惜那时他再不讲“应该怎样”。

而我希望他还能偶尔谈到应该时，他不语，嘴角一抹笑，鼻子里两声哼。

其实，凡存在皆不合理，应该坚持一点“应该”，被时光淘洗，被世间俗事俗物过滤的“应该”，那是理想，哪怕是想象。

不必挂在嘴上。用一块洗干净的旧棉布包起来，搁在心里，默默地坚守，一点点释放，支撑自己，照亮自己，温暖自己，也就是支撑、照亮、温暖他人。

应该。

曾　经

春节前，笔者收到《回首黄土地》——一部反映陕北知青生活电视连续剧 DVD 的宣传材料和征订单，笔者曾在陕北插队七年。

宣传材料上铺底是苦寒焦黄的高原，除了门楣上对联是红的，天地间别无他色。宣传文字充满悲壮和悲凉。

曾经的陕北知青史铁生写道：据说，在大西北荒原上，曾经有一种汗血马，奔跑如飞，流的汗里带着血。《回首黄土地》这部电视剧处处比故事平淡，比眼泪浓厚。

同样当过陕北知青的宋小明为电视剧写了主题歌词：

曾经是一座山，曾经是一条河，
曾经一个个你我这样走过；
也许是一味药，也许是一颗果，
也许是一个说不清的梦，是不是都做过？

回首一座山，沟壑在前额，

放眼一条河，波涛胸中过；

青春做伴好放歌，

你还是一个你，我还是一个我。

笔者注意到，征订单上标明：插队知青优惠。这其中包含两点商业营销的考量。

一是延安知青属于插队知青中的少数族裔，拢共不到 3 万人，1% 的人购买才 300，若再优惠，不赔才怪。所以欢迎其他地区的插队知青也来购买并给予优惠。

二是对上千万知青都优惠——一种近乎白日梦的奢望——也怕赔，所以把知青中的兵团战士排除在外。

这种在商言商的算计原本无可厚非。

笔者还注意到宣传文字中多次出现的“曾经”和“也许”，露出写作者对过去历史把握的不确定，哪怕亲历的历史。感受者当时的感受林林总总各异，之后的走向更是大相径庭。“青春做伴”的日子过后，飞的飞，走的走，爬的爬……

正如歌中所唱“你还是一个你”，回归匍匐在地的层级，退休、低保、节衣缩食、养家糊口。

“我还是一个我”，飞上枝头当凤凰——凭自己的努力弥补文革造成的有效时间短缺——挣一把学位，远至牛津、哈佛。鸡飞狗跳的年头岁尾，讲课做学问的间隙，神思可有一种远望？

时代是风，知青是沙。沙子易迁徙，不粘连，不成形，难做器物。

学校可以，地域可以，于是遍地校友会同乡会。两者结合更可以，校友会的地方分会很厉害。

知青却难。

宣传材料上写着：《回首黄土地》讴歌那时代，那土地，那艰难，那精神。笔者以为前三者“时代、土地、艰难”是实，后一味却不必然，艰难并不必然孕育有价值的精神，又或许有精神也不一定值得珍藏和讴歌。曾经有老三届餐馆开业，门上对联：蹉跎是财富，苦难是黄金。当时就有智者指点，对联改一改排序更为真实妥帖：蹉跎是苦难，财富是黄金。

对此笔者曾不甚了了，二三十年过去，知青背影渐行渐远漫漶一片，才若有所悟。

回　延　安

二重唱（中间）

一

“几回回梦里……”可否不这么开头。

梦，只在流行歌曲里磕牙绊齿，一般不会爬上都市人的床栏。

老实承认，我没做过回延安的梦。回去看看，是我——一个知青结束插队 13 年距上次回去渐抻渐长的七年里，有时、白天，清清醒醒清清楚楚清清晰晰想做的一件事。

二

一九九二年十月。

到四四方方如相框的西安城廓子里来，到短绌的东西南北街子里来，到秦俑后裔的人群里来。哪个熟人也不想找。

却远天远地跑去延安看人。

见到高建群，他热诚质朴依旧，岁月圆润了年轻时脸庞英挺的棱角。那年他知道我要来，早早买一只鸡拴在桌腿养在家里，那倒霉的生灵后来煮好整个用大茶盘端上，氤氲热气布满寒伧的窑。此次他为我准备的是洛川苹果，红红的有一整箱，红红地照亮我住的客房。他不虚度，有了 40 万字《最后一个匈奴》。

R 依旧乐天知命不温不火平常随和。别人看不上眼的自己看得上眼，别人不以为然的自己以为然。

见到 S，原南泥湾公社主任、我的顶头上司，现在地区农行主任。他老了发福了，坐一辆奥迪，给他开车的北京知青，爱人早调回北京海淀。

当年 S 青杨树样高高个子，裤腿常卷在半腿把子上。他吃苦能干，懂人心懂政策怎样在人心里下种。他对知青不卑不亢，你红我不火上浇油，你冷了我也不釜底抽薪，有距离地理解。如今被时光揉搓，被宦海浊浪拍打琢磨，他疲了软了，心劲几无。再不憨了。他说，那会儿就是个憨汉……他领着我蹭会饭——香极了的水盆羊肉，里里外外招呼别人吃饱吃好，自己也吃饱吃好，依稀可见当年风采。

去了枣园，一园缤纷秋色如水秋风。不见甚枣，却见金灿灿金属片装点的银杏，纳罕为甚不叫金杏？

杨家岭——七大会址。寻觅不见沉淀沉甸的历史感。几个穿制服人在讲台上行希特勒礼，弄得俗气熏天。《讲话》处清冷清冷，院子里井台上有轱辘有水，却无井绳，三几个女子婆姨坐井台上拉话，塑料编织袋撂半边。秋阳如散碎银子。

王家坪，有气魄的纪念馆。正经看不出七七年那场百年不遇的大水没了展柜，淹死11个人。替毛主席代耕的杨步浩一家三代被水神爷请走。更看不出早先这里不是纪念馆而是150万元党费修起的烈士陵园，1966年大串连时还有，林彪大树特树时没有了后来林彪也没有了。不年轻的讲解员还记得我，还记得我们那一批知青那一阵动静。我们年轻时她们也年轻，我们红火时她们也忙碌。现在倒是不红火了延安很难再动心动意动情地红火了她们不再忙。虽说还有活儿——这不刚卸下讲话五十年展览，又准备双拥50年。时光永远操最后的胜算，黄尘扬起落下，火去了水来，后刮的风除灭前一场风的脚踪。

我在延安的住处旁边是一个大操场。好大的可开运动会踢足球赛篮球跑道俱全。我每早到时准醒，睡乡里有一只打鸣的鸡，叫我起来去操场跑步。贪那一场甜冷的空气，贪离宝塔近就在头顶在她低低的俯视中。近处看塔，拙，土，笨，无甚佳处。远处看，看瘦看小了她，倒有那么点精神，但山是拙的笨的，所以塔总不能轻飘地飞起离去。

夜晚看宝塔的灯光。据说每晚点灯电费300元，管宝塔的单位出不起钱，于是立规矩谁家让点灯谁家出钱。那两天正逢北京开十四大，地委让点灯顺理成章地委出钱。

延安大桥下有一个农贸市场，卖风味小吃羊杂汤、黄米糕、油馍油旋等，还卖五谷杂粮蔬菜。一列列化纤口袋、麻布口袋、羊毛口袋一车车并车下一堆堆。买的人不多，大约不集不节缘故。

大桥往北去有块空地。下棋的、喝茶的、等着揽工的、卖红胶泥烧的泥壶。人也花花洒洒，风也熙熙攘攘。

只可惜独自逛时间太少，只走了南关一条街，走到市场沟。市场沟已成遗迹，市声不响市场不兴。长联下泥泞的沟边一个卖馍的两个卖肉的三几个晒太阳的。一道沟活脱一个拢手巾倒背手老汉。

青化砭，两山俯冲着窄路，一边是河。那里毛泽东指挥过著名一战，转战陕北的一仗，如今已了无痕迹，风中没有硝烟，河水没有血痕，山坡枣葛针脚底也没有生锈的弹壳。讲起那场战斗成了很困难的事，你无法让别人弄懂他从未经见过的事，何况他不想弄懂漠不关心。

历史就这样淡化以至淡出。

三

有车送我到南泥湾。

南泥湾，是个出口有风有热度的地方，让人心尖打颤的地方，不能夸赞也不许可轻易夸赞的地方。地方就是了，何需人夸?

五花大山，山的生命最丰满浑厚的季节。五色迷眼，又何止五色。像飒飒抖开的厚花呢，像勃勃燃烧的火，随盘旋山路扑面而至破浪而去，人，车，冲进山深处情深处秋色深处思念深处。

眼生得一棵棵枝干清楚的作物是烟叶，根部残留育秧时的薄膜，烟叶被一匹匹撇走、烤黄，上交卖钱。

眼熟的是刷刷拉拉瘦瘦伶伶的玉米林，熟透了没掰没砍的玉米林，通体银黄干脆，齐齐够着天长。

再就是暗色的山了，山峁峁了。毛毛的灌木杂发一般。没有太高，也少见光秃彻底，越发感到黄土的苍茫厚重，天的高远深蓝。

进南泥湾镇了，怎么眼光竟没有熟悉的地方搭挂？

框框架架的农建师大礼堂修起来了，原来我们总在此处看电影。支一大匹白纸样的幕布，正面反面一样看。镇政府不知藏在什么地方，再不像以往亲亲的，近近的就在路边。隔三岔五有几个铺面，逛的人多买的少。

一位拢白手巾的老汉坐镇当街，那白手巾像一面旗。走近看去，半新蓝涤卡外衣，肩披棉袄，胸口别了些乱七八糟。其中一枚蓝底白字华东师范大学菱形校徽。老汉见人来主动握手介绍：我是老红军，真正老红军，家住南泥湾，南泥湾就我一个老红军了。旁边溜哒过一个人，证明般地说：他真是老红军。老红军笑眯眯地坐等人家照相合影。问他为甚带那校徽，他讲解不下（不懂的意思），学生送给他他就戴上。老汉头顶是一幅褪色的毛主席像，久违了的毛主席像，像下是老红军，活化石一般的老红军。

沟底是九龙泉。泉依旧，九个眼汩汩淌水清清冷冷。那年我嫌新得像财东的亭子早已柱旧漆残。一眼见底的井水暗处是苔，明处是钱。沉沉的井水无休止地晃动晃动，伟人、百姓、盗匪、战士、公社社员、知识青年，一张张脸清晰了又模糊。人从水边来，水比人寿。井子亭子天远草近，远到无可追逝，近得能上睫，水洼、牲口粪……此处似乎是我历次进沟的终点，终止脚步的地点。

路边是蝴蝶家，蝴蝶早先的家后来的家——中间一段因为学大寨并队她一家并到我插队的三台庄她成为我的好友同挣十分的抗硬劳力。蝴蝶已不在，五年前生第二个娃难产死了，死在公社卫生院，属于不许进村的凶死。她的娃我见了，有娘没娘可真不一样，他眉梢眼角少了娃娃家应有的无羁的霸气，多了一抹淡淡的忧伤，真正忧伤哩。娃的眉眉眼眼极像他娘蝴蝶，他望我，仿佛蝴蝶望我望我……

张怀香也不在了，我的嫡系，妇女队长，支部委员。几年前腿上长了骨瘤，先是舍不得花钱看，后来舍得花钱也晚了，治得了病，治不了命……

车子爬上三台庄的大坡。

还是那道坡，被水冲出些深壕，歪歪倒倒，疙里疙瘩；还是那个院场，却被分出许多小院，盖茅子、挖菜窖、垒猪圈、栅牛棚，堆柴草、木炭、秋天收下背回未打净的粮食……院已半满。

车停下，先就见了个梦儿，比我大一岁的婆姨，有了孙子当上奶奶，脸粗老了许多，握着的手更是粗糙磨人。“看那来了个谁？来了个谁？你咋能想起回来来了？”我也大声呼喊着寒暄，以抵挡粗砺温情围裹而来的感动，把那份温情掀远一点，感动也莫那么快那么沉重地拢来。

先问梦儿，有无玉米馇馇，同来的男记者要吃。梦儿讲有了有了。又问曹书记在不在，梦儿讲在了在了。老曹就从旁边院子走来。

老曹老了，气色很好，胖了，背也就更显得驼。黑袄黑裤白布衬衣，穿得笨拙却绵厚和暖。老曹眼光没变，依旧专注敏捷。

老曹让我进窑，原来男知青窑，他住里时间要比我们长。住人窑里单被独枕，老曹老伴上半年殁了。另一孔窑卖货，钥匙穿在老曹裤带上。说话间，不时有娃娃来买货，瓜子、糖、膨香酥、铅笔、本本……老曹对着娃们喝斥：看不见有人来有客在，买什么买！

又起身开门去给娃拿货，一趟趟，不厌其烦。

灶里火早熄了，坐坐凉，关上门又暗。就这么半开着门，拉着话，喝着茶，吃着瓜子。拿出我给老曹买的一条香烟两斤糖，才发现老曹的铺铺里全有了。

老曹窑里干净简单，朴素，墙上的年画很随时，没有毛主席等各路领袖，也没有关公赵公等牛鬼蛇神，那不属于他。我问他和陈永贵的相片呢？老曹当年是学大寨先进队党支部书记，一揽子接受陈永贵农民托拉斯理想并对这位把白手巾拢进中南海拢出国的大叔深表钦敬。他讲，相片在上边窑里挂着呢。噢还挂着呢。就让挂着吧。这是六七十年代相当一部分中国农民辉煌的梦——如果中国农民有梦。

老曹到底是多年的老书记，上来就问我政治问我邓小平要咋个？我讲要发财，让大家伙发财过好日子。你这样做就对了。能干多干，不能干少干。老曹半明白半不明白地“唔”了一声。

去了学校。见过校长、老师。给学生照相，叫抬头越发怕得不敢抬头。学校是新修的。挂着国旗，红红的一点可能看远了，尤其夏上一片绿秋底一片黄时。那红色很跳很火爆。

到各家串门。

小王桂英一口一个，“你忘啦，我们当时那穷样样，你忘啦”？

黑瘦的吕兰英抱上孙子，疼爱得不行，舍不得丢手也不许人碰。讲来年病了一场，以为见不上我了，讲一道阳岔沟都有知青平的地。

晚饭在梦儿家吃，边吃边拉话。玉米仁子煮豆子，很费火的饭食，梦儿专门去下边井里担的水，说机井水煮的不好吃。咸萝卜丝没有油。吃吃就放碗。梦儿说城里人吃不下乡下饭，笑笑不置可否。

出门嵌入黑夜，无月，星也稀，来不及在那浩瀚里浸泡片刻出一会子神，又去串一家家串……

晚上睡在李玉兰家。李玉兰老汉去嘉峪关看女子，三个女子全嫁人，一个小子在延安读书，家里清静且干静。还是得找个人，李玉兰连夜开导：生了病有人疼。自己疼和别人疼不一样，疼自己和疼别人不一样……睡下居然不咬。居然无了小生灵骚扰。七年前回村住冬莲家，怕咬，往炕席下边入了一把敌百虫。结果生灵们越过炕席、褥子，直接进入被子，咬得我一夜没好睡成。这一夜挺美。炕是温的，飘过来飘过去酸菜味米汤味人间烟火味飘过去又飘过来……被子短了点，盖住头露了脚，盖住脚，脖子又露在外边。睡下已经半夜，睡睡就明了。

四

第二天一早进阳岔沟。露水很大，却不凝霜，地呈黑色。潮润的脚底觉出弹性，秋不似春的弹性。春的弹性是绷紧的，种了一季付出很多秋天土地的弹性是疲惫的、松弛的。

山坡上有两座墓，两座与老百姓无关军人的墓。那个年代立的墓。

一个是驻军三连连长，插秧季节失足落入水库。据说那水库每年都要拖进去一个人，一个精壮男人。三连长为了水面上手榴弹炸死的鱼，失足滑下再没上来。追悼会我去了，一宣布开会就下雨，瓢泼大雨，花圈全淋坏了。人散去，雨也停了。连长是湖南人，不多言语，老乡讲他好，战士也讲他好，按说好人有好报，可是他没有，死后没有评上烈士。另一个是连里文书，被一个战士擦枪走火中弹身亡。两个战士一同离队，一个埋在这山上，一个被同样的军人扯去帽徽领章带走。两个人都还没有结婚，换句话说，都还没有活好。抬埋连长时我在地里追化肥，只见黄灿灿的棺材抬上半山，阳光下一闪一闪，刺着眼睛闪。那个战士如何抬埋已记不太清。

回村给老曹照相。老曹讲，放上一片大大的，以后我殁下追悼会上用。我讲：那了的，我就不给照了。强咽下一大口心酸，一大口鼻酸。老曹要给我带小米、红小豆，我讲不要多，多了我卖呀。老曹说你意愿咋了。

接我的车来了。找东西、送东西、拿东西，乱乱糟糟。司机说乡亲们挡住他的车，不让走。

照相。招手。喊叫。心酸鼻酸。压抑住所有心情上车。

车开了，歪歪倒倒下坡，开出南泥湾，开上蟠龙山。回路很快，而且越走越繁华越陈焕声上城感觉滚滚红尘扬起落下。

怎么？等了七年，走了七天的路，这么快就过去了？没沉下去就浮起来了？究竟来干什么？为了自己？为了乡亲？还是为了自己也讲不清的一片念想，一份责任，一个使命，一缕虚名……

知　青　后

一个案子、一个政法记者和一个公安局长

不当知青已经23年，一个婴儿长大成人的时光。不想则已，一想就觉得时光过得太快，快得怕人，仿佛你转身的工夫，它已经嗖地跑了过去，你无法扯住它的衣襟，甚至无法捉住它的蹄子扬起的一星半点黄尘……

因为参与写作那首《理想之歌》——被国外研究文革文学的学者评价为“1700万知青确认自我价值的诗”，凡同知青有关的活动、文章总想着我，想让我说这说那，写这写那，可我毕竟不再是知青。曾经在中国大地上动静极大的近两千万知青群体也已不复存在。我知道在一些当过知青的人和他们家长心里，希望从来没有过那场运动，那场噩梦一般的运动，现在梦醒了，什么都没有发生，没有梦中的事情，更没有恶的记忆。

可是花那么大的气力去湮灭去遗忘，不正好证明那件事对于他们的人生很重要很重大也很沉重么？

知青运动从形式上过去了，可是从千万心灵上真得

也过去了如同清风翻过一页书么……

一

我到一家法制类媒体当编辑记者已 18 年，从听案子听得心惊肉跳，到说案子说得轻松如同嗑瓜籽吐皮，我不知道自己算成熟了隐忍了坚强了，还是麻木了冷漠了沉沦了。我不知道。总之我不再会为一桩案子大惊大诧，不管该案多么残忍多么丑恶——把人剁成几百块也好，血亲相杀也好，乱伦也好，原本生活中就存在这些，只是以前不知不识少见多怪，多见了，自然少怪以至于不再奇怪。

可是 1994 年冬天的那个长途电话，以及电话传递来的一桩命案，却让我心事重重许久，案未了，心事也未了。

我记得那天是 1994 年 12 月 12 日，星期一。那是著名的“西安事变”发生 58 周年的日子，五十八年前骊山捉蒋亭的几声枪响，使中国国内各派政治势力的对比起了很关键的变化。往后是逼蒋抗日、七七事变，艰苦卓绝死伤无数的八年抗日战争……那日子曾经很重要也很著名，可眼下关心它明白它的人不会比窗外树梢上的叶子更多。那天我没上班，在家编稿子。上午接到一个电话，听到话筒那头让人心热的陕北口音，才明白这是来自延安的长途。

发话人是我曾经插队所在南泥湾公社（现在叫镇）三台庄大队（现在叫村）的老乡石六。他气急败坏地说他的娃，还有几位三台庄老乡和南泥湾老乡的娃“被公安局的抓的喀了，已经快 30 天了，和大人关在一个号里，不让看，也歪好没个说法，娃们家要考试了么，耽误娃们家的学习了么……”几乎是原话。

我没听清楚娃们家因为什么被抓的喀了，只以为是一般的打架斗殴。再问。

石六就再说，气急败坏地说，八个娃是延安四中高二的学生，住在一个号里也就是宿舍里。总有两个黑皮后生到他们号子里捣乱，要钱，不给就打人。之前他们告诉过教师，教师没管，也告诉过派出所，派出所来人，被学校领导劝走，说自己能解决。因为其中一个后生是学校解聘教师的娃，学校领导怕解聘教师闹事，不敢得罪。11月15日，那两个后生又到宿舍里闹，挨屋敲门。有的屋子没开门，他们就敲到八个人住的这间号子里。八个小伙子也是忍无可忍，开了门，把两个人扯进屋子，又把门关上。这之后。号子里是怎样的一场搏斗与厮杀，开头只有在场的十个人知道，而后来知情者只剩下八个，八个打人的人，因为那两个人已被打死。一个人当场死亡，一个送医院抢救不治死亡。

当我听石六说出“打死了”三个字时，有点不相信自己的耳朵。什么什么什么什、么——?

打死了。

两个人全打死了?

全打死了。

我一时话语梗塞，脑子里冒出一句不合时宜的话：一代新人在成长。

我还多少记得石六孩子的模样，那是他一岁不到时的模样，抱在他妈怀里，脏兮兮的，眼睛都睁不大开，总之不是个靓仔。因为石六是知青的朋友，他生这个头生儿子时，知青还送了礼品，可能也就是一斤白糖什么的，那是在物质极其匮乏的年月。再也想不出，17年过去后他长成大人挥臂打人往死里打人的模样。人，不是一下子就可以被打死的。这八个青年，八个延安人的后代怎么就一下不成两下两下不成三下直到把两个活人两个大后生打死呢?!哪怕打伤打昏丢在外边，性质也是完全不同的呀?

石六说到正题上，“娃们家被关在看守所里，不让家长见，也没有个说法。我们想让你来一下，去有关部门了解情况；不了我们去北京一下，把情况当面对你讲清楚，看咋个办么”。

我说，最近忙，我不会来一下，来了也没有用。人在看守所，公安局没有调查完，任谁来了也不给见，何况是两条命案。你们也不要上北京来，把钱省省，以后花钱处有的是。我先向有关方面了解一下情况。

放下电话的我，久久难以从“延安娃们家”做下的案子中自拔。黄土高原经济落后是事实，可那也是中国存留不多民风淳朴之所在。至今那里的后生女子不走码头，不四下里打工挣钱。他们不挂在口头却记在心头的祖辈一句话是：金圪崂，银圪崂，比不上陕北的土圪崂。他们不是性格凶残的山民，甚至见了生人还会害羞，可怎么这些知青同好的后裔就做下这桩人命案子血腥案子？我只能用世道变了，变得我难以理解难以接受去解释。不管怎样不懂法，我也掂得出案子的轻重。两条人命啊！而“娃们家”父母的期望值简直比天还高，他们怕耽误娃们家学习，等着娃们家回来参加期末考试呢。他们说同大人关在一个号里，会学坏的，孰不知他们的“娃们家”犯的重罪，人家还怕关在一起被他们带坏呢。

此时此刻我明白了，不管回城多久，不管脚下踩着怎样坚硬牢固的水泥地面，在那地面底下有一层黄土，来自黄土高原的土。此刻窗外被北风扬起啸张至极的黄尘是那广袤高原的残部么？

当天下午我有一个采访任务。采访两个当过兵的律师，给《军营文化天地》“曾在军旅”专栏写一篇人物专访。我也想向律师咨询一下此案的轻重。

律师说首先要分清责任，分清是否有指挥者，也就是在此案中的主犯和从犯，再还要查清楚致死的那几下子是谁动的手？另外看当事人中有无年纪不满十八岁的。他已经进入辩护思路。

我问，如果查清主犯，也满十八岁，最轻——会判什么刑？

死缓。

死缓——耽误娃们家学习了；不啻天差地别。我想我做再大的努力，就是减轻成有期，也无法达到家长们的意愿。何况我无力回天。

当晚西苑的自助餐，中西餐俱佳，价格不菲，可我没有胃口。更何况我还有采访任务。“请谈谈你当兵和当律师的简历……”

来年一月我值班编报，本报由四版扩成八版，编采工作量加大一倍；我所在文艺部学习电脑制版，经常早加班晚加班，当月过元旦过春节要压版赶活儿，不用说很忙很忙。忙碌并未使我忘记延安娃们家的案子，只是事关重大，苦无良方。

春节过后三月一天，我接到石六寄来的特快专递，里边有娃们家长签字的材料，想让我在报纸刊登，当然有记者感兴趣来一下最好。

没有最好。

三天后我想到一个人，一个我差点于三年前采访到的人，延安市副市长兼公安局局长何宁，一个留在当地的北京知青。三年前的1992年我到延安，在延安停留的一周时间总想找机会与他聊聊，看着一同当过知青的分，看着同在政法战线工作的分。可惜有分无缘，他不在，去了西安，又去了北京。我去时他不在，我走时他还没回来。不知天地之间有什么力量，总把我俩往东西两边扯，就是碰不上面。眼前晃来晃去那么多不想见的人。

后来，我给他转过老乡的信件，好像为了一桩交通肇事案的赔偿，事主嫌赔得不到位，事主是延安市蟠龙供销社头头的亲戚。三台庄的一个女子嫁给蟠龙供销社的一名职工，三年前我去他家看过那女子，她家墙上从此挂着我和她一家的合影。女子的姐姐叫蝴蝶，是我插队时的好友，我离村后，蝴蝶生第二个孩子难产死了。为了一份长久的念想，我写过纪念她的散文《扇儿扇儿落一落》，陕北管蝴蝶就叫扇儿。蟠龙供销社的头头知道他属下职工的婆姨居然认识北京报社的记者，就打发蝴蝶的妹夫那位供销社职工到北京找我，让给有关方面转信，此事解决得好，他的那位亲戚对赔偿满意，头头儿答应把蝴蝶妹妹一家转成吃商品粮。

不是有这么许多切身利益，我才懒得转什么信给面都没照过的何宁，谁知人家是红脸还是白脸，谁知他血管里流的是血，还是水？酒？油？

我给《延安文学》的主编，我的朋友高建群打去长途，问他知道这桩案子否？延安当地对这桩案子多是什么看法？

他说早听说这桩案子，在延安当地影响很大，而且在办案期间，其中一个死者的母亲又自杀了，这就是三条人命了。无疑给当地影响火上浇油。死去两个后生的家长，一个是地区干部，一个是学校教师。而犯事的几个娃全是农民子弟。不少人拭目以待，看这桩案子如何了断。

我托他找找何宁，请何宁务必关照，当然不是做违法的事，都当过知青，也都知道农民的娃念到高中有多么不易，请他办案调查时多听听娃们家的陈述。

高建群答应一定转告。就说，北京高红十很关心这件案子，材料已经到了她那里。

可以，就这么说。

想想除了何宁，我不可能给任何孩子家长直接写信，每个孩子的案情轻重都不相同，他们都是情绪中人，谁知道会拿着我的信做什么？管不了用，没准还会添乱。于是我给何宁直接写了一封信。我记得信的措辞颇费踌躕。我根本没权力也没证据怀疑别人不依法办案，更何况目前除了警察，没有人更多了解现场情况，家长也一样。信的内容同给高建群的电话差不多，简简单单一页纸，还多半是问候致意等客套话。却比我写一篇散文费力费心。

信寄出当晚，接到高建群电话，我的意思已转告何宁秘书。

我又将石六寄来材料转群工部小薛，他父亲是陕北神木人，还算同那块土地有点瓜葛。我说我知道你们不可能为此案跑一趟，只想请你们把这些材料不带任何倾向性地转下去，就可以了。谢谢了。

一周后，我问小薛，材料转了么？

他说，还说呢，你给我这一份材料，我正想转，这两天又收到对方三份材料，把那八个打人的娃说得不成样子，简直就是黑皮无赖。所以我谁的也不转了，再有新情况，我就把双方所有材料一并转去。

我只有叹气，小薛做得无可指责。

后来听说，有娃们家的老子急眼了，去延安拦挡前往视察工作的国务委员的车子，被警卫一把薅走，像薅小鸡子。

二

4月8日是个星期六，我没上班。中午在家接到何宁电话。

第一次听见何宁的声音，我心惊他口音的变化，简直听不出是北京人，是北京知青。在我结束七年插队时，也会把个陕北话说得很“溜儿”，但那掌握的是词汇，是一种多少有点卖弄的摹仿，而不大会真正改变发声点，使其固定在咽鼻之间，也不会改变共鸣，使其如石落井底般深沉。刹那间涌上心头的感觉是——脱胎换骨、造化钟神秀、一方水土养一方人……我是七年，他是26年，四分之一世纪。

我急问他口音怎么变得这么厉害？他说，这还是尽量对你讲普通话呢，要和当地人讲话，更是满口的陕北方言了。电话中他讲了两个意思。信收到了，高建群带的口信他也收到了。他知道我92年就来找过他。他说他弄了一个反映知青生活的电视专题片，六集，全部是自己弄的，本来片子中间还想有我的段落，因没联系上我，就罢了。现片子拍竣，想到中央和北京电视台播放，因知青大部分回到北京。他准备近期来京，带着片子来，征求意见，并活动播放的事。他问我那时在京否？我连声说，在在，座谈会我一定参加。

他接着讲，那个案子正在他手里，前期的侦破调查都是市公安局搞的。公安局以故意伤害致死定的性。他说此事因为在当地影响很大，所以地区领导把所有传媒都压下去了，不让做文章。所有告状材料也都山重水复转到他手里。他说，至少到目前为止，他知道没有行政干预，也没有人在此案上以权谋私（我庆幸自己的信写得很婉转）。他说因为你写了信来，很关心此案，我们也都当过知青，可以理解。先通报这些情况。

听得出来彼此有所保留，有时空距离地矜持。但我已经很感激了。

何宁并没有很快到京，使我们的见面又推迟了三个月。

此时，我和同村同灶同炕的知青伙伴早就酝酿的一次出行也进入紧锣密鼓的实施阶段。

同村同灶同炕知青小曹，1980 年离开三台庄后到了正准备开发开放的深圳。打那以后，再没回过陕北。她想了好几年要回要回，都因为孩子小不好安排未能走成。而 1995 年是她儿子丁丁上小学前最后一年，至少孩子还没有功课压力，孩子妈也没背上辅导功课的重担。她决定走一趟。她计划先把孩子送到南京姥姥家，再同我一起从北京飞延安，北京——延安每周一趟往返航班，正好本周四去，下周四回来。再从北京返南京，从南京接上儿子丁丁返回深圳。这是一个有点复杂的计划，关键在衔接紧密，否则一步赶不上步步赶不上，满盘皆乱。

我七月编报值班，定于 8 月中的那个周四从北京一同飞赴延安。之前之后的衔接由小曹自己安排。我只负责买好 8 月中旬两张赴延安的飞机票就成，于是小曹早早把自己的身份证复印件寄来。

我过了五一就出差，去苏南，去那个动静极大的张家港。一去将近二十天。从苏南回到北京，听家里人说，接到过大学同学、也在延安插过队的陶正的电话，好像是延安来人了。我急忙电话陶正，陶正说，是有那么回事，听说来人让看什么片子，征求意见。

是何宁么？

我不知道叫什么名字。他都是同史铁生联系的。

你见了人么？看片子了么？

没有。史铁生没再通知我，我也懒得看。你干嘛那么关心？

我说，我们村孩子的一桩案子正在他手里，我想问问情况。你知道他还在北京么？

我不清楚。你去问铁生吧。

电话打到铁生家。史铁生讲了大致情况。是何宁来了，同延安市其他领导为其他事来的，顺便带片子来，跑知青征求意见，跑电视台联系播放。史铁生说片子看了，他找了几个人看的，看后当然什么意见都有。何宁想请他再约这几个人谈谈，铁生表示不妥，都是忙人都有事儿，要么你来，一边看一边听意见，也别叫别人跑第二趟。铁生说，他记得他讲过这个意思后，何宁说了一句，每个人都有自己的性格。这话不错。的确每个人都有自己的性格和办事方式。谁也不能太指拨谁，谁也不会太将就谁。话到这分上就不怎么中听，也不好往下进行了。他在延安是副市长兼公安局长，可能习惯了这样一种办事方式。怪不得。他是想找你，铁生说。你妈说你出差了。

都是昨日，或者应该叫前日的知青，可今天无论身份地位人生态度处世原则讲话方式甚至发声点都大相径庭，没有好坏，只是不同。

这不同无法消解，因此不快。

铁生说，后来，何宁派人把片子取走，我对来人讲了我自己的意见，总体看片子拍得还不错，你若再见到他，你也把此意见转告。并告诉我一个何宁在京时的住所电话。

急忙按号码拨打过去，只有悠长悠长的铃声应答。

后来我才知道，何宁是多么看重他参与拍摄的这部片子，原想真正知音应该在北京，原想向昨日伙伴汇报，甚至可能有点展示的意思——他替大家做了一件想做却没做的事情。谁知“每个人都有自己的脾气性格”成了撬杠，撬塌了精心开凿粉刷的窑洞。这失望是切肤呢还是彻骨呢？制造失望者怎么竟是原来希望值最高的人……

现代社会人与人之间的关系谈不上千山万壑，也算得上铁壁铜墙。只是远在黄土高原修炼多年的何宁不知不识罢了。

我也烦近年北京人自我制造的可恶形象，侃，侃，就会侃，除了侃不干半点正事。出差外地耳里没少灌进对侃的微词。可是于不知觉中已麻木不仁地习惯并接受了。因为在公共场合你不能太不合群，太锋芒毕露，只有把一切棱角收敛，收敛得尽可能圆，收敛得随和随俗，才可能在人体人言的缝隙中讨到一把半把随意。

我庆幸自己的不在场，否则我该取何立场？

6 月 7 日，接何宁电话，让我看中央电视台当天晚 11 点半的节目，要在那时播出他拍的片子，片名真诚，因了他的口音变成“征程”，当时我还想，怎么起了个如此俗气的名字？明明是文革当中一部很糟糕小说名字。

可见误会俯拾皆是。

电视报上刊出当晚 11 点半的节目是《百花园》。我按时收看了《真诚》。看了一半，还想等下半部，结果没有下半部。节目多是前年夏天 117 个北京知青回延安的内容，里边有南泥湾知青罗燕军很长的哭的镜头——后来从何宁处得知，就是这哭惹来了麻烦。有位首长说：老放这么多哭哭啼啼的节目干嘛?! 节目遂被腰斩。

6 月 16 日，收到石六寄来的起诉书。检察院以故意杀人罪起诉，起诉书里讲到现场——也就是那八个中学生的宿舍里还有火枪和握力器，而这些最后都成了致那两人于死地的工具。

我注意到起诉书里只剩下五个被告。其余三个显然已经没有问题，三人中的一人是南泥湾干部老杨的娃。

起诉书上“娃们家”的父亲，期望我能依据插队时生长和积累的情感，帮他们一把，全不顾这情感是否依旧是否没被都市香风毒雾刮散，可我知道我是要辜负他们到底了。我不想解释，他们不会设身处地替我考虑，同样，我也不会设身处地替他们着急。

他们再来电话问情况，我没接。

案子正在当口上，我都有点不想回村了。

三

我自以为极佳的记忆力，一天被大学同学祥荣的电话击碎。

祥荣在公安部某局——这不是他毕业的选择，毕业时他留校当民间文学教师。某年高校掀起赶“工农兵学员”离校不大不小的风潮，他离开北大，出于把农村老婆转吃商品粮的切身需要，他选择了十五年军龄家属可以随军待遇的武警，一干数十年，家属孩子随了军，他也发稀额宽，心劲几无。上学时他的外号叫“老哇”，缘于他爱上场抢球，不管什么球，也无论抢上抢不上，都开心地哇哇大叫，勃发朝气可窥一斑。由于工作在同一行，他时常有稿子投来，我也时常去他办公院里找人采访，更多是他节假日值班时打来的问候电话。用“有共同语言”来定性我们之间的关系，会觉得那词太轻太薄太言不及意。譬如，他会在电话中问我中饭吃了没有吃的什么？他说他正吃火烧夹肉肠，香极了，问我在电话这边闻见没有？其实和他只有三年同学，而有的人几个三年同事下来，离“有共同语言”还相距甚遥。

那个电话没有什么正经事，也没有火烧夹肉香甚之类不正经事，他说起 1978 年他和段宝林老师去延安看我，在南泥湾三台庄村里没看见我，我正在枣园工地修河……

我很惊悚，修河我记得，他们来看我我可半点不记得。

他说来看我时正逢枣儿红圈、嫩棒子可吃的初秋，我一身满是补丁的布衣服，一脸的与天与地与人奋斗其乐无穷的表情。而且我让他们——居然让他们去干活儿，拉几块料石，和几锨泥……

我真是一点不记得，但相信那时的我绝对做得出来。

他说他当时很想帮我干活儿，段老师也很想，只是工具不趁手，也没有多余的车子和铁锨。没干活儿就到了饭时，不好意思就去吃饭。他说中饭吃的羊肉汤，主食白馍还是两面馍他不记得了，只记得个头挺大，他也吃得很香很饱……

按照他的述说，我眼前凸现一幅画面：清澄的空气、清爽的风，泥石堆砌乱乱的工地，伴和民工香甜的咀嚼和哗哗流淌的西川河水，是个活人都会吃得香，不到撑胀不放碗。

他记得很清楚，而且一记17年。

我却半点不记得。

他还说去过我们小组，去了我住的窑洞，小组的灶房。

可见记忆的靠不住，我自恃最佳记忆尚且如此，遑论他人，我们多数时候称“以天下为己任”，可多数时候做的却是“以己任为天下”；由充满大大小小黑洞的记忆织成的历史究竟算什么？对天下这幅《清明上河图》的证伪，和对“被侮辱与被损害”的己任的求真，或许是文学的动机。

那么多的知青记忆，记忆外化的著作、戏剧、电影，哲学、历史、心理学、社会学……是证伪？还是求真？真能榨出生态的真？和心态的真么？

四

1995 年 8 月 17 日，是我 1979 年结束插队后第五次回村。

那天飞机晚点。

一个信息渐弱渐强地传来：莫心急，莫气燥，请将做所有事情的速度放慢，你去的是中国西部，是古老的黄土高原，是曾经的革命圣地延安。你不知道那里盛产信天游么？信天游不就是兴一句，比一句，由着性子游，信着天游么？“山丹丹的那个开花哟红艳艳——”听那拖腔，爱拖多长拖多长……

此等心理准备订机票时就有了。

去购票处打听可否在这边把返程票买好？

被告知，延安的机票销售情况没有与我们电脑联网，所以我们这里不能出售由延返京的机票。

没脾气。

那么可以提前多久购买赴延安的机票？

两个星期吧。

离两个星期还有两个星期的日子，接深圳小曹打来电话：深圳方面通过电脑查询，17 日赴延的机票只有一张了。我已把这张票攥在手里。你赶快到国航售票处看看，是否还有票，如有，赶快买一张。如果真的没有了，我也不必去北京与你碰头，改飞西安，再乘西延线的火车到延安与你碰头。这张票就寄给你。

此事重大。我放下电话就奔西单民航售票大楼，赶上晚饭时间，许多窗口已不办公。仅存几个办公窗口好好歹歹问不出个所以然。

第二天一早赶去再问，西航窗口说，电脑上看是没票了，你时不时地来看看吧。

时不时，来看看……怎样往下计划行动？

于是我把近日社会上的散碎信息加以集合整理：抗战及世界反法西斯战争胜利50周年，不少老干部要故地重游——老同志自然要乘飞机喽；还有一些年轻大学生要过革命化暑假——延安够得上革命化的首选，反正赴延的飞机票只有290元钱，出得起，至于飞来飞去于革命化是否符合，没什么人考虑；西安今年高温，还缺水，不少人到延安过双休日……生末净旦丑狮子老虎狗，总之此趟飞机再没有多余的座位也在情理之中。

我将购票情况长话通知深圳小曹，她只好把那张票特快专递寄我，等到最后时限，实在没有多票和退票，她再调整自己的路线行程。

终于没有再等到多票，终于她放弃来京与我同行，终于我一人踏上飞路，第一站就告知飞机晚点，且不讲任何原因。我奈它不何，奈那片古老的土地现行秩序不何，只有依顺它耐心等候，终于得知可以起飞时，已在北京多耽搁三个小时，够飞东京、大坂的时间。机场内的大巴把赴延安的客人拉向阔大停机坪的一个角落，一片长着青草的空地，停机坪上一架矮小的运-七就是我们的坐骑。矮到只需一把手举的梯子就可登机，小到只装得下三十几个客人。令人不解的是：机上客人并未坐满，加上太原上来的客人也没坐满。哪里出了问题，有座却不卖票？我大惊大诧。

只有用这是西北，是黄土地，是延安，来自我泄火自我宽慰。

夕阳西下时，飞机盘旋着下落，看见撒满散碎银子的延河，看见绿少黄多的山峁，看见让人心沉心重心焦心跳的延安。

见到接机的老曹和小阎。老曹是已故作家路遥的密友，小阎是诗歌新秀。

晚饭时见到何宁，与想象完全不同。

五

写作是一件极其困难的事情，而且越做越觉其困难。

譬如你很难写清楚一种颜色，一种在明确颜色中间的颜色，一个粉色，可以偏紫红，可以偏灰白，可艳可雅，于是连带出自然界景物的传达：譬如朝阳与落日的不同，城里和乡下空气味道的不同，有雾和没雾森林晨景的不同，渤海海水和南海海水肯定是不同的，可那不同如何表达，这表达又如何让没见过的人如实接收，简直太高难了。表达与接收只能是大概齐，大概三四成吧。

再譬如，你如何描绘音乐，如何用文字分辨出长笛与竹笛的不同，古筝与吉他的差异，胡琴与提琴的音质与音色。更困难的是你如何外化一部交响乐或者一部民乐带给你的全部感觉。相比较而言，骂骂流行歌曲是件最容易的事情。

当然更难把握的是人，是人与人之间种种或强烈或微妙的情感撞击与摩擦。你曾对一个陌生人做过许多想象，而这想象一次次被现实的信息修订，终于他一步步走来走近，走到你面前，站住，说出你早已熟悉的名字，此时你心里原有的层层次次复复沓沓七上八下全部剥落体无完肤狼狈不堪，像被从天而降的大巴掌拨乱乱得没有章法的棋局边的棋手。

我是何宁。他伸过右手，手指修长，人也修长，戴一副秀气型眼镜，整个一个书生模样，哪里是杀罚决断的公安局长？可那声音证明着，他就是与我通过多次电话的何宁。

当晚不可能谈什么。他说明天他有会，后天他可以把一整天时间给我——后天是双休日的第一天，大后天他要去西安开会，我离开延安，他的会可能还开不完。问我有什么要求可以提出来，他走后还会有人替他接待。

我提出明天想去戒毒所看看。因为近年关注我国毒品问题，走到哪儿，只要有可能，都去看守所、戒毒所看看。没有写稿任务，只是看看，了解点情况。

他迟疑了片刻，说，可以。如果写作，请注意延安老区的形象。

明白。

他说，延安目前吸贩毒问题比较严重，可是吸毒的人员没有专门场所戒毒，正在打报告给市里要求成立戒毒所，当然需要经费和编制。不是一下子可以办成的。现有的吸毒人员都关在看守所，

看守所。我心里动了一下。延安四中那帮犯事孩子应该也关在看守所。

何宁安排我明天下午去看守所。

这便是权力加熟人的方便之处。

后天，会有怎样的交谈？那是一座桥么，能让曾经是如今不再是的两个知青，两名成年人走到一起沟通愉悦么？

彼此是一种寻找，一次证明，还是暗地里比试，碰撞……

十年前我回南泥湾，与留在那里的北京知青公社主任小孟有过一次交谈，事先我竟有点紧张。我回城了，曾经表态要留下的我回城了，而从未听见表态的小孟和他的夫人孩子却一直留在那里。我觉得有点理亏，有点气短，虽然我并没有对不起他。可曾经的我们，我们

一代把“说到做到”当做起码的道德。说到而未做到，不管有多少可以解释的理由可以逃遁的借口，当我面对小孟时，不能解释无法开口，并有揩不去的愧疚浮上心头。或许面对不仅是小孟，还有他身后厚重的黄土高原，高原上朴实的乡亲，和那个时代道德铸起的铁的屏障。

而留在那里的人，仅仅因为留在那里就获得一份永久的理直气壮么？

理直气壮仅仅是我的感觉，从何宁身上半点看不出来，或隐或现到有那么点不如人的自卑，和尽力遮盖自卑的更强烈的自尊，当然一切都不过分，自然和浑然罢。

那天陪伴我交谈的只有茶，先浓后淡的茶。

《延安文学》的小阎也要采访，说借我的光，我可是大大地借了他的烟，他的烟瘾真重，一支接一支，阳光很好的房间上半截被淡蓝色烟雾笼罩。

何宁不抽烟，他说曾经一点不抽，后来学会了，但没有瘾。能不抽时尽量不抽。我欢喜到了这个年纪还能洁身自律的人，可能因为见过太多被生活打磨粗砺、邋塌、满嘴脏话荤话糙老爷们型的中年人，何宁让人眼明。

后来我才知道，何宁接受什么人的采访是有自己标准的，不对路子不投缘，他也会官腔夹私腔把你推得遥而又远。接受我的采访是对我的一个初步信任，但不是基本信任，基本信任还需拿出文章给他看他也认可。

何宁从抽屉里拿出了珍藏多年的下乡喜报和乘车证。我没有喜报，但我有乘车证，还有一枚毛主席像章。他的人生，我的人生，一代人的人生就从这里起步。

1969 年 1 月 22 日，北京 80 中初中毕业生 15 岁的何宁同 28000 名北京知青一道，来到革命圣地延安插队。何宁被分到南边的黄陵。他说他那会儿个子小，担水揽不起镢铲，担不动水桶，塑料底懒汉鞋滑得爬不上陡坡，头半年每月 38 斤商品粮吃不饱肚子，饿得头昏眼花——这就是信任的前题，此经历和感觉我都有过，共鸣油然而生。

何宁清楚得记得，那天下工，又累又饿，一个穿着破烂的婆姨单把他从知青堆里叫出来，从自己怀里掏出一块干裂得扎了皮的黑糜子面窝窝，心疼地对他说："看娃娃家凄惶得，款款吃。"何宁的眼泪流出来了，泪是咸的，窝窝是甜的。他就着眼泪吃下窝窝，登时明白了那两句俗语：饿了糠也甜，饱了肉也嫌。

后来，知青小组闹分灶，嫌他小谁也不要他，又是支书的父亲收留了他。何宁说，陕北老乡从个体上看，或许有许多缺点，但做为一个整体不得了，陕北出过李自成，出过刘志丹、谢子长……都是了得的人物。我从 15 岁开始，就在陕北这块土地上感受社会，判断真伪，领悟做人的道理。

不管经过怎样的提炼和修饰，上边几句话，我判断得出：是真的。

对于插队，对于上山下乡，我知道看法有太多的差异，原先我还企图弥合差异，等我发觉那是一件无用功后，便不再徒劳。从此我只对我的感觉和传达负责，并尽力善解人意。

1971 年底，勤谨肯干的何宁被路线教育工作队的领导相中，当上一名不脱产的队员，每月 30 元补助，其中 9 元伙食费，12 元交队里记工分，还剩 9 元在手里——那时的一笔殷实款额。1972 年底，知青大批招生招工，地区领导决定留下些骨干，何宁也在其中。

据我所知，很多人拒绝留下，我也是其中之一。我曾经拒绝去延安造纸厂，嫌那里生产的不是正经玩艺，也拒绝去延长县七里村油矿，嘴上说，让别人去让别人去我还得留下继续改造与贫下中农结合，心里却想有更宽广更高级的人生，特别想上大学，何况大学已开始招收工农兵学员。不管去外边当工人，还是上大学，总之比留下来有更诱人的前景。

何宁留下来了，一留至今，一留 26 年，一留多半辈子，甚至可能是一辈子。我不知道 1972 年年底，黄土地糜谷飘香大丰收的那个年底，大批知青结束插队上学招工的那个年底，在山舞银蛇原驰蜡象自然景色绝佳的陕北高原，19 岁的何宁想到那么多那么长远了么？一次直觉的选择铸定了一辈子的履历。后来何宁说他所有的命运改变都在 12 月都在年底。

而我好像更多在春天。正是那个桃花灼灼的春天，我被推荐上了北京大学中文系。

分配工作时有人建议，何宁这娃爱看书，分到新华书店吧。

何宁说他四岁时外出玩耍走丢了，是派出所的警察叔叔拣到他，给他饼干吃，给他水喝，根据他对家的记忆，警察叔叔把他父亲找来接走了他。他说青少年时最爱看公安片：《羊城暗哨》、《秘密图纸》……分配工作问他的意见他说不想去书店想当警察。何宁被分到黄陵县革委会政工组政法组，他遂愿了。

当上普通民警，一如他在路线教育工作队，打杂，跑腿，勤谨肯干。老民警乐于教他，他也肯学。后来他当了副股长、县公安局副局长。是不是这期间找到同行做妻子陕北话叫婆姨？我一直没好意思问。看到过他这个年纪的相片，何宁长高长大了，再不是担不动水桶爬不上坡的少年，青年的他高大英俊，眉梢眼角被理想的憧憬照亮；加上当地人少有的儒雅，人又老实，相信会有不少出色的陕北女子喜欢他。

何宁这一选择则意味着他基本放弃回城。

年轻真好！真的很好很棒！

之前在中共一大会址，看到中共一大代表个性鲜明抱负迫人表情不俗的照片，惊讶他们的年轻，惊讶一支平均年龄 28 岁的新生组织竟然从无到有折腾出一个政党，一支军队，一个新中国。

之前在雨花台，在许多有革命烈士相片的展柜橱窗前，感叹烈士的年轻，年轻着美丽，美丽又动人，眉梢眼角一抹深邃悠长的光辉。那真是极其出色的一代。他们中的不少人是世家子弟，留过洋，家庭生活优裕。在大千世界中滚滚红尘里，他们选中了自己叛逆的信仰，又为这信仰选择了牺牲，牺牲物质、家庭、私情，甚至生命。他们自信、坚定，有情有义，有个性和血性。

三世之后的当代人，同执著精神、抛却物质的先辈恰好相反，将精神挤扁，拼命攫取物质，他们披金——恨不能多长出几根指头多戴几只金的银的钻的；吃金——某地黄金宴不是早就有了么？他们追求的目标外化成金——金牌金币全金易拉罐。他们有很多相片很多录像甚至塑像，但所有人像的眉梢眼角遍寻不见深邃悠长的光辉，比起先辈，他们浊，俗，张扬，失真，唯独不美丽。

所幸我们年轻时真诚过，美丽过，何宁年轻时真诚过，美丽过。

再见到何宁的家庭照，发觉何宁婆姨长相不俗，相信她也曾年轻美丽过。

后来何宁到了黄陵县检察院任副检察长、检察长，其间到省政法干部管理学院学习，获大专文凭，又到北京高级检察官培训中心培训，获反贪污、贿赂专业结业证书。他是一步一个脚印走到今天的，他深知，人的发展，是运、世、命的契合。

六

1991 年 12 月，延安地委、行署亲自过问，抽调何宁和其余三县的干部组建延安市公安局新班子，何宁是延安市副市长兼公安局局长。地区领导之所以这样做，皆因延安市治安形势严峻，发案高破案低，外地游客怨声载道，极大损害了革命圣地的名声。何宁上任第三天，地区中级人民法院某庭长被杀死在办公室，1 月 11 日，桥儿沟派出所又接到一起碎尸案的报案……考验不请自来，重担不担也已上肩。何宁和新上任的一班人下决心，不破此案不过年。

往下是常见的从现场和尸体上找线索，排查嫌疑人，询问证人，思路和警力直逼犯罪嫌疑人。下雪时报的案，60 小时过去，等不得雪化，案就破了。

“万事开头难”。何宁那两年住办公室，吃方便面，受到过威胁，接到过恐吓电话；但有黄土高原二十二载春华秋实打底，他有做好工作的信心和能力，更何况有市委市政府支持，有临危受命的一班人同心协力。

在以后的实践中，他逐步明确重点抓四方面工作：一是抓队伍，二是抓严打，破大案；三是抓制度建立健全。四是解决干警实际困难，为年轻人解决职级待遇，创造进步的机会。何宁是延安市政法委第一副书记，又兼综治委副主任，他把公安工作纳入社会治安综合治理的系统工程，通过党委和政府的渠道，建立全社会防范体系，使社会治安走向良性循环。

1991年，延安市公安局的破案率仅39%，从1992年起，连续三年的破案率分别是77%、78%和79%。1994年，延安市被地区评为依法治理先进市，公安局被评为社会治安综合治理先进单位。1995年元月1日，延安地区运输公司家属院厕所发现一具男尸，13天破案后，延安市领导、群众在南关街上用鞭炮和掌声欢迎破案干警凯旋，既显示出金盾的威严，也表明群众对公安工作的首肯。

何宁说，90年代的执法人员，应该文武全才。为什么有的犯罪分子二进宫、三回头、四进士，原因之一是打击和改造的过程没能拨动他的心弦，缺少力度。现在公安工作老办法不行，新办法不灵，一些执法人员素质滞后于严峻的治安形势。何宁说超前不太可能，但至少要同步，要学的东西很多。

以上采访基本是为见报文章。打住。

我问他，为赴延安插队的北京知青作传拍片，与打击犯罪的公安工作相距甚遥，你策划六集专题片《真诚》的动机是甚？何宁说，给历史一个交待，给知青一个交待，在重温历史中寻求某种有益的启示，与有过共同经历的人进行一次心灵的交流。

近三万北京知青来了又去已化作史，朴实憨厚的老区人为这些女子、后生编了天长地久的传奇故事，向子孙后代述说。当年陕北父老乡亲对知青的关心爱护是真诚的，知青对父老乡亲对黄土地的感情也是真诚的，双向互补的真诚是该片的基调，缺一不可。

介绍到此处，何宁谈起上次去北京征求知青意见时受到的冷落。他说，很多人提了很多意见，有些有道理，有些纯属自以为是夸夸其谈——我能想像，也时常在京城的会议圈子里见到这类人的身影和口舌——大多数知青已经回城，而且有人也有一定经济实力，我本以为应该由他们来承担拍片的任务。谁知一等多年不见动静。我想，既然我留下了，既然我有这想法并有一定能力，我做起来，等有志之士加入吧。片子前期启动的资金都是他想法拿出来的。谁知完成后征求意见却是一片不冷不热。片子拿到中央电视台，总编室的一位同志当过知青，很热情地同意播出了，北京电视台很冷淡，至今没有答复。

我发觉何宁讲述这一切时的平静，他努力去做，寄希望于有好人相助，但也不依赖，不抱怨，更不轻易开口求人。黄土般的自尊，现代都市人稀缺。见面自来熟，递上名片，提要求，特别是以为给了你一星半点实惠，更是毫不客气地索取回报，我见得太多太多。

我还发现，何宁对黄土高原沉积的传统文化一往情深到痴迷的程度。他顺手指着墙上的剪纸问我是什么意思；我走到跟前看了看，不得要领。他说，那叫“平升三级”，一个花瓶，三只向上飞升的鸡，还有蜘蛛、石榴等吉祥祝福的象征物。他说，如果让你做一篇“平升三级”的文章你怎样构思怎样完成，恐怕也不是一件容易事。可是这位剪纸的作者却用民间民族的形势表达得那么充分，那么饱满，那么热烈。他说，一个民族对美好的企盼、向往和追求是社会发展人类进步的原始动力。坚信这一点，就会处变不惊，处之泰然，既活得清醒，也活得丰富多彩。对生活既有高期望值，也准备忍辱负重，下得苦，用双手去创造去推动。

他甚至说，为了保留黄土高原黄河流域的古老文明，哪怕经济上落后点呢？

何宁有一肚子的理论，近年现代都市人远离不屑的理论；譬如关于什么是“延安精神”，“延安精神在当代的意义和作用”。

他还有一肚子玄学，他自称给不少人算命很准的，那其实是一个信息场，在人极度安静敏感时，就会较准确接收到场发出的信息。

小阎来了兴趣，说，你给我算算北京召开的“青春诗会”定于什么时间？我等他们的通知等得心急。

何宁看了小阎一眼，说，好。桌上的书，你随便拣一本随便翻一页，随便用手指在一点上，注意一定要随便不要用心，我来给你算。

小阎翻开一本大辞典，用手一指，定住，我看见，那是一个“南”字。

何宁说，不要吵了，我来算。

他平心静气地看，又平心静气地想，片刻，说，秋天，20号左右。

（当时我半信半疑。事后此预测得到验证：青春诗会通知9月17日报到。小阎接通知后，给何宁电话，说，何市长，你算卦不灵，顶上个孔明，何宁微笑。）

再看他和饭桌上的人掷色子赌酒，细长手指上下搓动，平心静气想，屡掷屡输，屡输屡喝的场面，你会觉得这个人很有趣。事后他说，酒桌上噪音太大，我无法准确接收到信息。

七

20日回南泥湾三台庄，21日回来。两日一夜经历可单独成章，那是一条汩汩流淌浓稠的河，河水浊，河水泥沙比腐植质多，岁月的沉积使河床升高，河两岸的风景不能说没有变化，可是比起令人眼花缭乱的深圳、浦东，它仿佛一幅黄多绿少的静物油画，变化是四季，而非时代。河，自管自向前流淌，不管外面对它关注，好奇，还是爱理不理。比起余光扫过的个体生命，这条河算长寿的了。

见面，外部动作大于内心动作的寒暄。拍打喊叫那一刻，心中起疑：回来做甚？为了看年深一年脸上的皱折？看年甚一年彼此的差异？让过去的日子像缸底的污物再翻搅滚动？让过去的故事口口编撰变成传奇？

我替自己回答：回来看看，陪小曹回来看看，看看而已。

想像会见到涉案娃娃的娘老子，无计可逃地见到了。

无所不知的曹书记说，早就晓得你要回来，连回来的日子都晓得。后来明白是小曹打长途电话告诉她想见的女子——早就成了婆姨，是曹书记的外孙女。

第二天一早进沟，和昌儿一起摘瓜。昌儿曾是我的麾下——我任团支部书记时，他是团支部委员。知青插队时，相信他有过一段快活也有过梦想。我从队里要了一块地，说是种药材，长出药材卖了药材给团支部做活动经费——想得挺好，只是忽略了很重要的一点，团员也是社员，除了早工白日工晚工，正业之外没有余，他们用什么时间来种这块药材地？知青十天有一个学习日，可洗洗连连写家书种自留地改善伙食，当然也可以抽一日半晌侍弄那片药材地。团员社员呢？误工不要工分么？队里不会答应，也很难说服他们本人。图的个甚？放下五谷不种，种药材，莫非那片地里种下药材能长出金砖银元？记得在那块地里抓挖过不多几回，昌儿也在其中，很卖力的一个，毕竟团支部委员，便再无可张扬的结果。其中经历怎样的变故已不记得，总之给我们的小小理想泼了大大的冷水，那地里便总是芳草凄凄了。直到队里看不过眼把那块地收回去改种别样，还不时听见如此抱怨：

荒得厉害，碱草芦根绊锄尖哩！

我离村之前，昌儿就结婚了，出不起娶明户女子的财礼，便娶了个黑户女子。记得昌儿曾托我回北京为他婆姨买过一件亮红灯芯绒外套。我见过身为昌儿婆姨的那个女子，胖硕，一脸无底蕴的憨笑。绝对拴不住好后生昌儿的心与情。何况昌儿心中有人，团支部另一个女委员妮妮，妮妮干活挣十分，油黑的一条大辫子在村里也够得上十分。除了下地，还有团支部的工作，两人比别的后生女子接触多些，情感也便像春雨滋润下的青草自然旺盛生长，开出米糠面屑一样的星星花。昌儿尽管结婚，尽管把那憨婆姨的肚皮一年一个地揣大，还是和妮妮在高粱地做出人人想做又不敢做的千古风流韵事来。

结局是，妮妮跟上个木匠胡乱远嫁了。我此次回村在她娘家见到她一家的相片。妮妮没有了大辫子，没有脸上的糙红，也没眼中的梦。

走在身边领着我进阳岔沟摘瓜的昌儿，已是五个娃的老子，脸糙得像石磨，所有的皱纹深如刀刻，光景岁月的刀斧凿刻。雾露浸润的阳岔沟，一片葵花灼灼的地畔，是昌儿家的瓜地，瓜小，水多，不面不甜，昌儿选了半天选不出让他满意的。我想说，无所谓了，尝个新鲜就是了。又怕打扰他做一件想做事情的好心情，由他去吧，在这片属于自己的土地上，葵花灼灼，秋风和煦，但愿他总能心口灼灼心胸和煦。

托着瓜从沟里出来，迎面见一个人，中年农民。昌儿站下来同他拉话，边拉边用眼光照我，我便有了些感觉。果真，昌儿回头对我说，那人姓乔，那桩案子首犯的老子，他想请我进沟。我说也就是昌儿说，我只在村里待多半天，可能后晌就走。

讲好早饭在刘宝玉家吃。刘宝玉的儿子也是涉案之人，这回要拉开架式谈案子了。我在村时，刘宝玉是拦羊的，不跟大堆受苦，也就没有过密的交往。他讲起他犯事的娃，我更是半点印象也没有。他便指给我看墙上的照片，那个长大的娃在延安四中念到高中二年级的娃当上学习委员的娃饱含着他一家他几辈人的希望的娃在照片上远眺，大约再怎样也想不到有一天会整出人命会进了班房。指着相片，他娘的眼泪就淌了出来话也便梗塞。

我最见不得这般场面。

刘宝玉嘴拙。总在问：我就解不下咋叫个故意伤害致死？明明不是故意么，明明是人家先动的手么？

我并不了解案情细部，无法回答，只能就记得的起诉书上写的内容解释：先前你娃和他那些同学可能是没有过错，可是八个人把两个人扯进房里，关上门打算做什么时，性质就起了变化。八个人打两个人直到打死，再怎样讲是正当防卫也讲不过去。定故意伤害致死应该说是准确的。

刘宝玉说：法院里让请律师。我问是律师断案子，还是法院里断案子？人家讲，是法院。我说，那了的，请律师顶俅用，还要花些子钱。某某请律师三天两天来要钱，请法院的人吃饭就花了千把块钱，受苦人家哪里有那么多钱？

我说，你不请律师，不是自己讲不清楚么？律师总比你明白该怎样说，法律依据是什么。不然一开庭，别人家娃都有律师在那里说，就你的娃没有，法官耳朵里就听不见你娃冤枉的情节，那你娃不吃着亏了么？

讲这些话时我心里一点底也没有。我知道现在律师大多是合伙制，自养自，而且也没少听说律师只顾挣钱不为穷人打官司的事情，我无法保证他能找到一位既精通法律，人缘又好心肠又善的律师，这位律师也能极其投入地为他做这件案子。眼下，我最无法作保的就是人心。

可是不如此说，我又能怎么说？

刘宝玉又讲，他娃犯事时还不到18岁，听说有的娃们家的家长在找人做手脚，改年龄，那了的他的娃不就又吃了亏了么？

我说，不管人家做什么，怎样做，你还是打听着给娃请个差不多的律师，该给人钱就给人钱，有情况对律师说，对法官说，别东听西听闹心。

从表情上，我知道我的话刘宝玉和他婆姨大多没听进去，更没听懂。早饭吃到末了，刘宝玉说：高红十，你从我这里拿上些红小豆，拿上些瓜，到地区检察院和地区法院走个一下，把情况说个一下。语气近乎央告。

我叹了口气，有些急了，说，我不会拿上红小豆拿上瓜满到处走，我嫌沉，人家也看不上那玩艺。再说我什么情况也不了解，跟人家说甚？

娘老子的表情近乎绝望。

我心硬地走出他家窑洞。

午饭在昌儿家吃瓜，一进窑看见姓乔的汉子坐在炕上。我登时没了胃口，我知道又要面临一场困难的谈话。好在姓乔的原来不是我们村的，我插队时他还没有移民下来，脸生，话也就硬和冷。他也特特地从地里摘了瓜，想让我带上。小曹选了小巧的两个，说给她丁丁拿着玩，我一个也没要。我只是说，我不认识地区法院和检察院任何人。也是实情。

我恼火，但更多是无奈。我满心同情，可看上去我无动于衷冷若冰霜。谁把我置于这般田地，错了么？错在哪里？能弥补改正么？如果我不是法制报记者是否情况会好些？可是我是了就先天欠了谁的么……

就这么居心叵测一言难尽地结束了我的第五次回村。

八

一周时间飞来又飞去。回程飞机正点起飞，但在天津拐了个弯，晚两个小时到京。你得这么自慰：比来时少晚一个小时。

回到北京看何宁做的六集电视专题片《真诚》，果真不错。你可以希望再丰富些再完美些，那是一块可盛接丰富完美的土地。

10 月 9 日写何宁稿《真诚》见报。事先传真给他审查，他比较满意，稍做改动。这期间把我的两本小书寄他。他通过电话告诉我体会，对我有更多了解。他打了个譬喻：原先只看到一枝树叶，现在有了一棵树的感觉。他说为什么不多写写自己？我说，还写得少么？他说最感动的是他父亲，老父亲说，不知道儿子当年吃了那么多的苦。我说，说好总比说差好。他说，至今传媒鼓励他这部片子的只有我一人。我才知道鼓励无论对多成熟的人都是需要的。

10 月 20 日他来北京。代表延安市政府来要钱。25 日见一面，聊了聊，他送我一奇大无比的花瓶。

没多久，11 月 6 日，此案判决。两个主犯判 13 年，一个判 6 年，两个判缓刑。判缓刑的是我村的两个孩子。被判最重的家长托人打电话给我，让报上做点文章。我讲做不了任何文章。他们要上诉，我讲你上诉好了，这是你的正当权利。

1996 年春节前的 2 月 5 日，何宁来北京跑自己的工作，之后约我见面。他讲了工作变化及设想，讲他所做的努力，还在重复我那篇文章帮了他的忙。他给人往上递的就是我的那篇文章。他请我吃涮狗肉，虽然我那两天被莫名的过敏症打扰，忌口。可我还是去了吃了大口大口。

没多久就过年了。当年春节李鹏总理到延安过的，专门召集知青座谈，何宁是应召者之一，他第三个发言。李鹏总理知道他娶了一个陕北婆姨，很高兴，连声夸他。此事上了电视还登了报。之前，他也打电话给我，通报接见详情。他特别告诉我，李总理喜欢电视剧《遭遇昨天》，不怎么喜欢《年轮》和《孽债》。

三台庄刘宝玉的娃叫刘异军，被判缓刑。他三月给我来信，讲已从看守所出来，被南泥湾中心小学召为教师。向我要北京的材料，教学上好用。我没给他回信。

6 月 28 日一早，准备上班未离家时接到何宁电话，告诉我最新案情。地区中院一审判决后，判实刑者皆上诉。省高院考虑到有流氓滋扰情节在前，是否算防卫过当，发回地区中院重审。地区中院又改判两个主犯 6 年，一个缓刑，两个无罪。地区检察院以定罪不准，量刑畸轻为由正在抗诉。这就是此案一年半后的判决结果。聊以宽慰的是，毕竟是越来越轻了。而何宁终于在 20 天前去了地区检察院上班，是最年轻排名最后的副检察长。他本不愿意上这个班，想去一个县当当正职，做点具体工作，但由于地区领导班子调整，新领导不熟悉情况，要稳定，他就被稳定在副检察长的职务上了。

我们因案子开始的缘分或许会告一段落，由此产生的文章构思却正好开头。题目：知青后。

最后的女校生

一

人生是不能以十年计的，短暂的生命实在经不住如此大刀阔斧地切割剁斩。

1982年5月，我作为初中六七届毕业生，参加北京师范大学附属实验中学——原名北京师范大学附属女子中学——的校庆，那年，母校建校65周年。

校庆，自然抵不上大公司剪彩的豪华与排场，荡漾在操场上、摇曳在高高白杨树梢头多的是真情，少的是金钱。

我和零星聚拢的同学寻找接待我们这届毕业生的教室，找到了，南楼。整整六个年级四十几个班（包括实验班）的毕业生只给一间教室！摆上课桌坐学生，一间教室只能坐50人，四十几个班近两千学生只给一间教室——其余几乎一届给一间教室——说明了什么？

教室空无一人！黑板上的欢迎字样和花朵图案因无

人欣赏显得冷落与尴尬。空无一人又说明什么？是对一间教室待遇的反馈么？

……

1966年，一个党史、国史、军史、教育史、文化史……需大笔落墨的年代。脚步勤谨走了十七年的教育大钟骤然停摆了。昔日井然有序的校园变得混乱、浮躁、狂热，其间不乏冷酷无情的肃杀。毕业班不再升学，新生不再入学，六个年级的学生有了一个共同称谓：老三届。她们在校园里热血沸腾——大字报糊得没有了墙，墨汁倒在老师衣服上，纸篓扣在“牛鬼蛇神”头上，工作组组长站在高台上怎样检讨也过不了关。

彬彬有礼的女学生一夜之间变成黄军装、武装带的全副“武林女侠”装束，挽裤腿、光脚丫、骂脏字令人惊心的红卫兵小将。女附中改名“红色要武中学”。就在1966年那个酷热的八月，女附中的党委书记卞仲耘被打死在学生宿舍楼前……

两年后，这帮人如鸟兽散。当兵的当兵，插队的插队，去兵团的去兵团，赖在家里是少数，因为许多家庭已被下放折腾得不复存在。

这是一批没有毕业证书的毕业生，这是一批令后来的校史编纂者大为头疼——搞不清哪届哪班——的学生，这是在乱世中结束青春期注定了命运坎坷的一代，她们是有着近50年历史名牌女校最后的学生。

从1969年那届开始，就有小小子入学了……

十年后，1992年5月10日，我参加了北京师范大学附属实验中学建校75周年校庆。岁月会把一些事情冲淡，会把一些带不走的东西冲洗得更加清晰鲜明。这回，老三届学生同其她50年代毕业生一样，得到每届一间教室的公正待遇。教室里人很满，话语在空中传递，话头话尾纷乱而又热烈。

最后的女校生中最年轻者已年近不惑，岁月的利爪结结实实在每一张脸上留下爪痕，任何化妆品也抵挡不住，遮盖不了。

我和同学走进校史展览室，不由心头一沉，老三届在校史室依旧一片空白。不承上，不启下。前有古人——那些黄旧的黑白相片记载着之前女校生的学习、劳动和政治活动；后有来者——五彩缤纷的彩照和实物显示着男女混校后的成就，可惜出类拔萃者女生几无。中间整整六个年级的学生，近两千最后的女校生竟没有留下任何脚踪和指纹。

是抹不去难忘的记忆么？

是无法评价那段历史么？

是走得仓促与分散，无法跟踪一个个去处与结局么？

还是留待一个更为清明的时期，等待更为高明的智者去拾遗补缺？

无论如何，不该空着。空得空空落落、忐忐忑忑，无所适从，无从叩问和无法把握。

短缺了六年的历史是不能叫做历史的。

我翻着那本窄长、有淡黄色朴素封皮的校友名录。这是一本有着太多故事、太多遗憾的记录。师大女附中，文革前北京市最高录取分数线的女校，号称培养女总理、女部长、女大使，大学升学率接近100%的女校。26年后，老三届学生今安在？校友名录表明，这些人搞医搞文搞财会的多，搞理工、外语这些需要扎实基础的人少，原因可能归于有负人人的时代吧。

许多人是普通劳动者。普通并不低贱，并不说明努力不够，雷锋也普通。可是一所理应为社会培养高精尖人材的学校造就了大批普通，那损失或许也得算在时代账上。

在一个个普通或者不那么普通的最后女校生身上，在她们注定坎坷的经历里，在她们基本定型的人格中，却可以或多或少折射出学校教育的烙印，作为名牌女校的长处和弊端。

当下社会已无女校，所以那个时代那样一种特殊教育的长处与弊端显得十分宝贵和重要。

二

《木兰辞》是女校生熟背的一首词。初中一年级下乡收麦子，我们班女生对“朔气传金柝，寒光照铁衣”做如下篡改：

“朔气传猫叫，寒光照棉袄”，横批“半夜起来上厕所”。

够逗的吧。

乐观，是女附中学生的一大特点。时常见一堆女生围在那里大叫并大笑的风景。步入百倍艰辛的社会之后，仍能保持笑声不断的乐观，是需要巨量坚强垫底的。

鸿敏说，她的经历给别人讲了无数遍，每讲一遍都有个忠实听众，就是自己。她很赞赏经历里的自己，或者叫自己的经历。

“女附中给我的影响，”她说，“多少年后我才悟出来，一是求知，二是健身。”

鸿敏 1967 年底就到北大荒生产建设兵团了。往后十个春节她都是在兵团过的，并当上了管一万多亩耕地连队的正指导员。她很要强，也很能干。1990 年底至 1991 年初，轰动京城的“魂系黑土地”

展览，一张知青背180斤大麻包相片拍的就是她。

1977年底，鸿敏回城了。为了伺候患食道癌的父亲，她耽误了梦魅以求的高考。待业两年后，她被分到某中学看大门。她很知足，这项工作是比较了烧锅炉、扫地、幼儿园带孩子之后她自己挑的。

鸿敏的前任是一位精神受刺激不宜搞教学的老师，受刺激的原因是上山下乡的女儿在自家院里树上上吊……事先有人给鸿敏打招呼，老师说话怪，别往心里去。

鸿敏做了一百种设想，一千种答对，万没想到老师见面问的第一句话是："识字么？"

鸿敏当时的全部努力就是别让泪水掉下来，千军万马壅塞喉咙，只挤出一个字，"识"。

她心想，我是200分满分考进女附中的高材生，如今怎么混的，在人家眼里竟像个不识字的？显然受刺激的老师希望来个识点字的人接她工作，看门要分报纸分信什么的，不识字不行。

鸿敏就这样开始了看大门工作，同时暗下决心：一定要受高等教育！儿子九个月大时，她上了成人电大历史系。她说她那会儿不怕别的——不怕看大门丢人，经常让朋友熟人来打电话，"我这打电话不收钱"——她说她就怕停电，一停电，上下课就得挨着教室摇铃。看大门一年，她调去当出纳；又一年，她分发文具并管养花。

就这样，鸿敏工作着，念着书，看着孩子，并在所有这些之余——哪儿还有余哟——开始考虑起中国普通教育问题。中国的普通教育怎么啦？施教的老师（包括那位受刺激老师）怎么啦？受教育的学生（包括自己）怎么啦？没人也不可能有人给她派这个活，纯粹自觉自愿。别人笑她得毛泽东的童子功了，但凡国家的事儿都认为得有自己一份。

“我那会儿完全是一种病态，一种补偿心理，见学就上，是试就考。”她说。

后来，鸿敏到二龙路中学教历史。二龙路中学与母校女附中一街之隔。她离开女附中时是初二，她正教的这班也是初二。巧合？还是别的什么？每当学生低头写作业，她就会抬头瞄一眼母校的绿树与灰楼，心中油然而生一股——一股滋味很复杂的情感。

1985 年，她得到电大本科文凭。拿文凭的当天上午，她接到了北京广播学院新闻系研究生的录取通知书。

说起考研究生，她还哭过一鼻子。学校不同意她考，理由是专业不对口，教历史的干嘛要学新闻？她哭诉道：“你们怎么就不理解我呀！我今年 34 岁，是研究生考试的最上限了，我不在乎考上考不上，也不在乎专业对不对口，我就想坐坐国家正式考场的板凳！”考场的板凳她坐了，考上了。1987 年她取得硕士学历，分到中央人民广播电台当记者。

看见她“成功”了，一些老师扯着自己孩子来向鸿敏阿姨求教，如何自学成才？鸿敏并非夸耀地说：“我那方法，你孩子学不了。”

鸿敏刚到北大荒时，身体很不好。过敏性支气管炎和风湿性关节炎折腾得她天儿一冷就不能上工，上了工见冷风就咳嗽。没人乐意和她抬冻土，连咳带喘带颠动，重量全跑人家那头了。为治这病，她没少求医问药，连偏方猪苦胆都吃了，还是不管用。除非离开北大荒。

无路可走的鸿敏想起女附中的一句口号：“为革命健康工作五十年”，想起每天清早女附中操场锻炼的学生。无论有无体育特长才华的人都在跑步、压腿、做俯卧撑……那简直是与晨雾升腾，与白霜凝聚的一种自觉的氛围了。鸿敏求助于冥冥之中母校的点拨，每天她更早起来去跑步，每个清早，每月，每个四季，一年，两年……就这么一直坚持，她的病居然跑没了，连医生都感到惊奇。

到了中央人民广播电台，她依然身手矫健，是部里和台里多项竞技名次的获得者。无论命运如何起伏跌宕，丈夫出国，自己在家管家带孩子，当记者跑跑颠颠出差采访，身体没有垮下来，成为一切一切的本钱。

鸿敏说，女附中的学生，作为人生第一次公平竞争的获胜者，自信的种子埋在心里。她们不甘平庸不认命，只要遇到合适的气候，就会发芽。对于母校，鸿敏说，我有一种神圣虔诚的感情。

电视剧《渴望》轰动京城的那个冬天，某次会议，几个在新闻单位就职的女附中学生凑到一起，“愤怒”声讨《渴望》。有厉害者要去质问编剧，“他八成需要这样的老婆”；并程度不同地不接受王亚茹。

三

阿玲是在北京某医院外康病房度过女附中校庆的。外康——意味她现在身份是外宾，外国人，住院病因是癌。

四年前在美国，她发现自己胃里长了个东西，拳头大。手术前医生询问她病史，她讲陕北插队时化验肝功，澳抗阳性，后来好了，没其他毛病。美国医生视肝炎为霍乱、鼠疫一类严重传染病，往后进阿玲病房皆口罩手套严密防护。

做胃部手术时，医生顺便做了肝切片病理检查。阿玲被告知：肝没问题，不仅没病，而且特别健康。

之后不久，阿玲生第二个孩子：女儿。生这个孩子很大动因是为了给儿子做伴。儿子太孤独了，孤独到想让爸妈抱只狗来养。阿玲说，抱只狗该要你爹的命了！阿玲丈夫——昔日黄土窑洞赤脚医生今天美国高等医学科研机构人员得了很奇特的病，见长毛的动物就过敏，严重到呼吸困难近于窒息，以后发展到见长毛地毯都过敏！养狗，还是妈替你养个伴吧。

生下女儿不久，阿玲的肝上长了东西，经诊断，是恶性的癌，又做大手术切肝。

手术做了12小时，体外循环，全身血液被换了两次，降低体温……阿玲说，我等于去地狱里走了一遭，死了一回。

手术期间，阿玲丈夫一直在门外等候，发出一声声像狼一样哀嚎。手术后化疗，阿玲掉光一头黑发。在美国，所有刀劈斧剁的治疗方法技穷时，听说北京某医院电针疗法有效，夫妇俩双双飞回北京。

电针疗法有一定效果，能缓慢控制住肝上病灶，却无法阻挡癌细胞向骨髓和淋巴蔓延。她最深刻的感觉是疼。最难受时平均3秒钟就疼一次，她形容说“像分娩时撕裂的疼”。所有的镇痛药都用上了：可卡因、嘛啡、杜冷丁、盐酸二氢埃托啡片。后者常用量每日口含一片，她已超量到每天24片，并上瘾。

京城一个风很大阳光明媚的下午，我去医院看她，如此重病，她情绪很好。看护她的亲戚说，同学来看她，神聊神侃，她情绪就好些。希望你们多来。

“吃五谷生百病”，这句陕北老乡的寻常话倒是超越东西方文明放之四海而皆准。在未生这场大病之前，阿玲当算女附中学生的“成功者”，虽然成功来得并不容易。

我与阿玲插队时同公社不同生产队，同在一个水电站工地毛泽东文艺宣传队编导组；任挣工分外加半斤玉米面补助的职，而后是不同届的北大中文系同学。我是1972年被推荐上学的工农兵学员。记得拉知青学员的卡车路过延安时，路边看到阿玲，阿玲讲还想找北大老师谈谈，争取争取。我清晰记得她那张撒满五月阳光的脸；我也知道，由于她的出身（留美高级知识分子），当工农兵学员根本没戏……

阿玲是恢复高考后首届北大中文系文学专业学员，77届这响当当的年级确有些响当当的人物：陈建功、黄子平、查建英、王小平……都是她同学。

阿玲提前毕业赴美留学，去的名牌大学，拜的名流学者，学的比较文学，先硕士后博士。十年光景，家有了，业有了，在美国某大学教书，任美国华人比较文学学会副会长。该学会近年的学术活动，大陆去的学者逐渐替代港台老人。她和丈夫还办了一家印刷公司，在美国三大城市设有业务点，据说业务很火，想必收入不薄。

阿玲夫妇的亲戚们纷纷赴美，有他们全力相助，找工作、学外语、学开车、办绿卡似乎皆不成问题。有同学形容，阿玲家经常有客人住，同学、朋友、亲戚，一张饭桌拉开有六张八仙桌大，吃饭的人一眼望不到头。同学调侃说，你家一年到头开粥棚呢！

这些都需要付出：财力、精力、情感与无法计算磨损的体力。她终于病倒了，得了很重很重的绝症。

绝症使一切成功黯然失色。

德智体全面发展，是17年延续至今的教育方针，历来把德排最前，其次是智，最末是体。阿玲经历或许能改变这排序。德和智，家和业，都需要健康身体托载，生命最初与最终的形式都是身体。否则。皮囊灭失，毛将焉附？

阿玲，保重！

四

文革前的女校生，学习生活在无我无性的校园氛围中，她们稀有男女混校中女生的自卑，她们张大眼睛与男生对视，她们真的认为，男生能干的事，女生也能干。那时，北京男八中与女附中是友校，遇到大的文艺活动，两校会互借男女演员。女附中的排球挺棒，她们时常邀八中男生比赛。输了，嬉笑道，输给男生不丢人。若赢了，那气焰就无比器张！

女校生对爱情觉悟很迟，相当一段年纪都认为那是件不光彩事。至少校园里没听说早恋。多少年后再来看，便有了难以评说的现象：女附中学生高龄未婚者多，离婚者多。

通讯录上没有她名字。校庆那天我确实见到她——从众多似曾相识的面孔中闪过，手边拽个孩子。她想买本通讯录，一问三块钱，伸出的手又缩回去。她笑笑说，捡你们本上认识的人抄抄吧。

日子过得拮据么？

她是以小莎的名字考入女附中的，文革中受到一次毛主席接见，遂改名卫东，改的不仅是名字，是整个人，整个人的灵魂。

我和她在陕北同一个公社插队，一年后她入了党。入党本无可非议，许多知青都想入党，让人难以忍受的是如此生硬的做派。别的知青只知道往学生蓝制服上拼命补补丁，她已经改穿大襟褂子。都是同学都是知青，她却要拍着人家肩膀讲大道理，任何一个招生招工走了的人都被她骂做“逃兵”。

1972 年，大批知青招生招工离开陕北，卫东被当做先进知青代表留下，并提拔到县妇联当一个大得吓人的官。县里原也有当干部的北京知青，讨嫌她的做人做事，没人搭理她，卫东很孤立和孤独。

没多久，卫东带队到下边公社搞路线教育，据说她很能干很泼辣很能吃苦，同农村的黑皮二俅货较量也是巾帼不让须眉。

日出而作。白日里春种秋收修梯田打坝学大寨倒也好打发时光。夜黑地呢？没电视没电影没书除了毛选四卷、《红旗》杂志，除了过期的《陕西日报》，有何物陪伴拐沟山村一个来自大城市正值青春期的女附中学生？孤独、寂寞、饥渴，莫名的冲动与企盼……这些当代流行歌曲中的流行词，那时的卫东是断不肯承认的，但它们确实像天上诡秘的星光、门缝鬼祟的山风钻进她的思绪，并弥散开来。

一个重要人物在她生活中出现——该公社革委会副主任、路线教育工作队副队长、当过兵的农民、三个娃的大大（爸）。

两个人“好”上了，当然属于偷情一类的“好”。

没有人能描述那个男人的相貌，也没有人考据出俩人互相动心的理由和“好”的历程。只偶然听讲，那男人长得“白”……

在陕北农村，吹熄灯或不吹灯，有星有月或无星无月的晚上，这类事原本很多很寻常，作为正统明媒正娶婚姻关系的反叛与补偿，也是民间传媒的社会纪实热点。

没有不透风的墙。

只是墙被风吹透的那一刻太有戏剧性了。

县上开四干会，卫东是与会代表。那天正开会，县人武部长叫卫东，要上她窑里寻点东西。卫东磨蹭着不肯走，又没理由不走，半截子路走了一个世纪那么长。窑洞到了，窑门开了，人武部长冲进窑里上炕掀被，男人正在被子下边……

事发后，全县知青哗然，连我们上学、当工人走的知青都很震惊，如此革命者咋做出如此不光彩事！真恶心，不要脸！

据说，事情曝光后，卫东一反以往的大襟褂子，居然穿着大红灯芯绒在县里招摇，逮谁跟谁打招呼，那些知青小干部避之唯恐不远。树她典型的县领导痛心疾首，希望她能好好谈问题，检讨错误，深挖犯错误的世界观根源，争取一个好的处理。

卫东一副油盐不进、刀枪不入、混不吝样子，使整个事情的调查处理陷入僵局。

一天，男人的婆姨来了，来看丈夫送衣衫送鞋。看丈夫之前，先看卫东，她要看看“勾引”自己男人的女子是何等样人。

县委大院的空气绷紧了。三五知青小干部被安排在院门、窑外、走道，防备里边厮打起来好及时拉架。

半天，窑里没动静。也不知那婆姨讲了如何深明大义的一番话，总之卫东趴桌上不吭气，汹涌的泪水从指缝渗出，顺桌面流淌……

婆姨走了，去看自己的男人送布衫送鞋。她表态，无论怎样发落他，她都是他婆姨，他妈的儿媳妇，都是三个娃娃的亲娘。

卫东冲出窑洞，找县委领导认错，大包大揽把所有责任都算自己账上。要处理就处理我，那男人有家有娃，求领导宽大。

领导又一次失望了。你个卫东把自己说得这么不堪，我们这些树你的领导的脸面又往哪儿搁？

卫东的错误“承包”除了丑化自己，无情地践踏自己人格与尊严，没有任何正面效果。“男女作风”问题，已婚男方历来要承担主要责任，何况卫东是知青。那男人以“破坏知识青年上山下乡”罪名被判有期徒刑。

卫东的“官”一撸到底，党籍大约也受到处分。她被发往外县一个偏僻的没有知青的公社，为了让她丢弃前“错”，重新开始。

后来，听说她给服刑的男人寄过包裹和粮票。

再后来就不得而知……

她终于来到女附中操场参加校庆，想必已从那场人生的重创中挺过来。好了疮疤虽说不能忘了疼，疮疤也是不可多揭的。所以，请保留她从沉落到复出的这一段空白，别多去打扰。

“黑家堡公社的知青合影啦!”操场上，她站在我们中间。

五

文革前女附中学生据说“三高”多：高干子女、高级知识分子子女、高级民主人士子女——多。说多也是相比较而言，并非占了多数；说“高”倒是高到顶点：毛泽东、刘少奇、邓小平、陈云、陶铸、郭沫若……一些大头头但凡有女儿，似乎都从女附中趟过一水。

文化革命初期，打倒走资派浪潮一日高过一日，女附中红卫兵出现这样一种闹剧：昨天上天安门受毛主席接见，今日便成走资派狗崽子，摘袖章，剥军装，没完没了揭发检讨，站不完的队，认不完的罪……最大走资派刘邓、四家店、三家村、二月逆流、杨余傅……女附中都有他们子女。从天到地的生活落差无疑是对这些十七八岁女校生的考验，那滋味史无前例。

克克还那样。

还那样是说还那么高，1 米 72，每每不费劲搂着我脖子，高出我一头半；还那样是说在20多年没见面的同学当中她变化最小，没胖没瘦令人嫉妒她也没老。还那样是说眼睛原来是弯弯月牙，现在是月牙弯弯。

“还记得咱们串连么？还记得串连到湖南借钱就没打算还么？后来人家写信追到家里要钱（我插队后家里也收到同样信）。咱们多傻，也不知道留个假地址假名。咱们在武汉住的地方不错，东湖。湖南长沙的米饭死硬，噎死人。到上海长虱子，回北京还剩两毛钱（我还剩七分）。到家那顿饭我怎样也吃不饱，吃得我妈都害怕了。也不是饿，肚里没油水……”

15岁那年的事怎会不记得？

眼下我们年过不惑，真的不惑，还是困惑更多？

在高干子女较多的女附中，克克的老爹算不上多么如雷贯耳，只是在众将官纷纷落马倒霉的岁月，她爹稍微忙碌了一些。至于跟了谁，还是没跟谁；跟谁对了，跟谁又是大逆不道，甭说外国人，连今天的中国人整明白的也不多。我只记得她讲过一个细节：她爹特忙，有时军帽没摘倒枕头上就睡着了，她妈再悄悄把帽子取走。

克克妈我见过一次，来开家长会。这一次给我留下很深印象，个子高高很有风韵很有气质的阿姨。我当时惊讶，“解放军叔叔”还有这么“派”的家属……

克克是个生活优裕远离烦恼的女孩。文革当中她穿一身军装，脚蹬将校靴煞是让人眼红。在我们纷纷插队、上兵团时，她和班上一帮军干子女当了兵，去了广州。

当兵都是各显神通各奔东西单个蹦的，那信息逐渐远离了大拨同学。

20 多年岁月她怎样走过？只知道她眼下栖身某工厂医务室当医生，早就搬出京西很有名的军队大院，幸福美满二十几年的家彻底散了。先是父亲受牵连于某反党集团与世隔绝地审查，克克母亲，那个很有风度阿姨又不幸去世。受审查人的子女当然不能留在无产阶级专政柱石的军队里，克克、克克妹妹、弟弟纷纷脱军装转业退伍。克克老爹被审查许久没什么问题，也不宜留在原部队担任领导。老爹被发往山东，又结婚成家。然后只剩下一件事好做，离休，不就是离开并休息么？

克克在部队是学医的。内科，她说，没劲，治不死也治不好，万金油科。这种原因复员，自然进不了大医院好医院，从一个医务室调到另一个卫生所，其间生孩子带孩子，儿子 15 岁已长成 1 米 89 高高大大汉子。

他爸教他打篮球呢，不然长那么大个儿干嘛？他可不像咱们，只知道读书死用功。再说现在也不是读书一条路可走，你说呢？她问我。

克克在操场上与过去同一大院的同学打着招呼，平静讲述着一个个家长未倒或倒了又起来的子女的结局。她说，没什么混得太好的，好的都出去了。语气中少了昔日的骄矜，多了难能可贵的淡泊与成熟。

我们搬到离原来大院一站路的地方，你来农工商（眼下叫城乡）大厦买东西，就到我家来，我还想给你埋耳针减肥呢。克克说。

天上掉起雨点，喧闹了半天的校园安静了，只有升起的国旗在细雨微风中轻拂。教学楼前一副对联被雨点打湿：育天下英才创一流业绩/勉时代学子树淳朴新风。校友名录卖光了，后来人想买没买到。

我粗略数了数，收录的校友只占实有总数的1/3，当然，参加校庆的比这个数还少。建校75周年的女附中——实验中学出类拔萃者很多，当然是一个学校的骄傲，可骄傲远远不够，出类拔萃者掩盖不了平常，平常的你也替代不了平常的我，任何个人都是独立自足的“这一个”。这就需要学生和老师在欢庆的锣鼓声中思考点什么，一定要思考点什么。

铁打的校园，流水的学生，最后流走的女校生……

我和克克走出校园，在大门口学校牌子前照了张相。她推起那辆二八女车，问我认得不？我说，怎么不认得？还是上学骑的那辆。她讲，还记得你们叫它什么？

叫它“端尿盆”。

脖　子

不知怎么，就扯到"脖子"。

那是一部电视连续剧的务虚会。出资拍戏的老板通过A找到B，通过B找到史铁生、陶正和我。我们被鼓噪动心的原因：他要写插队，土插队和洋插队，我们曾经当过陕北插队知青。

插队，那是成千上万人生不可更改无法删除的履历；

一场没有定论、难以评判的运动；

令我们深深沉溺、苦苦咀嚼、欲说还休、欲罢不能的一根长绳系紧的结。

有人试着触摸这个结，我们乐于相助。

铁生行动不便，为了表示诚意，他还是"走"出家门。轮椅搬上出租车，轮椅搬下出租车，轮椅被抬上台阶，被推进电梯，七弯八拐好容易"走"到见面会谈桌子旁边。我和陶正同行。

老板的代言人讲了老板的意图：你们，老三届，上限下限还可以再放宽的一代人，受过较完整 17 年教育，文革当中的红卫兵，后来的插队知青，再后来上学、出国……的一代。

我们注意听，点头。

要写一代人当中的成功者，一代人的典型代表，社会的骨干和脊梁……

品味“成功”二字，自惭地认为不是。

要为十几年改革开放歌功颂德，为改革开放的领导人树碑立传……

面面相觑，感觉两股道上的车，分着岔呢……

轮到史铁生说了，字斟句酌：我对现在当老板、做生意、发大财的人不熟悉，也不可能再去深入生活。我想如果把土插队和洋插队结合着写，或许还有点意味，现在不少洋插队的人就是当年土插队的，无疑当年的插队生活给他们的人生不可磨灭的影响，甚至可以说是一种宿命。成功？怎么算是成功？发大财是成功？当博士是成功？练摊是成功？平凡人生是成功？不好武断结论。如果写一些人物命运，或许可以为之。

轮到我说，不知怎么就说到——脖子。

我们曾经以为自己是先锋，后来沉入社会底层，又以为是脊梁，可是常常找不到感觉，现在我明白了，其实我们是脖子，连接头和身子的脖子。

不是么？

重要的事情，头去做；风光的事，脸去做，说此人有头有脸有面子，而不是有脖子。当然骂一个人最解气是骂他不要脸，而不是不要脖子。身子当然也很重要，所以有龙头凤尾虎背熊腰之说，有重任在肩、脚踏实地，有心腹之患、手足之情，有肝胆相照、唇齿相依……没有半点好词给脖子。

于是按劳取酬，有护肤霜、护手霜，有治脚后跟皴裂的什么药膏，没有给脖子的；

于是有吹拉弹唱的美发，剪裁缝补的美容，照样没脖子什么事。

于是，脖子最先老，最先松弛如鸡皮；

于是，命若琴弦、细处先断，最先走的是中年；

其实脖子很要命，颈椎里佑护着中枢神经。

这点刽子手最清楚，砍头不是砍头而是砍脖子；

杀人犯也明白，杀人不用工具只需用手掐脖子；

有活够了的主儿想打发自己，一根绳吊颈送魂归西天；

砍下的首级挂城墙头上示众，受折磨后的一份凄美和酷烈，震撼与激励，不属于脖子；

民众拼着性命要把那头颅取下入土安葬，誓死如归的决心不来自脖子；

脖子不是女娲，不是夸父，不是后羿，甚至连愚公也不是，脖子只是补天的五色石、做证的桃林、射日的响箭、愚公移山搬土用的柳条儿编的簸箕……

有人说，不是有那么多项链么？细打量项链的主体部分、辉煌部分已延伸至胸，军功章、奖牌、像章更是赫然胸前，而不是脖子。

苦苦支撑无以回报的脖子，你不觉得委屈和悲凉么？

无以回报仍旧苦苦支撑的脖子，你因此获得了一份动人的审美和悲壮的激情。

对，就写脖子，无能做头领，无福当脊梁的脖子，不想不甘又不得不做的脖子。这心态有趣也有深意。三个“脖子”兴奋地大叫起来。

宏论声中，老板代言人的微笑渐渐僵滞，僵滞也微笑，现代人的包装术之一。他虚应着，且礼貌地笑，且实质地退避。

原样程序送回铁生，我还沉浸在脖子论中。算我的专利啊，陶正。

陶正说成。他说再要来电话谈此事，就坚决拒绝，潇洒一把。

几天后，我问陶正，来电话了么？

没有。

该死！连个体面谢绝的机会都不给，你不配，你不值，谁让你就是脖子。

（谨以多年前旧作送别铁生，铁生走好）

传　说

人能够记住十年前的事，二十年前的事，三十年前的事；肯定记不住一百年前的事。一百年的瓷碗够上文物啦，标上价拍卖。一百年的册页编进史书啦，供翻找查询。

只是那瓷碗是冷的，册页是死的。

30年的记忆还没冷却温温煦煦，不够把恐龙压成化石，不够把昆虫凝成琥珀，刚好孵出暖暖的传说。

记忆的拥有者还在孵呢，记忆的需要者还在传播，就像没进化成青蛙的蝌蚪，有蛙的头蛙的肢，也有蝌蚪的尾。

真不真的，别太苛。

三十年前离开北京的那天，火车站广播喇叭肯定放了音乐，叫人热血沸腾热泪盈眶的音乐。是《东方红》？还是《大海航行靠舵手》？

不记得了。

也可能两支曲子轮着放，一遍又一遍……

能记得的是我没哭，我的父母没哭。父母手握小红书，规矩地站在白色安全线后面。

相信还有人没哭，相信有人哭了。

后来那么多那么多变了形的影视镜头，按记忆拥有者的底片，按记忆需要者的路径。

真不真的，别太苛。

1985 年春天，三十几个北京知青回访延安。长途车上老乡说，来时还是些猴女子，尔格（现在）成了婆姨。我不喜欢听婆姨两个字，两个字包含大襟袄和扁扁的发髻。

有那么老么？当真有那么老那么丑么？

今年春天，留在延安的知青开车来北京办事。他讲他的司机同知青有很深的渊源。是吗？我笑问，知青做了他的嫂子，还是姐夫？

是舅妈和三大！

我惊悚麻木得不知说什么好。猴女子变成婆姨变成舅妈和三大的 30 年，有多少故事、多少传说。

他叫张革。30 年前他到延安插队。第六个年头招工，第七个年头回村。

往下的事情有点模糊。

有人说他回村后带领农民修梯田打坝发电种果树种田。后来他办了公司，后来他和他的公司回到北京，后来他要用公司的钱——据说有几百万，给村里办学校。

什么学校，用得了几百万？

还要搞项目，让村民致富。

今年春天他突然死了，心血管疾病说走就走了。他的公司留下一些项目，许多债务。项目和债务，只有他一人清楚。

他插队的村子，鲜红的对联早已褪色。上联：看电灯看电视看录像莫忘知青；下联：吃泉水吃苹果吃核桃惦念知青；横批：张革京城佳节愉快。

那年夏天，我在蟠龙山遭遇一场蝴蝶雨，劈头盖脸扑天盖地。陕北管蝴蝶叫扇儿呢，扇儿的翅膀拍打着车窗玻璃。

蝴蝶是黄的，盛开的柠条花是黄的。

那雨大的，不真实。

那年冬天，陕北三天一大雪五天一小雪。探家的车子被封在山里。好容易来了一辆挂防滑链的车，知青不管不顾扑了上去。

洛川，还是富县，两辆车交会的时候，坐窗边的知青胳膊被挂断，无声无息地断了，流出鲜红的血，鲜红的血无声无息流在雪地上。

那雪那血，不真实。

30 年的记忆，无法抽象成哲学；30 年的记忆，刚好孵出艺术。

陕甘宁红了三十年，知青去陕北插队。老乡管毛泽东叫老毛，管江青叫老毛婆姨，管周恩来叫小周，管高岗叫高大麻子。

知青听得新奇又惊悚。

多数乡亲未见过那些人，那些人的那些事不一定是真的。

资讯不发达的陕北，盛产传说。

60 年后再回陕北，没有人讲老毛和老毛婆姨，可见传说的年龄是 50 岁。

知青传说的寿数还有 20 年。

写于 1998 年知青运动三十周年

延安一片月

延安火车站的月亮

凌晨五点，本次列车报站到延安。悄悄走到靠窗一侧，掀开窗帘。灯光明亮的延安火车站是新建的吧，圆形廊柱、光洁地面，上下客人不多，稍远是高楼（延安也有高楼啦）。楼与楼肩扛一大圆月亮，月华如洗，与灯光融汇……

笔者的人生与窗外延安天上月亮有缘。

1966 年 10 月，大串连第一站去的延安；1969 年 1 月，插队到延安，全称是延安地区延长县黑家堡公社李家湾大队；1975 年大学毕业插队务农，去处有名：延安市南泥湾公社三台庄大队；

两次插队共七年，眼下是返城后第七次回延安。

插队的日子按阴历计算，三六九政治学习，逢五逢十赶集，清明端午小年大年均按月亮的表达与指点。

下乡时村里没电，有月无月天，月小月圆夜感官相差极大，月亮圆大晚上要夜战背玉米背糜谷，要么将田头秸秆上玉米一只只剥下装筐担回场上。唱歌？唱，不是信天游，信天游叫酸曲没人敢唱也无人会唱，唱的“学习大寨赶大寨”，唱的“延安儿女学复电”。

上个世纪六七十年代，延安早不红火，地贫民瘠接收不了许多外来人口，比起黑龙江、内蒙古、云南，甚至同倚黄河同枕黄土同样苦焦贫寒的山西，延安接收的北京知青少得可怜，不到三万。

红军长征到陕北的1935年，黄土地“红”了，打土豪分田地了。三十多年后知青下乡想找地主豪绅斗斗，告知只有地主孙子豪绅“的溜（比孙子辈分还小）”，无斗争对象。看中共九大纪录片，乡亲们管幕布上毛主席叫“老毛”，管江青叫“老毛婆姨”，喊周总理“小周”，不待见高岗喊他“高大麻子”；这种吓人的近乎与亲昵令北京知青目瞪口呆。

设想叫老毛和老毛婆姨的年代这片土地发生什么……

不见故人在 只见故人名

黄土高原有着独特的地形地貌，塬、梁、峁、沟、台，有着独特的地理表达：圪梁、脑畔、崾岘。在“老毛”、“小周”和数万中央红军被陕北百姓认识接纳之前，黄土地有自己的英雄好汉。

李子洲，1892年出生陕西绥德。1917年考入北京大学预科。1923年，经李大钊介绍加入中国共产党。1927年2月，任中共陕甘区执委会执委；7月，当选陕西省委常委兼组织部长；1929年2月，李子洲因叛徒出卖被捕入狱，同年6月在狱中病逝，时年37岁。

谢子长，1897年生，陕西安定人。1925年加入中国共产党。参与组织领导清涧起义和渭华起义。1931年10月，和刘志丹等将南梁游击队和陕北游击支队合并为西北反帝同盟军，转战陕甘边，创建根据地。1934年8月，谢子长在河口战斗中被敌弹击中，来年2月21日，病故于安定县灯盏湾，时年38岁。

灯盏湾地名意味深长。那时的中国革命日不升，月不圆，只有小小灯盏照亮。

刘志丹有名得多。他1903年出生陕北保安，1925年入党，1926年入黄埔四期，1928年领导渭华起义，1933年后，历任红26军42师参谋长、师长、陕甘边革命军事委员会主席。刘志丹是陕甘边根据地的主要奠基人。中央红军长征到陕北，刘志丹被从左倾分子刀下救出。1936年4月，刘志丹牺牲于攻占山西中阳县三交镇的战斗中，时年34岁。

他的事迹被编成歌在陕北传唱。“正月里来是新年，陕北出了个刘志丹，刘志丹来是清官，他带上队伍上横山，一心闹共产。”

刘志丹故事的后赘比前两位长。上个世纪六十年代，他的弟媳李建彤执笔小说《刘志丹》，被批“利用小说进行反党是一大发明”，牵连西北局多人挨整。三中全会后，人获平反，书仍未出。

写小说，搞音乐的刘索拉是李建彤女儿，也就是刘志丹的嫡亲侄女。

有月的夜晚，月光在黄土高原逡巡，不见故人在，唯闻故人名。谢子长牺牲一月后，他的家乡安定改名子长。刘志丹牺牲当年，家乡保安改名志丹，1944年2月，陕甘宁边区政府将绥德米脂横山等县交界处划出子洲县，以纪念李子洲。

子洲、子长、志丹，方圆不算广阔的黄土地有三位先烈名字命名的县份，表达后来人对西北根据地开拓者的敬重与惜别。

毛主席在陕北十三年

记住几个关键时间。

1935 年 10 月，中央红军长征到达陕北吴起镇；1948 年 3 月，中共中央及毛泽东、周恩来、任弼时等领导从陕北吴堡东渡黄河，历经十三年。

1937 年 1 月，中共中央进驻延安，到 1947 年 3 月从王家坪撤离，历经十年。

1947 年 3 月 18 日，中共中央撤离延安，到 1948 年 3 月 23 日渡黄河到山西，毛泽东一行转战陕北一年零五天。

记住两个重要人：黄克功、张国焘。

1937 年 10 月，26 岁的红军旅长黄克功，对陕北公学一名女学生逼婚未遂，出枪杀人。被判死刑。

当时有人提出，国难当头，可让黄戴罪杀敌。经陕甘宁边区高等法院审判，黄克功被处以死刑。时任中央军委主席的毛泽东给边区法院院长雷经天写信，支持法院判决。公审大会上，公布了这封信的内容：黄克功过去斗争是光荣的。今天处以极刑，我及党中央的同志是为之惋惜的。但他犯了不容赦免的大罪，以一个共产党员红军干部而有如此卑鄙的、残忍的，失掉党的立场的、失掉革命立场的、失掉人的立场的行为，如为赦免，便无以教育一个普通人。正因为黄克功不同于一个普通人，正因为他是一个多年的共产党员，是一个多年的红军，所以，不能不这样办。共产党与红军，对于自己的党员和红军成员，不能不执行比较一般平民更加严厉的纪律……黄克功被执行枪决。

1938年4月，张国焘以陕甘宁边区副主席身份去黄陵祭扫，之后上了国民党高官汽车。中共高层对他多方挽留，张国焘去意已决。

三年前的1935年，张国焘率红四方面军与中央红军在四川懋功会合，张拥兵自重，另立中央，开始人生误途。在他心中，陕北是鸡肋，吃之无肉，弃之无味。关键是党中央高层已“无位”。这位中共早期领导人最终选择背叛信仰，投靠蒋介石戴笠。

此事给当时党中央和陕北根据地带来的困扰可想而知。张之后的生态江河日下。台湾、香港、加拿大。1979年以81岁高龄病逝加拿大多伦多老人院。

这就是陕北延安，被毛主席感慨为“革命的落脚点与出发点”。黄土地上有背叛有变质，有特务有内奸，有动摇、徘徊与失落，有更多信仰与坚持。

有诗。

李季的信天游体长诗《王贵与李香香》，还有毛泽东的《沁园春/雪》。

“雪”写于1936年2月，毛泽东在陕北清涧指挥红军渡河东征。一场大雪落在广袤的黄土高原，也落在42岁毛泽东的脑海里，才情与诗意被激活。

“北国风光，千里冰封，万里雪飘……”《沁园春/雪》立意高远，激情大气，诗意盎然，是毛泽东诗词中的经典。

1947年3月，毛泽东率党中央转战陕北，生活艰苦超过长征，很多路途靠两脚加拐杖步行，吃的黑豆钱钱饭，住的破窑洞，危险狰狞于前途与后路。几次过黄河机会，毛泽东坚持不走。除了战略考虑，还有情义。他说，没有这块土地，中央红军就下不了地；还说，我们在延安住了12年，老百姓供养我们，一遇险情就跑，对不起陕北人民。

党中央撤离延安后几天，胡宗南以“胜利者”身份进入枣园。他强烈要求南京政府把延安县改名“宗南县”。当年8月，蒋介石来到枣园，对手毛泽东在如此简陋处生活、办公，指挥打仗，写骂他的文章……蒋介石看不懂。

吉人天佑。看看毛主席转战陕北走过停驻的村庄名字，很好听名字：小河、天赐湾、青阳岔、神泉堡、白龙庙；打过仗的地方：青化砭、羊马河、蟠龙、沙家店。毛主席能够平安停驻原因，除了情报精准，没有百姓向国军告密。一年零五天。夜夜有月，不可能；月月有月，肯定的。这片土地发生的一切，它看在眼里，记在心中。

春分到了春风未暖的1948年3月23日，毛泽东告别陕北的日子。毛泽东一行从陕北吴堡川口以南园则塔过黄河，到了河东回望河西，毛泽东说一句“陕北是个好地方”，转身走了；经五台山到西柏坡，走进新中国——毛泽东此生再没回陕北。

延安一片月

此诗句窃自李白《子夜吴歌》。原句“长安一片月，万户捣衣声”，笔者不才，有上句无下句，延安少河缺水无平地，咋会有万人捣衣之盛景？

眼下延安富了，有油有煤有天然气；除了老红军老八路老劳模，还有老板，煤老板油老板，有了高楼和豪车，也有了堵车。有些没变。比如枣园大门康生题字没变，仍旧是“延园赵溶（赵是康生别名)”。旧居人熙熙攘攘，你出来我才能进去。红色之旅，不收费。

延安一片月，是诗意的留恋，怀念，思索，也是祝福。